HEXE AUSSER RAND UND BAND

PREMONITION POINTE

BUCH DREI

DEANNA CHASE

Übersetzt von
HELENA TAMIS

Premonition Pointe 3: Hexe außer Rand und Band

Originaltitel: Witching for Joy © 2020 Deanna Chase

Copyright für die deutsche Übersetzung: Premonition Pointe 3: Hexe außer Rand und Band

© 2024 Helena Tamis

Lektorat: Nadine Manz

Lektorat Original: Angie Ramey

Cover Art: © Ravven

Deutsche Erstausgabe

ISBN 978-1-953422-97-2

Bayou Moon Press, LLC

www.deannachase.com

ÜBER DIESES BUCH

Ein paranormaler frecher Frauenroman mit einem Hauch Klasse – für alle, die das Gefühl haben, das Alter wäre bloß eine Zahl wie jede andere!

Joy Lansing steht am Scheideweg. Ihre Kinder haben das Nest verlassen, und während sie noch dachte, sie könnte ihre besten Jahre mit dem Mann verbringen, mit dem sie seit 30 Jahren verheiratet ist, ist sie plötzlich wieder Single und steht vor dem Neuaufbau eines Lebens, das sie gar nicht mehr kennt.

Joy hat Glück, ihre drei besten Freundinnen aus ihrem Zirkel an der Seite zu haben. Die braucht sie auch, als sie eine Filmrolle ergattert und feststellt, dass sie von einer eifersüchtigen Kollegin verzaubert wurde. Mit achtundvierzig plötzlich ein aufstrebender Filmstar zu werden, ist mehr als nur überwältigend. Aber als dazu schlimme Presse und ein heißer Promi kommen, der unbedingt mit ihr zusammen sein will, weiß Joy nicht mehr, wo ihr der Kopf steht. Sie wird ihre ganze Magie brauchen, um da durchzukommen, oder ihre neue Karriere hat sich erledigt, bevor sie auch nur angefangen hat.

KAPITEL EINS

„ *G* laubt ihr, eine Jury würde mich schuldig sprechen, wenn ich sie ermorde?", flüsterte Joy Lansing ihrer Visagistin zu.

„Ich würde auf unschuldig plädieren", sagte Sam Catts, die einen finsteren Blick in Prissy Pendertons Richtung warf. „Wenn sie dich noch ein einziges Mal nach Troy Bixby fragt, werde ich ..."

„Joy", sagte Prissy gedehnt in der eklig süßlichen Stimme, die sie einsetzte, wenn sie so tat, als wären sie und Joy Freundinnen.

„Ja, Prissy?", sagte Joy, die die Frau auf der gegenüberliegenden Seite des Make-up-Zelts beäugte. Joys lange blonde Haare waren bereits zu einem eleganten Knoten hochgesteckt, und ihre Visagistin arbeitete für die nächste Szene in dem Indie-Film, für den sie kürzlich unterschrieben hatte, an ihrem Gesicht.

Joys Leben hatte eine dramatische Wendung genommen, nachdem ihre Fotos in einer landesweiten Marketingkampagne für ein klassisches Parfüm zum Einsatz gekommen waren, die sich an reifere Frauen richtete. Troy Bixby, ihr ... Freund? Vielleicht-Partner? Sie war sich nicht sicher, was sie waren, aber Troy hatte sie gebeten, für ihn zu posieren, und ehe sie es sich versah, war ihr Gesicht übers ganze Internet gepflastert, und auf die Seiten eines jeden Frauenmagazins, das die Menschheit kannte.

Die Aufmerksamkeit war schmeichelhaft gewesen, und auch ziemlich überwältigend. Doch als sie einen Anruf bekommen hatte, um für ein Mehr-Generationen-Drama Probeaufnahmen zu machen, das in Premonition Pointe gedreht wurde, war ihr lebenslanger Traum, Schauspielerin zu werden, wahr geworden. Joy gehörte zu einer Riege von Darstellern aller Altersklassen. Ihre Figur war die Mutter einer Fünfundzwanzigjährigen und die Tochter einer Frau Ende sechzig. Sie alle drei kamen zusammen, als die Enkelin sich mit einem gewalttätigen Mann herumschlagen musste, eine heftige Scheidung und einen Kampf um das Sorgerecht durchmachte.

Das Drehbuch hatte Joy zum Weinen gebracht, und sie war von Stolz erfüllt, dass sie Teil dieses Projekts war. Leider hatte Prissy Penderton die Hauptrolle ergattert und spielte Joys Tochter. Die Frau hatte gerade vor ein paar Monaten ihren Durchbruch als Star mit einer viel beachteten Rolle gehabt, und sie hatte sich mit ihren Forderungen und ihren Ansprüchen als untragbar erwiesen. Joy ging ihr, wo immer es möglich war, aus dem Weg. Es wirkte, als wäre ihr Glück gerade zu Ende.

„Ich habe gehört, Troy kommt dieses Wochenende in die Stadt. Du hast schon mit ihm über meine Cocktailparty geredet, oder?", fragte Prissy.

Joy biss die Zähne aufeinander. Prissy hatte sie angebettelt, Troy zu ihrer Cocktailparty mitzunehmen, seit die Nachricht durchgedrungen war, dass er plante, an diesem Wochenende für eine Galerieeröffnung in Premonition Pointe zu sein. Schade auch, dass Joy diese Neuigkeiten aus einer Klatschzeitung erfahren hatte, nicht von ihm selbst. Aber das Letzte, was sie dem Starlet erzählen würde, war, dass es über drei Wochen zurücklag, seit sie mit Troy gesprochen hatte. Sie zwang sich zu einem angespannten Lächeln. „Nein, das Thema kam nicht zur Sprache."

„Jooooy", winselte sie. „Ich brauche Troy dort, sonst ist das Verhältnis von Männern und Frauen ganz durch den Wind. Ich setze auf dich."

„Er ist ein viel beschäftigter Mann", sagte Joy mit einem Schulterzucken. „Ich werde es erwähnen, wenn ich mit ihm rede." Falls sie mit ihm redete. Alle Welt dachte, sie wären zusammen, wegen einer hingeworfenen Anmerkung, die er kürzlich während eines Interviews gemacht hatte. Der Reporter hatte ihn nach dem umwerfenden neuen Gesicht von Elegance gefragt, und er hatte Joy seine Muse genannt. Als der Reporter ihn bedrängt hatte, was ihre Beziehung anging, hatte er sich auf nichts eingelassen, aber der Artikel hatte beschrieben, dass er dabei ein sexy schiefes Lächeln und ein Glitzern im Auge gezeigt hätte.

Die Klatschpresse hatte sich darauf gestürzt und sie das neueste heiße It-Pärchen genannt. Das Ganze brachte Joy dazu, dass sie ihre geistige Gesundheit infrage stellte. Denn in Wahrheit hatten sie und Troy eine wunderbare Woche zusammen verbracht, während sie sich in den Laken gewälzt hatten. Während dieser Woche hatte er sie für die Elegance-Parfümkampagne fotografiert. Dann war er nach Europa aufgebrochen, wo er an seinem nächsten Projekt arbeitete. Er hatte gesagt, er wollte sich wieder treffen, wenn er zurück in die Stadt kam, und obwohl sie irgendwie schon in Kontakt geblieben waren, hatten sie zum Großteil über sein Projekt und ihren neuen Job als Schauspielerin geredet. Keiner von ihnen hatte davon gesprochen, was die Zukunft bringen könnte, wenn er nach Hause zurückkehrte. Und laut der *Premonition Perspective*, dem lokalen Klatschblättchen, sollte er in ein paar Tagen zurück in die Stadt kommen.

Schade auch, dass er sie nicht vorgewarnt hatte.

„Sorg nur dafür, dass ihr beide am Samstagabend da seid", beharrte Prissy. „Lass dir die Haare und das Make-up machen, und zieh dich an, als würdest du auf dem roten Teppich laufen. Vielleicht besorgst du dir sogar blaue Kontaktlinsen, damit deine Augen noch mehr strahlen. Ohne Zweifel wird die Presse da sein. Du willst doch nicht, dass die ersten Fotos von dir nach dieser Parfümkampagne aussehen, als wären Troys Fotos stark bearbeitet, oder?"

Joy funkelte den Rücken der jüngeren Schauspielerin an, während Prissy sich aus dem Zelt zurückzog. Blaue Kontaktlinsen? Ihre Augen waren bereits himmelblau. Der jüngeren Frau machte es eindeutig Spaß, Joys wunde Punkte zu finden. Als sie weg war, schaute Joy zu ihrer Visagistin auf. „Sie ist eine echte Bitch, oder?"

„Auf jeden Fall", sagte Sam, die nickte. „Extra bitchy sogar. Ich schwöre, wenn Troy bei ihr nicht auftaucht, wird sie vermutlich erst dir die Augen auskratzen und dann auf ihn pinkeln."

Mit einem Kopfschütteln stieß Joy ein wenig erheitertes Lachen aus. „Sie kläfft den falschen Baum an. Er hat mir nicht mal gesagt, dass er in die Stadt kommt."

Sam hob die Augenbrauen. „Ghostet er dich?"

„Nein. Wir sind noch nicht mal zusammen." Joy seufzte. „Die Medien haben da aus nichts was gemacht. Wir hatten die letzten paar Monate Kontakt, aber wir sind nichts als Freunde."

4

Konnte sie jemanden, der sie abgeschleppt hatte, überhaupt als Freund bezeichnen? Das wusste sie nicht. Diese ganzen Beziehungskisten waren für sie etwas Fremdes. Troy war der erste und einzige Mann gewesen, mit dem sie zusammen gewesen war, seitdem ihr Mann alles abgeblasen hatte, was ihre Ehe anging. Joy hatte von Troy gar nichts erwartet. Weshalb auch? Es war ja nicht, als würde sie sich gleich in eine Beziehung mit einem Mann stürzen, den sie kaum kannte, nach einer Ehe, die fast drei Jahrzehnte gedauert hatte.

„Na dann, warum schickst du ihm nicht einfach eine Textnachricht, dass Prissy will, dass er bei ihrer Cocktailparty auftaucht, und dann kannst du dir die Hände reinwaschen, oder bei der Party auftauchen und wie ein Luxusbabe aussehen, sodass sie beide grün vor Neid werden."

Joy schaute mit zusammengekniffenen Augen zu ihr auf. „Und wie mache ich das?"

Ein schräges Grinsen trat auf Sams Lippen. „Lass das meine Sorge sein."

„Was für ein Ass hast du denn im Ärmel?", fragte Joy.

Sie hob eine Schulter. „Sagen wir doch einfach, ich habe Verbindungen zu einem echt angesagten Stylisten."

„Hey, *Mom*", rief Prissy, während sie mit einer Tasse zurück ins Zelt kam.

Joy versuchte, nicht so finster dreinzublicken. Ihre eigenen Kinder waren tatsächlich so ungefähr im Alter des Starlets, und sie wurde durch den Ausdruck nicht beleidigt, aber es war die Art, wie Prissy es sagte, als wäre Joys Alter etwas, von dem sie peinlich berührt sein sollte, und das ging ihr wirklich unter die Haut.

„Ich hab dir einen Kaffee mitgebracht", sagte Prissy, die Joy die Tasse hinhielt. „Ich habe mir gedacht, du könntest vielleicht einen Wachmacher brauchen, denn ich bin ja schuld, dass wir gestern Abend so lange gearbeitet haben."

Mit einem Blinzeln legte Joy die Hände um die Tasse und war verblüfft. Joy *war* müde. Prissy hatte am Vorabend einen ungewöhnlich schlechten Auftritt hingelegt, und das hatte dafür gesorgt, dass die Darsteller und die Crew über fünfzig Wiederholungen der Szene über sich ergehen lassen mussten, die sie gerade aufnahmen. Sie war ausdruckslos gewesen und hatte immer wieder ihren Text vergessen. Die Tatsache, dass sie demütig genug war, um Joy einen Kaffee als Friedensangebot zu bringen, erwischte sie auf dem falschen Fuß. Das war nicht das, was sie von Prissy erwartete. „Vielen Dank. Das ist echt nett von dir."

Prissy lächelte sie an, knickste übertrieben und sagte dann: „Das liegt daran, dass ich nett *bin*." Sie zwinkerte, und als sie das Zelt wieder verließ, rief sie über die Schulter: „Lass ihn dir schmecken."

„Das war … seltsam", sagte Sam.

Joy musste zustimmen. Sie setzte die Tasse an die Lippen und nahm einen Schluck. Als der duftende Kaffee, in dem genau die richtige Menge Sahne war, auf ihre Zunge traf, stieß sie ein erfreutes Stöhnen aus. Genauso mochte sie ihn, und sie beschloss in diesem Augenblick, dass sie vielleicht zu hart mit Prissy umsprang. Wenn die Frau gut genug aufgepasst hatte, um zu wissen, wie Joy ihren Kaffee trank, konnte sie doch nicht so schlimm sein, oder? Joy nahm einen weiteren großen Schluck und stieß ein Seufzen aus. „Verdammt, das ist gut."

„Echt? Die böse Prinzessin hat dieses eine Mal was Nettes getan?", fragte Sam, die Rouge auflegte, um Joys Wangenknochen zu betonen.

„Vielleicht macht sie einen Neuanfang", sagte Joy und

lehnte sich zurück in ihren Sessel, um den Rest des Kaffees zu genießen, während Sam ihre Magie wirkte.

„UND … Cut!", rief der Regisseur. „Das war's für heute. Gut gemacht, alle."

Prissy kam über das Set und blieb gleich vor Joy stehen, ihre Augen musterten Joys Gesicht.

„Schon gut", sagte Joy scharf, spürte immer noch den Stich der Ohrfeige, die Prissy ihr in der letzten Szene gegeben hatte. Ihre Wangenknochen schmerzten, aber sie würde der jüngeren Schauspielerin nicht die Befriedigung verschaffen, sie wissen zu lassen, dass sie ihr tatsächlich wehgetan hatte.

„Sicher, alles ist gut." Prissy kniff die Augen zusammen und fügte hinzu: „Du solltest echt mal Zeit in diesem Spa verbringen. Deine Augen sind aufgequollen, und dein Teint ist ein bisschen uneben. Eine Gesichtsbehandlung würde vermutlich echt helfen."

Joy ballte die Fäuste und stieß angehaltene Luft aus, zwang sich dazu, nicht aggressiv zu werden und die Schauspielerin ihre eigene Medizin schmecken zu lassen. Sie hatte noch niemals in ihrem Leben jemanden geohrfeigt, aber falls Prissy nicht gleich abzog, würde Joy ihren Frust noch abbauen. Wie war es möglich, dass eine Person so widersprüchlich sein konnte? Vorhin war die Frau so aufmerksam gewesen, ihr einen Kaffee zu bringen, und jetzt benahm sie sich total zickig aus Gründen, die Joy nicht verstand. „Brauchst du sonst noch was?"

Sie zuckte mit einer Schulter. „Ich wollte dich wissen lassen, dass du vielleicht etwas gegen den Pickel auf deinem

Kinn unternehmen solltest." Prissy lächelte süß und wandte sich dann um, um zu dem Auto zu trotten, das auf sie wartete.

Joy legte eine Hand ans Kinn, spürte sofort die Erhebung des frischen Pickels und stöhnte. Weshalb war sie mit der empfindlichsten Haut und der zickigsten Kollegin auf dem Planeten verflucht worden?

„Komm mit mir", sagte eine wohlklingende, verführerische Stimme hinter ihr.

Der Frust, der sich in Joys Eingeweiden eingenistet hatte, verschwand beim Klang von Carly Prestons Stimme. Die Frau war nur ein paar Jahre älter als Joy, war aber trotzdem ausgewählt worden, um im Film ihre Mutter zu spielen. Joy war damit nicht unzufrieden. Carly war eine bekannte Schauspielerin, die jeden Preis gewonnen hatte, den Hollywood zu bieten hatte, und schaffte es trotzdem noch, der freundlichste Mensch zu sein, dem Joy je begegnet war.

„Wohin sind wir denn unterwegs?"

„Zu meinem Trailer. Ich habe was, das dieses Problem gleich beseitigen wird." Sie lächelte und schob ihren Arm durch den von Joy.

„Du meinst, du hast was, was Prissys Charakter hinbiegt?", fragte Joy und schnappte gespielt nach Luft, während sie die umwerfende Frau angrinste. Ihre Haare waren in einem hübschen Honigblond gefärbt, und sie hatte so strahlende Haut, dass sie glänzte.

Carly stieß ein kehliges Lachen aus, und ihre leuchtenden Augen funkelten vor Erheiterung. „Na, das wäre ja echt ein Wunder." Sie lächelte Joy trocken an. „Sie wird auf die harte Tour lernen müssen, dass sie nicht kriegt, was sie will, wenn sie sich so ätzend benimmt." Sie zwinkerte, und einen Augenblick später lud sie Joy in ihren Trailer ein. „Gib mir mal kurz. Ich habe eine Salbe von einem Heiler, die so eine Unreinheit über Nacht klärt."

Als Carly in den Schlafbereich verschwand, ging Joy, um sich auf einen der Ledersessel zu setzen, blieb aber stehen, als ihr Blick auf eine Reihe gerahmter Fotos fiel, die auf einem Ausziehtisch standen. Ein Prickeln kam in Joys Eingeweiden auf und strahlte bis zu ihren Fingern aus. Ihre Beine schienen sich auf eigene Faust zu bewegen, als würde sie zu den Fotos gezogen, und ehe sie es sich versah, hatte sie eines in den Händen und schaute auf eine schöne junge Frau hinab, die genau die gleichen Augen hatte wie Carly Preston.

Joy hielt die Frau für etwa Ende zwanzig, und dieses Bild war vor nicht allzu langer Zeit entstanden. Sie trug eine Jeans und ein T-Shirt und hielt ein Smartphone in einer Hand, und in ihren Augen funkelte Erheiterung, während sie der Kamera einen Luftkuss zuwarf.

Es war ein glückliches Foto, aber als Joy es anschaute, zog sich ihr Bauch vor Unbehagen zusammen, und ihre Sicht verschwamm. Plötzlich verschob sich das Bild auf eine schwarz-weiße Szene, in der die Frau um sich trat und brüllte, als jemand sie aus ihrem Haus und in einen schwarzen SUV zerrte.

Angst schwappte über Joy hinweg, und sie stieß einen Schreckensschrei aus, während ihr das Foto aus der Hand rutschte und zu Boden fiel.

„Joy?", fragte Carly, die zu ihr herübereilte, mit besorgtem Unterton. „Alles in Ordnung?"

Joy bebte, während sie den Fotorahmen aufhob und ihn Carly hinhielt. „Ist sie …?" Joy schluckte schwer. „Hat sie es nach Hause geschafft?"

Carly schaute Joy verwirrt an. „Was meinst du damit, nach Hause geschafft?"

„Sie … äh, ich hatte eine Vision. Ich habe sie gesehen …"

Ein Handy läutete und schnitt Joy das Wort ab. Carly hob eine Hand und lächelte, während sie ranging. „Hi, Dee. Was ist los?" Carlys Lächeln verschwand sofort, und Sorge schien aus ihren grünen Augen. „Was meinst du, sie ist weg?"

Joy ging auf und ab, wusste tief im Inneren, dass der Anruf sich auf irgendeine Art und Weise um die Frau auf dem Bild drehte.

Nachdem Carly ein paar Fragen gestellt und wem auch immer, der am anderen Ende der Leitung war, versichert hatte, dass sie da sein würde, so schnell sie konnte, legte sie auf und wandte sich an Joy. „Ich glaube, du musst mir alles erzählen, was du in dieser Vision gesehen hast." Sie deutete auf die hübsche Blonde auf dem Foto. „Das ist meine Nichte Harlow, und sie ist gerade verschwunden."

KAPITEL ZWEI

*J*oy saß in einem unbequemen Plastikstuhl in einem kleinen Verhörraum auf dem Polizeirevier von Premonition Pointe. Eine Tasse mit lauwarmem Kaffee stand vor ihr, und im Raum roch es leicht nach Schimmel und Staub.

„Wie oft bekommen Sie diese Visionen, Mrs. Lansing?", fragte sie die Polizistin.

„Gar nicht", sagte Joy, die ihren Ärger kaum zurückhielt. Wie oft musste sie denn noch erzählen, dass es das erste Mal war, dass sie eine Vision gehabt hatte?

„Wie wussten Sie dann, dass Ms. Prestons Nichte heute Abend entführt wurde?" Detective Coolidge starrte sie an, eine Augenbraue gehoben.

„Ich habe keine Ahnung." Joy legte die Hände flach auf den Plastiktisch. „Ich habe Ihnen doch schon erzählt, dass meine Magie sich normalerweise auf Glamourzauber und Telekinese beschränkt. Visionen sind für mich etwas völlig Neues. Ich wusste nicht mal, ob die Vision echt war, bis Carly den Anruf bekam, dass Harlow vermisst wird."

Als Carlys Freundin Dee zu dem Haus gefahren war, das Carly gemietet hatte, um ihre Nichte Harlow abzuholen, hatte Dee festgestellt, dass die Eingangstür weit offenstand. Der Tisch im Eingangsbereich war umgeworfen worden, der Inhalt von Harlows Geldbörse war über die ganze vordere Veranda verteilt, und ihr Handy war zertreten. Sie hatte erfahren, dass die Nachbarin gehört hatte, wie jemand um Hilfe rief, aber sie war gerade erst aus der Dusche gekommen, und bis sie es die Stufen hinab und zum Eingangsfenster geschafft hatte, war niemand mehr da gewesen.

„Kann ich jetzt gehen?", fragte Joy, deren Kopf vom Stress des Tages hämmerte. „Ich weiß nichts, bis auf das, was ich Ihnen erzählt habe. Ich bin Carlys Nichte noch nicht mal begegnet."

Die Polizistin stand auf und schüttelte den Kopf. „Nein, tut mir leid, Ms. Lansing, aber Sie sind die Einzige, die etwas weiß. Ich fürchte, heute Abend kommen Sie hier nicht mehr weg."

Die Tür sprang auf, und ein weiterer Beamter kam herein, Carly direkt hinter ihm, in ihren Augen blitzte Feuer. „Detective Coolidge, Sie sind hier fertig. Bitte treffen Sie sich mit mir in meinem Büro."

Coolidge schaute ihren Vorgesetzten mit offenem Mund an. „Aber Chief, das Verhör ist noch nicht vorbei."

„Jetzt schon. Gehen Sie."

Die Polizistin knirschte mit den Zähnen, warf einen weiteren Blick zu Joy und sagte: „Wir reden noch."

„Das können Sie versuchen, aber es wird nichts an der Tatsache ändern, dass ich nichts weiß", sagte Joy, weil sie im Augenblick kleinlich genug war, dass sie das letzte Wort haben wollte.

Sie beobachteten alle, wie die Polizistin mit einem Schnauben den Verhörraum verließ.

Joy starrte den Chief an. „Heißt das, dass ich jetzt nach Hause kann? Denn falls nicht, denke ich, ich muss einen Anwalt anrufen."

„Niemand wirft Ihnen irgendwas vor, Ms. Lansing", sagte der Chief, sein Tonfall war nüchtern.

„Gut, dann darf ich ja gehen." Sie stand aus dem unbehaglichen Stuhl auf und streifte an ihm vorbei.

„Es tut mir leid, dass meine Mitarbeiterin so aggressiv war. Ich versichere Ihnen, sie ist sehr gut in ihrem Job. Sehr gründlich", sagte der Chief.

Joy hielt inne und schaute über die Schulter zu ihm. „Ich hoffe um Harlows willen, dass das wahr ist. Ich werde mich melden, falls ich noch eine Vision habe." Obwohl sie bezweifelte, dass es dazu kommen würde. Sie wusste nicht mal, weshalb sie die erste gehabt hatte. Niemand war schockierter als sie.

„Vielen Dank" sagte der Chief, „ich weiß Ihre Hilfe wirklich zu schätzen, und noch einmal, ich entschuldige mich für Detective Coolidge. Sie ist einfach …"

„Gründlich", schloss Joy für den Chief. „Ich hab's verstanden." Sie wandte sich an Carly. „Wie geht es dir?"

„Ging schon mal besser." Carly ließ einen Arm durch den von Joy gleiten. „Gehen wir hier raus und lassen sie ihre Arbeit erledigen."

„Ich melde mich bald, Ms. Preston." Der Chief nickte ihr zu.

Carly erwiderte das Nicken knapp und zerrte Joy aus dem Revier. Sobald sie draußen waren, wandte sich Carly an Joy. „Das tut mir echt leid. Ich hätte dich früher rausgeholt, aber es hat einige Zeit gedauert, die Aufmerksamkeit des Chief zu bekommen."

Joy sah sie mit gerunzelter Stirn an. „Was meinst du damit, seine Aufmerksamkeit zu bekommen? War er nicht da, um sich um die Entführung deiner Nichte zu kümmern?"

„Ja, aber er koordiniert alle möglichen Suchen, von Befragungen der Nachbarschaft bis hin zu Überwachungsvideos, und seine Mitarbeiter waren … nicht gerade hilfreich. Hätte ich keinen Suggestivzauber gewirkt, würden wir vermutlich beide noch in den unbequemen Plastikstühlen sitzen und verhört werden."

„Suggestivzauber?" Joys Augen wurden groß, und sie lächelte die Frau schwach an. „Ich wusste nicht, dass du eine Hexe bist." In Premonition Pointe war es nicht gerade selten, eine Hexe zu sein. Die Stadt war ein Magnet für jene mit Magie. Joy war nur überrascht, denn obwohl sie inzwischen seit ein paar Wochen zusammenarbeiteten, hatte Carly nie einen Hinweis darauf fallen lassen, dass sie eine Hexe war.

Sie zuckte mit einer Schulter. „Ich versuche das am Set nicht einzusetzen. Damit gibt es keine Verwirrung darüber, dass ich das, was ich tue, wegen meiner schauspielerischen Fähigkeiten mache, und nicht wegen irgendeines Zaubers."

Joy runzelte die Stirn, versuchte herauszufinden, weshalb Magie am Set ein Problem sein sollte. „Wie würde das denn funktionieren? Magie macht niemanden zu einem besseren Schauspieler. Würdest du einen Illusionszauber verwenden, würde sich die Realität im Film zeigen."

„Manche Leute ohne Magie verstehen das nicht. Es ist einfach leichter und sauberer, es getrennt zu halten." Carly marschierte über den Parkplatz zu ihrem Mietwagen. Nachdem Joy neben ihr eingestiegen war, wandte sich Carly zu ihr. „Würde es dir was ausmachen, mit mir zurück zum Haus zu kommen? Vielleicht kannst du dir noch ein paar Fotos anschauen, um zu sehen, ob du weitere Visionen bekommst?"

In ihrem Tonfall lag eine Verzweiflung, die Joy beinahe das Herz zerriss. Tränen füllten Joys Augen, während sie nickte. „Aber klar mache ich das. Ich muss dich aber warnen, dass ich nichts versprechen kann. Das war die erste Version, die ich jemals hatte."

Carly nickte ernst. „Ich verstehe. Es ist nur ... Bitte versuche es."

D<small>IE</small> F<small>AHRT</small> zu Carlys großem Mietshaus auf der Südseite der Stadt verlief schweigend. Joy war nach dem Tag am Set und dem Trauma, die Entführung zu bezeugen, einfach zu ausgelaugt. Wenn sie ehrlich mit sich war, wollte sie einfach nur nach Hause, eine ganze Flasche Wein trinken und sich hinlegen, damit sie nicht mehr daran denken musste. Aber sie konnte Carly nicht allein lassen, und falls es irgendwas gab, was sie tun konnte, um zu helfen, würde sie es tun, ganz gleich, was ihre eigenen Bedürfnisse waren.

Sie schlängelten sich eine steile zweispurige Straße hinauf, bis sie schließlich in einer kleinen Siedlung mit Häusern ankamen, die über eine Klippe hinausschauten. Carly lenkte das Auto zu einem modernen Haus am Hauptteil der Straße und drückte auf den Öffner für die Garage. Während das Tor hochrollte, wurden alle Fenster im Haus hell, und Joy fragte: „Wohnt hier sonst noch jemand? Außer dir und deiner Nichte, meine ich?"

Carly schüttelte den Kopf, und auf eine geschäftsmäßige, nüchterne Art sagte sie: „Nein. Die Lichter sind programmiert, dass sie angehen, wenn das Tor hochrollt. Ich habe vor langer Zeit gelernt, dass ich niemals in ein dunkles Haus gehen sollte."

Joy musterte ihre Kollegin und bemerkte, dass es wegen

ihres Ruhmes vielleicht nicht das erste Mal war, dass Carly sich mit etwas so Ernstem herumschlug. Sie wollte ihre Freundin fragen, was sie mit dieser Aussage gemeint hatte, aber sie war nicht sicher, ob sie es wissen wollte. Stattdessen nickte sie einfach nur und wartete darauf, dass das Auto anhielt. Als es so weit war, schlüpfte sie aus dem Auto und traf Carly an der Eingangstür, die ins Haus führte.

„Bist du bereit?", fragte sie Joy, die sich plötzlich wünschte, sie hätten jemanden gebeten, sich das Haus mal anzusehen, bevor sie reingingen. Jemanden wie Hopes Freund Lucas King, oder vielleicht sogar nur Hope, Grace und Gigi. Ihr Zirkel hatte bewiesen, dass sie so ziemlich mit allem fertig wurden. Sicher könnten sie einen Eindringling rauswerfen, falls es einen gab. Schweiß stand auf Joys Stirn, und sie schluckte schwer, während Carly die unversperrte Tür öffnete und ohne auch nur einen Hauch Angst hineinging.

„Verdammt", murmelte Joy. Sie brauchte wirklich ein bisschen von Carlys Zuversicht. Wäre sie vorausgegangen, wäre sie auf Zehenspitzen geschlichen und hätte ewig gebraucht, um in jedem Winkel und in jeder Nische nachzusehen, ob da niemand mehr auf der Lauer lag. Auch wenn es die Zehenspitzen nicht gebraucht hätte. Es war nicht gerade ein Geheimnis, dass jemand zu Hause war, wenn man bedachte, dass im ganzen Haus Licht an war und das Garagentor wohl kaum leise war.

„Joy?", rief Carly, die den Kopf zurück in die Garage steckte. „Kommst du?"

„Natürlich ... Ich war nur ..." Joy ließ ihre Stimme verklingen und schüttelte den Kopf. „Tut mir leid. Es war ein echt langer Tag."

„Scheiße! Aber natürlich", sagte Carly schnell. „Willst du,

dass ich dich nach Hause fahre? Wir müssen das nicht machen …"

Joy hob eine Hand, um sie aufzuhalten, noch während sie zur Tür eilte. „Nein. Es kommt aufs Tempo an. Lass uns das jetzt machen. Falls ich irgendetwas aus deinen Fotos aufnehmen kann, das den Behörden hilft, sie nach Hause zu holen, dann ist es wirklich wichtig, dass ich es so bald wie möglich versuche."

„Okay", sagte Carly, die sich bereits ins Haus zurückzog. „Das habe ich auch gedacht, aber ich will nicht, dass du dich unter Druck gesetzt fühlst, das zu machen." Sie wandte den Blick ab, und mit leiser Stimme fügte sie an. „Das ist mit Sicherheit traumatisierend."

War es. Joy war sicher, dass sie Albträume von der Vision haben würde, die sie mitbekommen hatte. Aber davon würde sie sich nicht aufhalten lassen. Carlys Nichte wurde vermisst, war in den Händen von die Göttin wusste, wem, und sie tat Joy leid. Alles in ihr wünschte sich, dass die Fotos im Haus sie direkt zu Harlow Preston führen mögen.

Joy ging durch das elegante, moderne Strandhaus und schaute aus dem Fenster. Der silberne Mond schien hinab auf den aufgewühlten Pazifik, und Joy ging durch die Glastüren hinaus und ließ den salzigen Geruch des Meeres in sie eindringen und ihre Magie wieder aufladen. Vom Meer hatte sie immer Kraft bekommen. Es war einer der Gründe, weshalb es Hexen nach Premonition Pointe zu ziehen schien. Die Nacht war klar, die Sterne leuchteten über ihr. Die Szenerie war so schön, dass es schwierig war, sich vorzustellen, dass vor ein paar Stunden ein schreckliches Verbrechen in diesem Haus stattgefunden hatte.

Der kühle Wind blies vom Meer herein, sodass Joy zitterte.

Sie schlang die Arme um sich und zog sich wieder in das überwiegend weiße Wohnzimmer zurück.

„Die Bilder sind da drüben." Carly deutete auf den Sims über einem Gaskamin, bevor sie auf ein Buffet im Essbereich wies. „Und dort."

Joy ging hinüber zum Sims und musterte die gerahmten Fotos. Auf den meisten davon war Carlys Nichte, aber sie konzentrierte sich auf eine fröhliche Aufnahme der lebhaften jungen Frau. Sie war am Strand, den Kopf zurückgeworfen, während sie lachte. Joy fuhr mit den Fingern über das Glas, als würde sie das Bild nachmalen. Sie klärte ihre Gedanken und dachte nur an die Frau, die sie sah, und wartete.

Und wartete.

Und wartete noch länger.

Nichts. Keine Vision. Es gab nicht mal das Prickeln von Magie.

Joy seufzte und stellte das Bild zurück auf dem Sims. Vielleicht war ihre Magie das Problem. Hatte sie nicht beim letzten Mal dieses Prickeln der Magie gespürt, direkt vor der Vision? Sie dachte schon, aber so viel war seither passiert, dass sie nicht mehr sicher war.

Sie griff nach einem weiteren Foto. Harlow am Strand, den Kopf gesenkt, während die Wellen um ihre Füße brandeten. Joy dachte an das Wasser und beschwor genug Magie, dass ihre Haut zu prickeln begann. Aber obwohl ihre Magie erwachte, brachte das keine Visionen mit sich. Stattdessen entglitt sie ihr einfach.

„Glück gehabt?", fragte Carly hinter ihr.

Joy stellte das zweite Foto zurück und schüttelte den Kopf, während sie sich umdrehte, um sich an ihre Kollegin zu wenden. „Ich fürchte, nein. Ich weiß nicht mal, ob es etwas ist, zu dem ich mich zwingen kann. Letztes Mal kam es aus dem Nichts."

Carly runzelte die Stirn, wirkte enttäuscht, aber sie nickte. „Das hatte ich befürchtet. Macht es dir was, es noch ein paar Mal zu probieren?"

„Überhaupt nicht." Joy wollte unbedingt helfen, Harlow zu finden. Die Entführung der jüngeren Frau lastete auf ihr, und sie hatte das Gefühl, sie würde sowohl Carly als auch ihre Nichte im Stich lassen, weil sie nicht mehr tun konnte. Sie verbrachte die nächste halbe Stunde damit, jedes Foto in Carlys Strandhaus anzusteuern, bevor sie sich schließlich auf ein weißes Sofa fallen ließ und ein frustriertes Stöhnen ausstieß. „Ich glaube, es ist Zeit, dass ich meine Niederlage eingestehe."

Carly stellte ein silbernes Teeservice auf den Beistelltisch und nahm in dem Sessel ihr gegenüber Platz. Nachdem sie Wasser in die zwei Tassen geschenkt hatte, reichte sie eine Joy. „Ich verstehe es. Danke, dass du es versucht hast."

So viel Enttäuschung lag in Carlys Tonfall, dass Joy zögerte, es aufzugeben, Harlow finden zu wollen. Aber die Visionen kamen einfach nicht. „Was hältst du davon, wenn ich meinen Zirkel anrufe? Wenn wir alle zusammen sind, könnten wir vielleicht dafür sorgen, dass etwas passiert."

„Deinen Zirkel? Meinst du, die würden kommen?" In Carlys Stimme lag so viel Hoffnung, dass Joy sich beinahe schuldig vorkam, weil sie es vorgeschlagen hatte. Es gab keinen Grund zu der Annahme, dass ihre Zirkelschwestern irgendetwas tun könnten, um Harlow zu finden, aber sie konnte einfach noch nicht aufgeben.

„Ich bin sicher, das tun sie, wenn sie Zeit haben …", setzte Joy an, aber dann brach sie abrupt ab, als auf ihrem Handy ‚Sweet Child O'Mine' von Guns and Roses lief, was bedeutete, dass es eines ihrer Kinder war. „Gib mir nur mal kurz." Sie fischte ihr Handy aus der Tasche, nahm den Anruf an und sagte: „Hey, Kyle. Was ist los?"

Am anderen Ende der Leitung herrschte Stille.

„Kyle?", sagte sie noch einmal und runzelte die Stirn. „Bist du dran?"

„Ja. Ich bin dran." Seine Stimme zitterte, als er fortfuhr: „Mir geht's gut, aber du musst kommen. Ich bin im Krankenhaus."

Joys Brust wurde eng, und in ihrem Kopf drehte sich alles, bis ihr klar wurde, dass sie aufgehört hatte zu atmen, und sie zitternd Luft holte. „Was ist passiert?"

„Autounfall."

„Ich bin gleich da." Sie beendete den Anruf und wandte sich an Carly. „Ich muss los. Mein Sohn …" Ihr gingen die Worte aus, weil ihr klar wurde, dass sie keine Ahnung hatte, wie verletzt Kyle war. „Er ist in einen Unfall geraten. Es tut mir leid, dass …" Sie wedelte mit der Hand, deutete auf die Fotos.

Carly schüttelte den Kopf und schnappte sich die Schlüssel und dann Joys Hand, während sie sie zur Garage zog. „Mach dir keine Sorgen deswegen. Komm schon. Ich fahre dich zu ihm."

KAPITEL DREI

*J*oy hastete in die Notaufnahme des Pointe-Memorial-Krankenhauses, nur darauf konzentriert, ihr jüngstes Kind zu finden. Rasch musterte sie den Wartebereich und eilte dann hinüber zum Aufnahmefenster. Als sie gerade am Tresen ankam, schaute sie noch einmal hin, als sie Jackson erkannte, einen der besten Freunde von Kyle. Seine gewöhnlich gut gezähmten dunklen, lockigen Haare standen in alle Richtungen ab, als wäre er gerade aufgewacht und zum Krankenhaus geeilt. So spät war es noch nicht, oder? Sie hatte gerade hinter ihm angehalten, als sie hörte, wie die Empfangsdame Jackson fragte, ob er zur Familie gehörte.

Joy wollte gerade schon Ja sagen, schwieg aber vor Schock, als Jackson sich zu Wort meldete.

„Er ist mein fester Freund." Jackson schniefte, als hätte er geweint. „Bitte. Ich muss dafür sorgen, dass es ihm gut geht."

„Normalerweise lassen wir nur Familie rein", sagte die Schwester.

„Aber ...", setzte Jackson an.

„Entschuldigen Sie bitte", sagte Joy leise.

Jackson versteifte sich, und als er sich umdrehte, war ein Ausdruck des Entsetzens auf seinem hübschen Gesicht. „Mrs. Lansing, ich …"

„Schon in Ordnung, Jackson." Ihre Mutterinstinkte machten sich bemerkbar, und sie warf ihm ein beruhigendes Lächeln zu, bevor sie sich an die Empfangsdame wandte. „Ich bin Kyles Mutter. Können wir jetzt zu ihm?"

„Nur ein Augenblick." Die Empfangsdame verließ den Tresen und zog sich nach hinten hinter eine Tür zurück, von der Joy annahm, dass sie zum zugangsbeschränkten Teil des Krankenhauses führte.

„Mrs. Lansing, es tut mir so leid." Jacksons Blick huschte im Wartezimmer herum, richtete sich auf alles, nur nicht auf Joy. „Ich dachte, wenn ich ihnen sage, ich wäre sein Partner, lassen Sie mich vielleicht nach hinten, um ihn zu sehen. Ich weiß, es soll nur die Familie rein, aber der Typ vom Abschleppdienst hat mir gesagt, der Krankenwagen hätte ihn mitgenommen, und ich …"

„Abschleppdienst?", rief Joy. „Wie schlimm ist es denn? Was ist passiert?"

Jackson schluckte, und mit leiser Stimme sagte er: „Ich weiß es nicht sicher. Wir haben telefoniert und hatten eine … Unstimmigkeit. Kyle hat mich angeschnauzt, und plötzlich hat er aufgeschrien, und ich habe nur das metallische Kreischen gehört und …" Er schüttelte den Kopf. „Er war unterwegs nach Hause von seinem Dad, darum wusste ich den Weg und bin los, um ihn zu suchen. Als ich sein Auto gefunden habe, wurde es schon abgeschleppt, und er war bereits ins Krankenhaus gebracht worden. Es sah aus, als hätte er einen Baum gestreift."

Joys ganzer Körper wurde eiskalt beim Gedanken, dass ihr Sohn gegen einen Baum gefahren war. Er hätte sich umbringen können. *Aber das hat er nicht,* sagte sie sich. Er hatte sie angerufen. Er war bei Bewusstsein gewesen. Wie sehr er auch verletzt war, es konnte doch nicht lebensbedrohlich sein, oder? „Weißt du, wie er verletzt ist?"

Er schüttelte den Kopf, während seine Augen sich mit unvergossenen Tränen füllten. „Es tut mir so leid, Mrs. Lansing. Wir hätten nicht telefonieren sollen, während er fährt. Das war meine Schuld."

Joy legte ihm den Arm um die Schultern, zog ihn an sich. „Erst mal weißt du doch, dass du mich Joy nennen sollst. Zum zweiten, du bist nicht für Kyles Handlungen verantwortlich. Hat er zumindest ein Headset benutzt?"

Er lehnte sich an sie, sein Körper bebte. „Ja. Er hat Bluetooth gehabt."

Sie stieß Luft aus, die sie angehalten hatte, und fuhr mit der Hand seinen Arm hinauf, um ihn zu trösten. Tatsächlich unterdrückte die Tatsache, dass sie jemanden hatte, um den sie sich kümmern konnte, einen Teil ihrer eigenen Nervosität. „Das ist gut. Es ist nicht deine Schuld", beharrte sie erneut.

Jackson löste sich von ihr und öffnete den Mund, um noch etwas zu sagen, doch er kam nicht dazu, da die Empfangsdame zurückkehrte. „Jetzt dürfen Sie nach hinten gehen. Es ist Untersuchungszimmer sechs links."

Joy schnappte sich Jacksons Hand und zog ihn durch die Türen und den Gang entlang. Als Joy das Zimmer ihres Sohnes betrat, unterdrückte sie ein entsetztes Keuchen, sobald sie ihren gut aussenden Goldjungen sah. Er hatte eine Platzwunde am Kopf und blaue Flecken auf der linken Seite des Gesichts. Sein linkes Hosenbein war aufgerissen, und um das Bein war eine elastische Bandage gewickelt. Joy lief an seine Seite und nahm seine rechte Hand in ihre beiden. „Hey, Kleiner", sagte sie und lächelte ihn schwach an, konnte aber das Beben in ihrer Stimme nicht verbergen. Sie konnte nicht anders. Ihr Jüngster war verletzt.

Kyle stieß ein leises Stöhnen aus. „Alles in Ordnung, Mom. Flipp bloß nicht aus."

„Ich flippe nicht aus", behauptete sie. „Ich mache mir aber Sorgen um dich. Wie geht es dir?" Sie warf einen Blick zu seinem Bein. „Das sieht nicht gut aus."

Er schüttelte den Kopf. „Das ist gebrochen. Sie schienen es bald und dann entlassen sie mich."

„Gebrochen?", stieß Jackson keuchend hervor.

Kyles grüne Augen richteten sich auf Jackson. Sie schauten einander einen Augenblick lang an, und Joy runzelte die Stirn, als sie sah, dass zwischen ihnen etwas Schmerzhaftes und Verletztes hin und her ging.

„Tut mir leid", sagte Jackson leise. „Es ist meine Schuld."

Kyle stieß noch ein Stöhnen aus und strich sich mit der Hand durch das dichte honigblonde Haar. „Nein, ist es nicht, Jay. Mir tut es auch leid." Er kniff die Augen zu und fuhr zusammen, während er sein linkes Auge mit der Hand bedeckte. „Ich glaube, ich habe mir das Gesicht am Fenster verletzt."

„Haben sie dir was gegen die Schmerzen gegeben?", fragte Jackson, der zur anderen Seite des Bettes ging. Er griff vor, als wollte er Kyles freie Hand nehmen, aber dann hielt er inne und packte stattdessen das Geländer des Bettes.

Joy beobachtete die beiden jungen Männer und fragte sich, was genau zwischen ihnen vorging. Sie waren schon seit Jahren befreundet, aber hatte sich das in mehr verwandelt? Zwischen ihnen stand auf jeden Fall etwas. War Jacksons Behauptung, dass er Kyles Freund war, die Wahrheit gewesen? Wenn ja, weshalb hatte er dann behauptet, dass er das nur gesagt hatte, um reinzukommen und ihn zu sehen? Sie wusste schon seit Jahren, dass Jackson schwul war, und hatte ihn immer akzeptiert, niemals Fragen gestellt. Schützte er Kyle? Ihr Sohn war mit etlichen Mädchen zusammen gewesen, und sie hatte niemals erwartet, dass er vielleicht Interesse an Männern hatte.

„Kyle?", fragte Joy.

Er löste den Blick von Jackson und starrte sie an. „Ja?"

„Haben sie dir Schmerzmittel geben?", fragte sie und beschloss, was immer zwischen Kyle und Jackson war, konnte warten. Sie musste wissen, wie sehr ihr Sohn verletzt war.

„Ja. Ich glaube, die wirken allmählich, denn ich trete ein bisschen weg." Er lächelte sie schief an und fuhr wieder zusammen, diesmal berührte er die linke Seite seiner Lippen. „Autsch."

„Okay. Gebrochenes Bein, Prellungen, gibt's noch was, was ich wissen muss?"

Er schüttelte leicht den Kopf. „Nein. Ich glaube nicht."

Sie nickte. „Hast du deinen Dad angerufen?" Joy wurde klar, dass sie Paul in dem Augenblick hätte anrufen sollen, als sie das Telefonat mit Kyle beendet hatte, aber sie war nach den Ereignissen des Tages so erschüttert und in Panik gewesen, dass sie nicht mal an ihn gedacht hatte.

„Nein!", sagte er betont. „Ich will ihn hier nicht."

Joys Augen wurden bei dem Ausbruch groß. Obwohl sie und Paul mitten in der Scheidung steckten, hatten sie aufgepasst, ihre Kinder rauszuhalten. Nicht, dass die Trennung hässlich gewesen wäre. Falls überhaupt, war es die freundschaftlichste Scheidung, von der Joy je gehört hatte. Paul war ausgezogen. Sie hatten über einen Vermittler eine Vereinbarung getroffen, und das war alles. Nun blieb nur noch, auf die Behörden zu warten, damit es offiziell wurde. Ihre drei Kinder waren erwachsen, also gab es keine

Sorgerechtsprobleme oder Unterhaltszahlungen, die man regeln musste. Sie hatten sich im Lauf der Jahre finanziell gut aufgestellt, und obwohl ihre Besitztümer fifty-fifty geteilt wurden, waren sie beide finanziell abgesichert. „Was ist passiert, Kyle? Haben du und dein Vater euch gestritten?"

„Gestritten", schnaubte Kyle. „So könnte man es nennen."

Joy sank auf den Plastikstuhl neben dem Bett. „Worüber habt ihr denn gestritten?"

Kyle warf einen Blick rüber zu Jackson, und dann wandte er sich wieder an Joy. Aber bevor er noch was sagen konnte, schwang die Tür auf, und die Ärztin kam herein.

„Sind Sie bereit, das Bein schienen zu lassen, Kyle?", fragte die Ärztin mit einem netten Lächeln.

Erleichterung zog über sein gequältes Gesicht, und er nickte.

„Sie sind bestimmt Kyles Mom", sagte die Ärztin, die Joy eine Hand hinhielt. „Er ist ein wenig zerschlagen, aber die gute Nachricht ist, es muss nichts operiert werden. Wir können das Bein auch so schienen."

„Wie lange wird es einen Gips brauchen?", fragte Kyle.

„Erst werden wir Ihnen einen Aircast verpassen, bis die Schwellung zurückgeht. Dann kriegen Sie einen Gips, etwa sechs Wochen, wenn alles gut geht. Und danach wird es ein Stiefel, während Sie weiter heilen. Aber während Sie den Gips tragen, müssen Sie Belastungen komplett meiden."

„Er wohnt im zweiten Stock in einer Wohnung", sagte Joy. „Kein Aufzug."

„Das ist nicht ideal. Es wird heikel, auf Krücken die Stufen rauf und runter zu kommen. Und falls er sich noch mal verletzt, könnte das eine Operation bedeuten."

Kyle stöhnte.

Joy tätschelte ihrem Sohn den Arm. „Sieht so aus, als hätte

ich eine Weile einen Mitbewohner." Sie wandte sich an die Ärztin. „Er wird mit mir nach Hause kommen."

„Das höre ich gerne." Sie machte sich eine Notiz in ihrer Akte. „Wir nehmen Kyle jetzt mit, um den Gips anzupassen, und sobald wir fertig sind, können Sie nach Hause fahren."

Zwei Pfleger kamen dazu, und ein paar Minuten später rollten sie Kyle aus dem Raum.

Als Joy und Jackson allein waren, musterte Joy den üblicherweise offenen jungen Mann, dessen Persönlichkeit sonst überlebensgroß war. Sein Gesicht war weiß, und er wirkte erschüttert. „Er kommt in Ordnung. Das weißt du, oder?"

Jackson nickte. „Ja. Er hat mir aber kurz einen echten Schrecken eingejagt. Ich habe den Unfall am Telefon mitgehört, und …" Er schüttelte den Kopf. „Ich bin mir nicht sicher, ob ich das je vergessen kann."

Ein Schauder ging durch Joy hindurch, während sie sich vorstellte, wie das Auto ihres Sohnes auf diesen Baum getroffen war. Es fühlte sich an wie ein Schlag in die Magengrube, und ihre Brust schmerzte bei der Erkenntnis, dass es hätte so viel schlimmer ausgehen können. Sie schüttelte den Kopf. Das letzte, was sie brauchte, war, sich Sorgen wegen etwas zu machen, das gar nicht passiert war. Sie räusperte sich und wechselte das Thema. „Also, du und Kyle? Ist alles in Ordnung?"

Er schaute weg. „Tut mir leid, darüber kann ich nicht reden, Mrs. Lansing."

„Nenn mich Joy", beharrte sie erneut.

„Genau. Joy." Er nahm auf der gegenüberliegenden Seite des Raumes Platz und schaute auf seine Füße.

Joy seufzte. Und dann, weil sie sicherstellen musste, dass er wusste, wo sie stand, sagte sie: „Ich will hier keine

Vermutungen anstellen, und ich bitte dich nicht, mir irgendwas zu sagen, aber wenn etwas mehr als Freundschaft zwischen dir und meinem Sohn besteht, ist das für mich völlig in Ordnung."

Er blinzelte, und sein Mund bewegte sich, als würde er versuchen, herauszufinden, was er sagen sollte.

Joy hob die Hände. „Wirklich, sag nichts. Ich bin sicher, falls es etwas gibt, das ich wissen muss, ist das eine Unterhaltung, die ich mit Kyle führen sollte, wann immer er dafür bereit ist. Ich wollte nur klarstellen, dass das für mich in Ordnung ist, okay?"

Jackson nickte und lächelte dann. „Okay."

Joy stand auf und ging durch das Zimmer. Der Junge, den sie gekannt hatte, seit er fünf Jahre alt war, schaute zu ihr auf. Sie lächelte auf ihn hinab und öffnete die Arme weit. „Ich glaube, es ist Zeit für eine Umarmung, oder?"

Er lachte leise und stand auf, nahm sie fest in die Arme. „Ich habe Sie lieb, Mrs. L."

So hatte seine Mom ihm aufgetragen, sie zu nennen, als er klein gewesen war, also verbesserte sie ihn nicht erneut. Stattdessen hielt sie ihn ganz fest und sagte: „Danke, dass du für Kyle da bist. Ich habe dich auch lieb."

KAPITEL VIER

*D*as Handy läutete und riss Joy aus dem Schlaf. Sie schoss im Bett hoch und schaute sich um, suchte mit verschwommenem Blick nach ihrem Handy. Es war spät gewesen, als sie und Kyle am Vorabend nach Hause gekommen waren, und bis sie ihn in seinem alten Zimmer untergebracht hatte, war es weit nach drei Uhr früh gewesen. Dann hatte es ein paar Stunden gedauert, bis sie endlich eingeschlafen war.

Sie wischte sich den Schlaf aus den Augen und spähte auf die Uhr. Es war gerade mal kurz nach acht. Drei Stunden Schlaf reichten nicht annähernd. Sie schnappte sich das Handy, schaute auf den Bildschirm und ging dann ran. „Grace? Was ist los?"

„Hier ist nichts los", sagte ihre beste Freundin ungeduldig. „Ich rufe an, um rauszufinden, weshalb ich von Lex erfahren musste, dass Kyle einen Autounfall hatte. Geht es ihm gut? Was ist passiert?"

Joy gähnte, aber dann wölbten sich ihre Lippen zu einem schwachen Lächeln. Es war gut, Freundinnen zu haben, denen das so wichtig war. Sie hätte nur nicht gedacht, dass die

Gerüchteküche so schnell arbeitete. Andererseits hätte sie wissen können, dass es nicht lange dauern würde, bis Grace von dem Autounfall erfuhr. Ihre Nichte Lex war gut mit sowohl Jackson als auch mit Kyle befreundet. Jackson hatte sie vermutlich am Vorabend angerufen. Es hatte bestimmt nicht lang gedauert, bis Lex Grace anrief. „Ihm geht's gut. Oder zumindest ging es ihm gestern Nacht gut, als ich ihn ins Bett gesteckt habe."

„Ist er bei dir zu Hause?", fragte Grace.

Joy nickte, obwohl Grace sie nicht sehen konnte, während sie aus dem Bett stieg und in einer Kommode nach ihrer liebsten Yogahose wühlte. „Ja. Er wird wohl eine Weile hier sein. Er hat ein gebrochenes Schienbein und einen Gips. Er soll es nicht belasten, und die Treppen in seiner Wohnung sind dafür einfach nicht gemacht, bis er wieder etwas mobiler wird."

„Ich komme rüber. Ich mache euch beiden Frühstück", schlug Grace vor.

„Grace, das musst du nicht tun. Ich werde …"

„Wie viel hast du gestern Nacht geschlafen?", fragte Grace.

Joy hörte am anderen Ende der Leitung eine Tür zuschlagen, während sie sagte: „Nicht genug."

„Dachte ich es mir doch. Versuch nicht, mir das auszureden. Ich bin bereits unterwegs. Ich bin in fünfzehn Minuten da."

Der Anruf hatte ein Ende, und Joy spürte, wie ihr Herz leicht anschwoll. Was hatte sie getan, um eine so gute Freundin zu verdienen? Sie schaute auf ihr Handy, ob eine Nachricht von der Produktionsassistentin gekommen war, die ihr jeden Tag über etwaige Änderungen bei den Drehplänen schrieb. Und natürlich hatten sie den Dreh etwas umgebaut, damit Carly ein paar Tage freibekam, was bedeutete, dass Joy erst am Nachmittag dort sein musste. Sie stieß ein erleichtertes Seufzen aus, weil sie keinen langen Arbeitstag haben würde.

Nachdem sie sich die Zähne geputzt und die Haare gebürstet hatte, begab sich Joy in ihre große Küche und ging geradewegs zur Kaffeekanne. Auf gar keinen Fall würde sie es durch diesen Tag schaffen, ohne riesige Mengen Koffein zu sich zu nehmen. Sobald sie die Kanne aufgesetzt hatte, ging sie zu Kyles Zimmer und klopfte leise. Als keine Antwort kam, öffnete sie die Tür einen Spalt breit und spähte hinein. Sobald ihr auffiel, dass Kyle nicht im Bett lag, öffnete sie die Tür weiter und rief: „Kyle?"

Es kam keine Antwort. Aber natürlich nicht. Sein Schlafzimmer hatte kein direkt zugängliches Bad. Wo genau hatte den Joy erwartet, dass er sein sollte? Dass er sich im Schrank versteckte?

Sie ging durch ihr Haus mit den vier Schlafzimmern, in dem sie die letzten dreißig Jahre damit verbracht hatte, eine Familie aufzuziehen, schaute in jedem Zimmer nach ihrem jüngsten Kind. Nun, da ihre Ehe vorbei war und alle Kinder ausgezogen waren, war das Haus für sie allein einfach zu groß, aber sie hatte noch nicht darüber nachgedacht, umzuziehen. Der Strand war ein paar Blöcke entfernt, und ihren Garten hatte sie in ein Heiligtum mit üppigem Grün, einer Feuergrube und einer Verandaschaukel verwandelt, wo sie viele Stunden mit Lesen verbracht hatte.

Und genau in diesem Garten fand sie auch ihren Sohn.

Ihr schlaksiges, blondes Kind saß auf der Schaukel, gehüllt in eine Decke, und hielt einen Pappkaffeebecher aus dem Pointe of View Café. Er war zusammengesunken, das linke Bein auf einen der anderen Verandastühle gestützt. „Hey", sagte sie leise, nahm auf der anderen Seite Platz.

Er hatte rasch die überstehende Decke weggezogen, die den Sitz bedeckt hatte, und als sie dort saß, bot er sie ihr an.

„Vielen Dank, Kleiner." Joy legte sich die Decke über die Oberschenkel, lächelte ihn an und versuchte, keine Grimasse zu ziehen, als sie die blauen Flecken überall auf seinem Gesicht sah. Sie nickte zu seinem Becher hin. „Hat dir den die Kaffeefee vorbeigebracht?"

Er schnaubte. „Das könnte man so sagen. Jackson hat ihn Lex gegeben, damit sie ihn mir bringt, wenn sie heute Morgen vorbeischaut."

„Lex war bereits da?", fragte sie.

Er nickte. „Sie hatte heute Vormittag ein Bewerbungsgespräch als stellvertretende Geschäftsführerin beim Pointe of View. Sie glaubt, es ist gut gelaufen."

„Echt? Das ist gut." Lex hatte kürzlich das College in Hotel- und Gaststätten-Fachwesen abgeschlossen. Aber es war eine Herausforderung, einen Job in ihrem Aufgabenbereich zu finden, und sie hatte die letzten sechs Monate damit verbracht, im Delikatessenladen der Familie ihrer Freundin zu arbeiten.

„Ich hoffe, sie kriegt die Stelle. Das wäre toll." Er nippte noch einmal an seinem Kaffee, dann starrte er direkt nach vorne. Aber sie war sicher, dass er nicht ihre spätblühenden Sonnenblumen sah. Er war in Gedanken.

„Wie geht's deinem Bein heute? Konntest du genug schlafen?", fragte sie, legte ihm sanft eine Hand aufs rechte Knie.

Kyle schüttelte den Kopf. „Nicht wirklich. Ich bin immer mal wieder eingenickt, aber selbst mit den Schmerzmitteln haben der dumpfe Schmerz und das Unbehagen mit dem Gips einfach verhindert, dass ich richtig schlafen konnte."

„Das tut mir leid, Kleiner. Ich weiß, dass jetzt gerade alles schrecklich ist. Aber es wird besser." Sie verabscheute es, dass ihre Beruhigung so abwertend klang. „Ich bin sicher, es nervt, dass du wieder zu Hause bist, während sich deine Mom um dich kümmert."

Er hob den Blick zu ihr und sagte mit leiser Stimme: „Das macht mir nichts. Es ist irgendwie nett, wieder zu Hause zu sein, um ehrlich zu sein."

Sie blinzelte ihn an und lachte dann leise. „Echt? Ich bin sicher, in ein paar Tagen willst du hier unbedingt wieder raus."

Er zuckte nur mit den Schultern und starrte dann wieder auf ihren Garten.

Joy schluckte ein Seufzen, denn sie war sich sicher, dass ihn mehr als nur seine Verletzungen nervten. Sie hatte diesen Ausdruck nicht mehr auf seinem Gesicht gesehen, seit seine Freundin mit ihm am Tag vor seinem siebzehnten Geburtstag Schluss gemacht hatte. Er hatte ein gebrochenes Herz, aber sie hatte keine Ahnung, weswegen. „Kyle?"

„Ja?" Er hob den Blick zu ihr.

„Gibt es was, über das zu reden musst?" Falls ihm das Herz gebrochen worden war, war es doch sicher nicht wegen Jackson, denn der hatte Kyle heute Vormittag Kaffee geschickt.

Er schloss die Augen und sank weiter in die Schaukel.

Joy wartete, denn sie wusste, dass ihr Sohn erst reden würde, wenn er bereit war. Ihre anderen beiden Kinder konnte sie oft dazu bekommen, sich zu öffnen, indem sie sie einfach bedrängte. Aber Kyle? Nein. Er war der Sensible, der alles im Inneren durcharbeitete, und dann schließlich zu eigenen Bedingungen zu ihr kam.

„Hast du Hunter und Britt angerufen?", fragte er.

„Noch nicht." Sie beäugte seinen Kaffeebecher und wünschte sich innig, sie hätte darauf gewartet, dass ihre Kanne durchlief, bevor sie nach draußen ging. Ihr Kopf war ganz wattig, und sie hätte echt eine Dosis Koffein gebrauchen können.

Offensichtlich fiel ihm ihre Sehnsucht auf, und er hielt ihr den Becher hin.

Joy griff dankbar danach und nahm einen großen Schluck des überzuckerten Lattes. Aber dieser Hauch Koffein war genau das, was sie brauchte. „Es war spät, als wir nach Hause gekommen sind. Ich habe aber deinen Vater angerufen."

Kyles Körper spannte sich an, und in seinen Augen blitzte Zorn, während er sie vorwurfsvoll anschaute. „Ich habe dir doch gesagt, dass ich nicht will, dass du ihn anrufst."

„Tatsächlich", erwiderte sie milde, „hast du mir gesagt, du willst ihn nicht sehen. Was eine Bitte ist, der wir beide nachkommen."

„Ich bin sicher, das ist für Dad echt hart", sagte Kyle sarkastisch. „Ist ja nicht, als wollte er noch ein Teil dieser Familie sein."

Ein leichter Schock ging bei seinem Ausbruch durch Joy hindurch. Aber sie hätte nicht wirklich überrascht sein müssen. Die Trennung war für sie alle ein Schock gewesen. Es war normal, dass ihre Kinder nachtragend waren. Trotzdem wollte sie, dass sie eine Beziehung zu ihrem Vater hatten, darum fand sie sich in einer Position wieder, in der sie ihn verteidigte. „Nur weil wir uns scheiden lassen, heißt das nicht, dass dein Dad die Familie verlässt, Kyle. Das weißt du doch. Er ist noch da. Wir leben nur nicht mehr zusammen."

Kyle schaute sie ungläubig an. „Ernsthaft, Mom? Er hat dich verlassen. Er hat nicht mal einen echten Grund genannt. Verdammt, er hat *uns* keinen echten Grund genannt. Er hat einfach nur gesagt, ihr beiden hättet euch entfremdet, und es wäre nicht gut, in einer Ehe zu bleiben, wenn die Beteiligten keine Verbindung mehr haben. Was zum Teufel ist das denn für ein Blödsinn? Wir wissen alle, dass du ihn nicht gebeten hast, zu gehen. Und jetzt, weil er nicht an dem arbeiten möchte, was immer los ist, ist er einfach gegangen. Und von uns allen wird erwartet, dass wir alle Feiern zweimal machen. Einmal mit dir und einmal mit ihm. Wir werden nicht mal mehr ein Familienessen haben, bei dem wir alle zusammen sind, und was ist mit anderen Ereignissen? Würde er überhaupt auftauchen? Du weißt, wir haben ihn kaum gesehen, seit er ausgezogen ist. Das ist einfach nur total beschissen!"

Joy fuhr zusammen, als sie hörte, wie ihr Jüngster fluchte, sagte aber nichts zu seiner Sprache. Er hatte recht. Mit allem. „Ihr müsst nicht jedes Fest zweimal feiern. Wir können uns abwechseln und …"

„Mom!" Er schob sich nach oben und funkelte sie an. Aber als er wieder etwas sagte, war seine Stimme weicher. „Glaub doch keinen Augenblick lang, dass wir nicht an Weihnachten nach Hause kommen, oder an Thanksgiving. Das ist unser Zuhause, und du warst sowieso immer diejenige, die die Feiertage zu was Besonderem macht."

In ihren Augen standen Tränen, und sie machte sich nicht die Mühe, sie wegzublinzeln. Ihr war es mit der Scheidung ganz okay gegangen. Paul war ihr in den letzten paar Jahren emotional schon so fern gewesen, dass sie fast erleichtert gewesen war, als er gesagt hatte, er würde gehen. Aber wenn es um ihre Familie ging, brach es ihr das Herz, dass Paul sie aufgegeben hatte. Und die Vision, die sie von ihrer Zukunft gehabt hatte, zusammen alt zu werden, Großeltern zu werden, ihr Haus mit Liebe zu füllen, war für immer verändert. Paul war ein guter Vater gewesen. Einst hatten sie sich geliebt. Es brachte sie um, dass sie nicht wusste, was passiert war. Und es brachte sie um, dass ihr Sohn und vermutlich auch ihre beiden anderen Kinder litten. Nur weil sie älter waren, hieß das nicht, dass es ihnen egal war, dass die Ehe ihrer Eltern ein Ende hatte.

„Bitte wein nicht", sagte Kyle, der nervös wirkte. „Es tut mir leid. Ich wollte dich echt nicht aufregen."

„Das hast du nicht. Ich … ich freue mich, dass du gern an den Feiertagen hier bist. Das ist alles", sagte sie und wischte ihre Tränen weg.

„Wirklich?" Kyle hob skeptisch eine Augenbraue.

Sie stieß ein leises Lachen aus, gab sich geschlagen. „Okay, vielleicht rege ich mich ein bisschen auf. Es rührt mich, dass du so gerne die Feiertage hier verbringst, und ich bin auch traurig, dass die Zukunft, auf die wir alle gehofft hatten, jetzt anders aussieht. Ich bin sicher, das geht deinem Vater auch so. Aber so genervt du auch bist, dass die Dinge jetzt anders sind, es ändert nichts an der Tatsache, dass er dich liebt. Von dir hat er sich nicht scheiden lassen, oder von Hunter und Britt, das weißt du."

„Noch nicht", sagte Kyle, seine Miene wurde wieder düster.

„Bist du bereit, mit mir über das zu reden, was zwischen dir und deinem Vater gestern Abend vorgefallen ist?", fragte Joy.

Kyle schaute hinab auf Joys Hand, die auf seiner lag. „Wir haben uns nur gestritten, das ist alles."

„Worüber? Die Scheidung?", fragte sie.

„Ja. Nein." Er zuckte mit den Schultern. „Es war alles. Er wollte wissen, wann ich mich fürs Jurastudium bewerbe, und ich habe ihm gesagt, dass ich nicht weiß, ob es noch das ist, was ich will. Dann war er angepisst und hat mir vorgeworfen, ich würde mit was anderem denken als meinem Kopf."

Joy lehnte sich in die Schaukel zurück, versuchte zu verarbeiten, was ihr Sohn ihr gerade erzählt hatte. Er hatte kürzlich einen Abschluss in Englisch gemacht. Sie wusste, dass er über Jura nachgedacht hatte, aber nicht, dass er sich dagegen entschieden hatte. „Was hat denn ein Vater damit gemeint, dass du mit etwas anderem denkst als deinem Kopf? Bist du mit jemanden hier im Premonition Pointe zusammen?"

Sein Gesicht wurde rot, und er schaute weg. Als er sich wieder zu ihr umdrehte, sagte er: „Ich bin mit jemanden zusammen, aber das ist nicht der Grund, weshalb ich nicht gehen will. Ich habe einfach nur beschlossen, dass Jura nichts für mich ist." Er zögerte und fügte dann an: „Ich habe ein Vorstellungsgespräch bei der *Premonition Pointe News*. Das sollte am Montagvormittag stattfinden."

„Wirklich?", rief Joy. „Das ist wunderbar. Darin wärst du toll."

Erleichterung trat auf sein Gesicht, und er lächelte sie schwach an. „Ich dachte, das würdest du sagen, aber Dad hat mir gesagt, ein Journalist bei einer Kleinstadtzeitung ist reine Zeitverschwendung, bei der es keinen Raum gibt, um Karriere zu machen. Mehr oder weniger hat er mir gesagt, ich würde meine Bildung wegschmeißen, wenn ich dort arbeite."

„Das hat er gesagt?" Ein Funken Zorn schoss ihr Rückgrat hinab. Und bevor er noch was sagen konnte, pflügte sie weiter mit ihrer Empörung. „Wie kann er es wagen? Geld ist nicht alles. Und es gibt doch eine Laufbahn, wenn man schreibt. Du könntest freiberuflich arbeiten, oder an einem Buch, oder alles, was du tun möchtest. Außerdem kellnerst du doch noch immer und arbeitest am Wochenende bei dieser Abenteuerfirma, oder?"

Er nickte, sein Lächeln verblasste leicht. „Das habe ich getan. Aber es wird schwer sein, Quadtouren zu führen oder an Tischen zu bedienen, wenn mein Bein gebrochen ist."

Joy verzog das Gesicht. „Stimmt." Dann wedelte sie mit der Hand. „Ich bin mir sicher, für dich gibt es bei diesen

Unternehmen einen Platz, sobald dein Bein geheilt ist. In der Zwischenzeit, da du deine Wohnung monatlich mietest, könntest du die einfach aufgeben, während du dich hier erholst. Das würde etwas Geld sparen."

„Ich hatte nicht vor, aus meiner Wohnung auszuziehen." Er schluckte, und sie sah, dass ein Umzug nach Hause überhaupt nicht das war, was er machen wollte. „Ich habe was gespart. Ich werde ja nur sechs Wochen hier sein, oder?"

„Das hat die Ärztin gesagt. Es sind deine Ersparnisse. Wenn du das tun möchtest, dann okay. Falls du sparen willst, habe ich vier Schlafzimmer, die Miete ist umsonst, und es gibt auch noch umsonst was zu essen."

Er fuhr sich mit der Hand durch die Haare und sah sie dann aus zusammengekniffenen Augen an. „Setzt du dich hier gerade dafür ein, dass ich dauerhaft zu dir zurückziehe?"

Joy warf den Kopf in den Nacken und lachte. „Nein, Kleiner. Ich gebe zu, ich hab dich gern um mich, aber ich versuche nicht, dich dazu zu manipulieren, was zu tun, das du nicht tun möchtest. Ich versuche, dir zu helfen. Falls Geld ein Problem ist, weißt du, du kannst immer hier landen."

„Das wäre ganz toll fürs Daten", murmelte er.

Wieder einmal fragte sie sich, ob etwas mehr als Freundschaft zwischen ihm und Jackson bestand. Sollte sie etwas deswegen sagen? Ihm klarmachen, dass das für sie total in Ordnung war? Aber weshalb sollte er was anderes denken? Lex hatte eine Freundin, und das war nie ein Problem gewesen, und Kyle wusste, dass sie sich im Klaren darüber war, dass Jackson schwul war, und sie hatte ihn niemals irgendwie anders behandelt. Rasch beschloss sie, dass es besser war, es einfach auf sich beruhen zu lassen. Sie hatte Jackson bereits gesagt, wo sie stand. Wenn sie eine Beziehung hatten, würde er Kyle mit Sicherheit erzählen, was sie gesagt hatte. Es hatte keinen Sinn, ihrem Sohn Druck zu machen, ihr etwas zu verraten, über das er vielleicht noch nicht bereit war, zu reden. Joy verlegte sich auf etwas anderes, dachte an ihr eigenes Datingleben und fragte sich zum hundertsten Mal, wann sie von Troy hören würde.

„Wo wir gerade bei Dad sind", sagte Kyle, als hätte er ihre Gedanken gelesen. „Was geht mit dir und diesem Fotografen?"

Nun war es an Joy, mit den Schultern zu zucken. „Nichts."

„Das steht aber anders in der Klatschpresse", sagte er mit dem Hauch Erheiterung in den Augen.

Sie lachte leise. „Du darfst nicht alles glauben, was du liest." Dann wurde sie nüchtern. „Ehrlich, wir sind nur Freunde. Hier gibt's nichts zu erzählen."

„Das werden wir sehen."

Sie wollte ihn fragen, was er meinte, aber die Hintertür schwang auf, und Hope und Grace kamen aus dem Haus und liefen zu ihnen herüber, jede von ihnen betüddelte Kyle, wollte sicherstellen, dass es ihm gut ging.

Es dauerte nicht lang, bis er gähnte und sagte, dass er sich eine Weile hinlegen musste.

Joy stand aus der Schaukel auf und reichte ihm seine Krücken. „Kann ich dir was bringen?"

„Wasser? Vielleicht etwas Toast, damit ich mein Schmerzmittel nehmen kann?"

„Ich bin dabei", sagte Hope, die sich umdrehte und ins Haus lief, ihre dunklen Locken flogen hinter ihr.

Grace hielt Kyle die Tür auf, und Joy wartete geduldig, während ihr jüngstes Kind zurück ins Haus humpelte.

KAPITEL FÜNF

„*D*u siehst zerschlagen aus", sagte Hope, die Joy von der anderen Seite des Küchentisches aus beäugte. Sie hatte ihre dunklen Locken unordentlich hochgesteckt. Ihre whiskeyfarbenen Augen musterten Joys Gesicht. „Hast du letzte Nacht überhaupt geschlafen?"

Joy hob die Hand, bedeckte ihren Mund, während sie so fest gähnte, dass ihr die Augen übergingen. „Ein bisschen. Es war ein sehr langer Tag."

Grace Valentine stellte ein Tablett mit Pumpkin-Spice-Pancakes vor Joy ab.

Joy schaute zu ihrer Freundin auf und wunderte sich, dass sie so aufgebrezelt war. Sie trug einen schicken schimmernd blauen Hosenanzug, und ihre welligen kastanienroten Haare waren perfekt gestylt. „Danke. Du siehst fantastisch aus. Hast du einen großen Tag?"

Grace grinste. „Ich habe einen neuen hochwertigen Kunden, und ich zeige ihm das Emsworth-Anwesen."

Das Emsworth-Anwesen war ein großes Privathaus zehn

Meilen südlich der Stadt mit eigenem Privatstrand. Falls Grace diese Immobilie verkaufte, würde sie eine spektakuläre Kommission erhalten. „Kein Wunder, dass du schick angezogen bist. Hast du deine Glücksschuhe dabei? Die würden perfekt zu diesem Anzug passen."

Grace lächelte ihre Freundin an. „Sie sind im Auto."

„Perfekt. Es klingt, als wärst du unterwegs, um dir den Titel Maklerin des Jahres zu verdienen." Joy zwinkerte ihr zu und genehmigte sich ihre Pfannkuchen. Sie nahm einen Bissen und stöhnte vor Vergnügen.

Die Unterhaltung hörte auf, während sie ihr Frühstück verspeisten. Als Joy schließlich ihre Gabel ablegte und sich im Stuhl zurücklehnte, die Hand auf dem vollen Bauch, fragte Grace: „Erzählst du uns, was gestern passiert ist?"

Joy ließ einen Blick zu ihren beiden Freundinnen huschen und sagte: „Ihr habt von Harlow Preston gehört." Dann sah sie Hope aus zusammengekniffenen Augen an. „Oder hast du meine Gedanken gelesen?"

Hope hob beide Hände in einer Stoppbewegung. „Nö. Ich lausche nicht wie Angela", sagte sie und spielte auf ihre Mutter an, die nicht verhindern konnte, dass sie Gedanken las. Sie hatte keine Kontrolle darüber, anders als Hope, die lernte, dass sie ihre Sinne verschließen und die Gedanken anderer manchmal ausschließen konnte. „Das würde ich dir sagen. Aber es passiert nicht mehr so oft. Es passiert vor allem, wenn viele Leute um mich herum sind, und ich überwältigt werde, oder wenn meine Gefühle durcheinander sind. Es stand heute Morgen in der *Premonition Perspective*", sagte Hope mit finsterem Gesicht. „Dort stand, du wärst stundenlang auf der Polizei festgehalten und befragt worden. Ich schwöre, dieses Klatschblatt wird immer schlimmer."

Joy keuchte. „Es stand in der Klatschspalte?"

Hope nickte. „Ich weiß es nur, weil Lucas' Mom die Geschichten gern jeden Vormittag laut liest. Stell dir meine Überraschung vor, als sie runtergerattert hat, dass Joy Lansing zur Polizei eskortiert wurde, nachdem Carly Prestons Nichte verschwunden ist." Hope war letztens in ihr Traumhaus gezogen, zu ihrem Verlobten und seiner Mutter. Für Hope war das eine ziemliche Veränderung, denn sie war immer die Unabhängige der drei gewesen. Aber ihr Leben mit Lucas passte ganz offensichtlich zu ihr, und Joy hatte noch nie gesehen, dass ihre Freundin so glücklich und zufrieden war.

Joy vergrub das Gesicht in den Händen und stieß ein Stöhnen aus. „Ach, Scheiße. Was, wenn die landesweiten Klatschblätter das mitkriegen? Bei den Göttern. Sie hätten sich zumindest die Details besorgen können, weshalb ich da war, anstatt es klingen zu lassen, als wäre ich verdächtig."

„Sieh es doch mal so", sagte Grace mit einem freundlichen Lächeln. „Vielleicht wirkst du dann gefährlich, und Prissy lässt dich endlich in Frieden."

Joy konnte nicht anders. Sie stieß ein schnaubendes Lachen aus und sagte: „Man kann ja hoffen." Dann wurde sie ernst, denn an Harlows Verschwinden war nichts witzig. Sie nahm einen großen Schluck Kaffee und stellte die Tasse dann vorsichtig zurück auf den Tisch, während sie versuchte, die Nervosität wegzuatmen.

„Also, weshalb warst du da?", fragte Hope, die an ihrer eigenen Tasse nippte.

„Hat eine von euch schon mal eine Vision gehabt?", fragte Joy.

„Was meinst du denn mit Vision? Ich habe eine Nachricht an der Klippe gehört, in dieser einen Nacht, kurz bevor ich den Job bei Landers Realty bekommen habe", sagte Grace.

„Ich habe da auch eine Nachricht gehört, direkt vor meinem Geburtstag", fügte Hope an.

Die Nachrichten, die ihre beiden Freundinnen gehört hatten, waren für die Stadt ein ziemlich normales Vorkommnis. Es gab einen Grund, weshalb sie Premonition Pointe hieß. Das Meer war wie ein Sirenengesang für Hexen, die vor einer Veränderung standen, und oft, wenn eine Hexe sich auf die Kommunikation mit der Natur einließ, erhielt sie eine Nachricht oder eine Vorahnung dessen, was kommen würde. „Das war aber nichts dergleichen. Ich habe mir nur ein Foto von Carlys Nichte angesehen, und ehe ich es mich versah, wurde ich in eine Vision von ihr gezogen und habe hilflos zugesehen, wie sie aus dem Haus entführt wurde, das sie sich teilen. Es fühlte sich an, als würde es in Echtzeit passieren, und es gab absolut gar nichts, was ich tun konnte, außer zusehen."

„Heilige Götter", flüsterte Grace, die sich eine Hand an die Kehle drückte. „Das war bestimmt schrecklich."

Joy nickte. Es war auf jeden Fall furchtbar gewesen, und es war der Grund, dass sie in der letzten Nacht nicht viel Schlaf bekommen hatte, nachdem sie dafür gesorgt hatte, dass es Kyle gut ging. Jedes Mal, wenn sie die Augen schloss, sah sie, wie Harlow durch die Nacht verschleppt wurde. „Ich wollte eigentlich euch beide und Gigi gestern Abend anrufen, um zu sehen, ob wir unsere Magie kombinieren können, damit wir irgendwelche Informationen bekommen, oder einen Findezauber wirken, aber dann habe ich den Anruf bekommen, dass Kyle im Krankenhaus ist, und …" Sie zuckte mit den Schultern. „Offensichtlich war er meine Priorität."

Grace schaute den Gang entlang zu den Schlafzimmern. „Wie geht es ihm wirklich?"

Bevor sie sich zum Frühstück hingesetzt hatten, war Kyle zurück ins Bett gegangen und hatte eine weitere

Schmerztablette genommen. Das letzte Mal, als Joy nach ihm geschaut hatte, war er endlich eingeschlafen. „Nicht so toll. Er hatte gestern einen Streit mit Paul über seine Karriereziele. Kyle hat beschlossen, dass er nicht Jura studieren möchte, sondern er will schreiben. Am Montag hat er ein Vorstellungsgespräch bei der Zeitung."

„Echt? Das ist toll!", rief Hope, die breit lächelte. „Ich habe da ein paar Kontakte. Ich werde mal sehen, ob ich ein gutes Wort für ihn einlegen kann." Hope war eine Eventplanerin und schickte regelmäßig Pressemitteilungen über Ereignisse in der Stadt raus. Es war keine Überraschung, dass sie dort Verbindungen hatte.

„Danke, Hope", sagte Joy, die ihrer Freundin die Hand drückte. „Schade auch, dass sein Vater ihm keine solche Unterstützung geben kann."

Grace stöhnte. „Oh, nein. Was hat Paul gesagt?"

Joy grinste. Natürlich wussten ihre Freundinnen bereits, dass Paul eine Arschgeige gewesen war. Woran lag es, dass sie immer gesehen hatten, was sie an ihrem baldigen Ex nicht hatte sehen können? „Er war angepisst, dass Kyle beschlossen hat, keinen Abschluss in Jura zu machen, und hat ihm gesagt, wenn er schreibt, würde ihn das zu einem Leben in Armut verdammen."

„Was für ein arroganter Snob", sagte Hope, die den Kopf schüttelte.

„Am Schreiben ist doch nichts falsch?", fragte Grace. „Ich weiß, dass die Zeitung vermutlich nicht viel zahlt, aber er kann doch freiberuflich arbeiten und alle möglichen Publikationen bedienen, ohne Premonition Pointe zu verlassen. Und Bücher und Ghostwriting gibt's ja auch noch. Oder sogar technisches Schreiben."

Joy lächelte ihre Freundinnen an. „Ihr habt recht. Ich habe

was Ähnliches gesagt." Sie schaute zu Hope. „Das mit dem arroganten Snob habe ich aber für mich behalten. Man muss die Anspannung ja nicht noch schüren."

Hope schnaubte. „Ich schätze schon, aber es ist ja nicht, als wäre Kyle dumm. Er weiß, dass sein Vater ein Arsch ist."

„Offensichtlich. Er war ziemlich aufgeregt, als er sein Haus verlassen hat." Joy stocherte mit der Gabel in den letzten Resten Pfannkuchen auf ihrem Teller. „Ich weiß nicht, was mit Paul passiert ist. So schlimm war er doch früher nicht. Ich weiß, dass er nur sicherstellen will, dass die Kinder einmal Erfolg haben, aber das ist das erste Mal, dass er nicht völlig unterstützt, was sie tun möchten."

„Hast du schon mit ihm geredet?", fragte Grace, die mit den Fingern auf den Tisch trommelte.

„Nur lange genug, um ihm von dem Unfall zu erzählen. Sonst haben wir über nichts geredet", erwiderte Joy.

„Ich glaube, du musst ihm sagen, was seine Haltung mit seiner Beziehung zu Kyle anrichtet", sagte Grace. „Nicht für ihn. Für Kyle."

Joy stöhnte. „Du hast recht, aber es nervt echt, dass ich immer noch die Vermittlerin sein muss."

Grace nahm Joys Hand und drückte sie, während Hope ihre Hand über die beiden Hände legte, um sie zu unterstützen.

„Vielen Dank euch beiden, dass ihr heute hier wart und euch um mich gekümmert habt", sagte Joy, während in ihren Augen Tränen brannten. „Das waren heftige vierundzwanzig Stunden."

„Immer", sagte Grace, die auf die Uhr schaute. Sie erhob sich. „Ich muss los, aber willst du dich immer noch mit Gigi treffen? Ich bin mehr als nur bereit, den Zirkel zusammenzuholen und sehen, ob wir einen Zauber finden, um zu helfen, Harlow aufzuspüren. Eigentlich kann ich mir keinen besseren Grund einfallen lassen, um unsere Kräfte zu nutzen."

„Ja. Kannst du Gigi unterwegs zu deinem Termin anrufen und sehen, ob sie Zeit hat?", fragte Joy.

„Bin dabei." Sie beugte sich herab, küsste Joy auf die Wange und gab Hope eine rasche Umarmung von hinten. „Ihr beiden macht keinen Ärger. Ich werde dafür sorgen, dass mein Klient so bezaubert wird, dass er ein Angebot abgibt." Sie zwinkerte und marschierte aus dem Haus.

„Sie hat sich echt gemausert", sagte Joy, die ihre Aufmerksamkeit Hope zuwandte. „Ich habe noch nie gesehen, dass sie sich so zuversichtlich benimmt oder aussieht."

„Offensichtlich war die Scheidung gut für sie", stimmte Hope zu. „Du weißt schon, bei dir sehe ich dieselben Veränderungen." Sie grinste Joy an. „Oder zumindest tue ich das sonst. Heute siehst du ein bisschen aus wie ein Troll, der zwei Jahre lang nicht geschlafen hat."

Joy verdrehte die Augen. „Ach, hör auf. Sehen wir doch mal, wie du aussiehst, wenn du die halbe Nacht in der Notaufnahme verbracht hast."

Hope lachte leise und fing dann an, den Tisch abzuräumen. Joy erhob sich und wankte auf den Beinen, weil sie so wenig geschlafen hatte.

„Nein, das machst du nicht", sagte Hope, die Joy festhielt. „Du legst dich wieder hin und machst ein Nickerchen, bevor zum Dreh musst, ich kümmere mich darum."

Joy schaute auf ihre Uhr. Sie hatte noch ein paar Stunden, bevor sie auftauchen musste, und das Kissen rief nach ihr. „Bist du sicher?", fragte Joy.

„Sicher. Du kannst etwas schlafen, und ich kümmere mich um alles, darunter behalte ich Kyle im Auge, falls er aufwacht und was braucht."

„Danke." Joy hielt am Kühlschrank an, um sich eine Flasche Wasser zu nehmen, dann schnappte sie sich die Zeitung, die eine von ihnen mitgebracht hatte. Sie schaute auf die erste Seite, sah ein Schwarz-Weiß-Foto von Harlow und stieß ein Keuchen aus, als Bilder der jungen Frau ihre Gedanken füllten.

Harlow lag auf einem großen Doppelbett und war von einer prinzessinnenpinken Decke und Stapeln von roten und pinken Kissen umgeben. Die Wände waren in der gleichen überwältigenden pinken Farbe gestrichen, und in der Ecke stand ein übergroßer weißer Sessel, der zum Fenster schaute. Joy konzentrierte sich auf die Aussicht, tat ihr Bestes, um den makellosen Rosengarten in Erinnerung zu behalten.

„Nein!", schrie Harlow, während sie sich auf dem Bett herumwarf. Erst da fiel Joy auf, dass ihre Hände und Füße gefesselt waren.

Angst kroch Joys Rückgrat hinauf, und sie wusste instinktiv, dass es nicht ihre eigene Angst war. Es war die von Harlow.

„Joy?", Hopes Stimme klang weit, weit weg.

„Was?", fragte Joy, ihre Stimme heiser.

„Komm schon. Versuchen wir mal, dich in dein Zimmer zu bringen."

Joy zwang die Augen auf und starrte zu Hope hinauf, die über ihr wachte.

„Da bist du ja", sagte ihre Freundin mit einem beruhigenden Lächeln.

Joy schaute sich um und merkte, dass sie auf dem Boden lag. „Ach, bei den Göttern. Bin ich ohnmächtig geworden?"

„Ich glaube schon. Du bist vermutlich nur übermüdet. Wenn du ein bisschen schläfst …"

„Hope, ich hatte noch eine Vision von Harlow."

„Was? Während du ohnmächtig warst?" Sie runzelte die

Stirn, und dann wurde ihre Miene einen Augenblick lang ausdruckslos, bevor sie sich in puren Zorn verwandelte. „Sie ist in ein Zimmer eingesperrt und an Händen und Füßen gefesselt?"

Joy nickte, und ihr wurde klar, dass ihre Freundin gerade ihre Gedanken gelesen hatte. Sie war nicht überrascht. Joys Gefühle waren überbordender als sonst, und Hope ging es vermutlich genauso, da sie gerade gesehen hatte, wie ihre Freundin ohnmächtig geworden war. Joy schob sich hoch und nahm Hopes Hand, während sie aufstand. „Sie ist in irgendeinem schicken Zimmer. Wer immer sie hat, hat Geld."

„Glaubst du, das ist jemand, den Carly kennt?", fragte Hope.

Joy zuckte mit den Schultern. „Vielleicht? Ich weiß es nicht. Aber ich muss mit ihr reden." Joy zerrte ihr Handy aus der Tasche und rief ihre Kollegin an. Es ging direkt auf die Mailbox. Sie versuchte es noch ein paarmal, hatte aber kein Glück. „Ich glaube, sie hat ihr Handy abgeschaltet. Ich muss rüber zu ihr. Das kann nicht warten."

Hope kaute auf der Unterlippe, und Joy dachte schon, ihre Freundin würde sie auf jeden Fall aufhalten, aber dann nickte Hope. „Ich fahre dich hin. Aber nicht, bevor wir dir etwas Zucker verpasst haben."

„Zucker? Warum? Ich habe gerade erst gegessen." Joy ging bereits durch den Flur, um nach Kyle zu sehen, bevor sie aufbrachen.

„Weil du grade ohnmächtig geworden bist, und es klingt nach einer guten Idee."

Joy verdrehte die Augen, fühlte sich bereits besser. Sie war sicher, dass die Kombination aus der Vision und Schlafmangel dazu geführt hatte. „Also gut. In der Speisekammer hinter dem Mehlbehälter ist etwas Schokolade." Sie hörte Hope in der Küche herumwühlen, während sie leise an Kyles Tür klopfte.

Als er nichts erwiderte, öffnete sie sie einen Spalt und sah ihn auf dem Rücken liegen, sein Gesicht war erschlafft im Schlaf. Sie stieß ein erleichtertes Seufzen aus und schickte ihm eine Nachricht, die er sehen würde, falls er aufwachte, während sie weg waren.

KAPITEL SECHS

„*D*a draußen ist ja ein verflixter Zirkus", sagte Hope, während sie mit ihrem SUV ein paar Blöcke von Carlys Mietshaus entfernt stehen blieb.

Joy spähte aus dem Fenster auf Dutzende Paparazzi, die vor dem Haus ihrer Kollegin standen, und stöhnte. Es gab vieles, was ihr an der Schauspielerei gefiel, aber die mangelnde Privatsphäre gehörte nicht dazu. Da fragte sie sich ernsthaft, ob ihre Entscheidung, in diese Branche zu gehen, die richtige gewesen war. Nicht, dass sich vor ihrem Haus Fotografen gestapelt hätten, aber sie war lange genug in der Presse gewesen, um eine Ahnung davon zu bekommen, wie bedrängend das sein könnte. Sie konnte sich nur vorstellen, was Carly im Augenblick durchmachte. Sie schob die Tür auf. „Komm schon. Es lohnt sich nicht, darauf zu warten, dass sie abhauen. Das wird nicht besser."

Hope folgte ihr, ohne eine Anmerkung zu machen. Es dauerte nicht lang, bis ihnen Kameras vors Gesicht gehalten wurden. Sie fingen alle gleichzeitig an, sie anzubrüllen.

„Joy, weshalb hat die Polizei Sie gestern Abend auf dem Revier festgehalten?"

„Ms. Lansing, haben Sie etwas dazu anzumerken, dass Harlow verschwunden ist?"

„Können Sie uns sagen, wie es mit den Ermittlungen steht?"

„Es gibt Berichte, dass Carly Preston einen Nervenzusammenbruch hat. Können Sie diesen Vorwurf bestätigen?"

Joy verzog das Gesicht und tat ihr Bestes, sie alle zu ignorieren. Als sie auf dem Bürgersteig ankamen, der zum Eingangstor führte, traten zwei große Männer vor sie, die ganz in Schwarz gekleidet waren, einer mit Glatze der andere mit dunklen Locken, um ihnen den Weg zu versperren.

„Ms. Preston erwartet keine Gäste", sagte der Glatzkopf.

„Können Sie ihr bitte sagen, dass Joy da ist und dass ich Informationen habe, die sie hören wollen wird", sagte Joy.

„Sorry. Keine Besucher", sagte der Glatzkopf erneut.

Joy knirschte mit den Zähnen. „Sehen Sie. Ich bin mir sicher, dass Carly niemanden treffen will. Ich habe versucht, sie anzurufen, aber sie hat ihr Handy entweder abgeschaltet oder es ins Meer geworfen, denn es geht direkt auf die Mailbox. Ich hätte ihr eine Nachricht hinterlassen, aber ihre Mailbox ist voll. Ich bin eine Freundin und Schauspielkollegin, die im selben Film mitspielt. Ich bin diejenige, die gestern Abend bei ihr war, als sie rausgefunden hat, dass ihre Nichte entführt worden ist. Ich habe jetzt weitere Informationen, die sie braucht. Ich würde meinen ganzen Scheck für den Film darauf setzen, den wir gerade drehen: Wenn Sie mich abweisen, wird sie wütend, wenn sie das später herausfindet. Vertrauen Sie mir. Sie würden sie doch zumindest wissen lassen wollen, dass ich hier bin."

Die beiden Wächter starrten einander kurz an, bis der mit

den Locken die Schultern zuckte und sagte: „Ich gehe und rede mit ihr."

„Das halte ich für eine tolle Idee. Joy Lansing."

Er nahm nicht zur Kenntnis, dass sie etwas gesagt hatte; er machte nur auf dem Absatz kehrt und marschierte zur Eingangstür hinauf.

Der Glatzkopf beäugte zuerst Joy und dann Hope. Sein Blick blieb an Hopes üppiger Figur hängen, und seine Lippen wölbten sich zu einem schrägen Lächeln. „Sie sind ja richtig sexy, was?"

Hope verdrehte die Augen. „Wo sind wir hier, beim Singletreff?"

Er zuckte mit den Schultern. „Ich gehe derzeit nicht viel aus. Und ich habe festgestellt, dass es sich lohnt, einfach die Gelegenheiten wahrzunehmen, die sich einem bieten." Er zwinkerte ihr zu und hielt ihr dann eine Visitenkarte hin. „Rufen Sie mich an, wenn Sie bereit sind, dass ich Ihre Welt auf den Kopf stelle."

Joy blinzelte den Mann an, war völlig verblüfft von seiner Selbstüberschätzung.

Hope schüttelte den Kopf. „Guter Versuch, aber ich bin verlobt." Sie lächelte ihn süß an. „Und außerdem hat dieses armselige Zurschaustellen von Burschenschafts-Egoismus bei mir noch nie funktioniert."

„Armselig?", knurrte der Wächter, während er die Karte wieder in die Tasche schob. „Sie sind wohl eine kleine Schlampe? Es wird Zeit, dass Sie Ihre Freundin da nehmen und gehen, bevor ich Sie vom Grundstück werfen lasse."

„Versuchen Sie es doch", forderte Joy ihn heraus, ihre Geduld war wie weggeblasen. „Dann lasse ich sie für tätlichen Angriff festnehmen, und ich bin mir ziemlich sicher, Ms.

Preston wird Sie mit Ihrem Job bei der Security auf die schwarze Liste setzen."

„Ich lasse mich nicht bedrohen, Sie kleine …"

„Ich glaube, du machst lieber mal einen Schritt rückwärts, Gary", rief der mit den Locken hinter ihm. „Ms. Preston will unbedingt mit ihnen reden."

Der Glatzkopf zog ein finsteres Gesicht, tat aber, was sein Partner sagte. Er schaute Joy aus zusammengekniffenen Augen an. „Passen Sie bloß auf, was Sie tun. Nur weil Sie mit einem Filmstar befreundet sind, heißt das doch nicht, dass Sie der heiße Scheiße sind." Er schaute sie von oben bis unten an. „Ehrlich gesagt sind Sie gar nicht heiß. Da gibt's nicht viel, mit dem man was anfangen könnte, oder, Mikey?"

Mikey räusperte sich und zuckte dann mit den Schultern, während er sich die Hände in die Taschen schob, eindeutig war es ihm unbehaglich.

„Hör mal, du Wurm …", setzte Hope an.

Joy schnappte sich Hopes Hand und zog sie zur Eingangstür. Sie beugte sich zu ihr und flüsterte: „Vergiss ihn einfach. Er ist unwichtig."

„Er ist eine Arschgeige", sagte sie, die Stimme erhoben, um sicherzustellen, dass sie er hörte.

„Ist er, aber ich habe dafür keine Energie." Joy war wirklich egal, was der Glatzkopf von ihr hielt. Sie war daran gewöhnt, dass Männer Hope mit Interesse beäugten. Sie hatte eine klassische Wespentaille, die Männern und Frauen gleichermaßen zu gefallen schien. Im Gegenzug dazu war Joy hochgewachsen und geschmeidig, ohne irgendwelche üppigen Kurven. Sie hatte überhaupt keine Probleme mit ihrem Körper. Sie wusste, dass sie auf klassische Weise schön war, sie hatte einfach nur nicht den Körpertyp wie Hope.

„Genau", sagte Hope. „Aber wenn ich ihm noch einmal begegne, kriegt er einen Tritt in die Eier."

Joy lachte leise. „Ich hoffe, ich bin dabei, um es zu sehen, wenn er die Augen verdreht und aussieht, als würde er sich gleich übergeben."

„Na, diese Aussicht hat mir auf jeden Fall die Laune verbessert", sagte Hope mit einem Lachen.

Joy klopfte an der Tür.

Ein paar Sekunden später ging die Tür einen Spalt breit auf, und Carly, die sich dahinter versteckt hatte, sagte: „Beeilt euch und kommt rein, bevor die Kameras losgehen."

„Zu spät", sagte Joy. Sie hatten Fotos geschossen, seit sie und Hope eingetroffen waren. Die beiden gingen rein, und Carly schloss rasch die Tür. „Mich würde nicht überraschen, wenn ich und Hope morgen auf der Titelseite der Klatschmagazine auftauchen."

Carly verzog das Gesicht. „Es tut mir leid, dass ihr euch damit rumschlagen müsst."

Joy winkte unbesorgt ab. „Mach dir deswegen doch keine Gedanken. Wir haben wichtigere Dinge zu besprechen."

„Gehen wir ins andere Zimmer." Carly führte sie in eine weitläufige Küche und wies zum Frühstückstisch. „Setzt euch. Ich hole euch was zu trinken."

„Carly", sagte Joy. „Ich hatte noch eine Vision."

Sie erstarrte. Dann drehte sie sich langsam wieder um, die Augen weit aufgerissen. „Über Harlow?"

Joy nickte. „Ich habe gesehen, wo sie ist."

„Wo?" Carly rannte zu ihr herüber und packte sie am Arm. „Wir müssen sie holen."

„Ich weiß nicht, wo genau. Ich habe nur das Zimmer gesehen, in dem sie festgehalten wird."

Hope ging in die Küche, und genau, wie sie es schon früher

am Morgen getan hatte, machte sie sich mit dem Kaffee an die Arbeit.

Carly sank in einen der Stühle. „Du hast keine Ahnung, wo?"

Joy schüttelte den Kopf und setzte sich neben sie. Sie beschrieb den Raum, der über den üppigen Rosengarten hinausblickte.

„Prinzessinnenpink?", fragte Carly, die Stirn in Falten gelegt.

„Es war übertrieben, aber hochklassig. Wo immer sie ist, da spielt Geld eine Rolle."

Einen langen Augenblick war Carly stumm. Dann murmelte sie: „Scheiße."

Joy hatte den starken Eindruck, dass Carly eine Ahnung hatte, wohin ihre Nichte vielleicht entführt worden war. „Tut mir leid, dass ich nicht mehr Informationen habe, aber ich dachte, das solltest du erfahren." Hope stellte eine Tasse vor Carly und hob dann vor Joy eine Augenbraue, fragte stumm, ob sie etwas wollte. Joy schüttelte den Kopf. „Wir sollten vermutlich los. Ich muss immer noch bei der Polizei vorbeischauen und ihnen von meiner Vision erzählen."

Carly packte Joy am Handgelenk, hielt sie auf, bevor sie den Tisch verließ. „Nein. Das kannst du nicht tun."

„Was? Warum?"

Vorsichtig ließ sie Joys Handgelenk los und lehnte sich mit besorgter Miene zurück. „Ich will einfach nicht, dass du wieder auf der Polizei festgehalten wirst. Beim letzten Mal habe ich Stunden gebraucht, um dich aus dem Verhör rauszuholen. Und ich weiß nicht, wie sehr diese Information ihnen helfen wird."

„Ich kann auf jeden Fall nicht dort hängenbleiben. Heute Nachmittag werde ich beim Dreh gebraucht", sagte Joy. Dann spähte sie zu Carly. „Aber hältst du es nicht für besser, wenn die Polizei es erfährt? Ich weiß, viel ist es nicht, aber es könnte helfen."

Carly schüttelte den Kopf. „Nein. Ich lasse einen Privatdetektiv ermitteln, wer das womöglich getan hat. Ihn werde ich diese Details wissen lassen. Falls er irgendwelche Spuren findet, sagen wir es den Ermittlern."

Privatdetektiv? Joy wusste nicht, was sie damit anfangen sollte. Hieß das, dass Carly keine Zuversicht hatte, dass die Polizei die Ermittlungen zu Ende führen würde? Oder nutzte sie nur jede mögliche Ressource, um ihre Nichte zu finden? Ja, das war es wohl. Carly hatte Ressourcen, von denen Joy nur träumen konnte. Joy war sicher, wäre sie in der gleichen Lage gewesen, wäre der Vermisste eines ihrer Kinder gewesen, hätte sie es genauso gemacht. „Okay. Wahrscheinlich ist das eine gute Idee."

„Ist es", sagte Carly beruhigend. Sie erhob sich und nahm das Handy, das auf dem Tresen lag. Sie stellte es an und verzog die das Gesicht. „Die Mailbox ist voll."

Joy nickte. „Ja. Ich habe versucht, hier anzurufen, bevor ich rübergekommen bin."

Sie knirschte mit den Zähnen, machte ihren Anruf und wartete dann. Schließlich sagte sie: „Ich habe Informationen, die vielleicht helfen."

Joy hörte zu, während Carly die Einzelheiten zum Zimmer und dem Garten weitergab. Dann senkte Carly die Stimme und ging aus dem Raum.

Hope bewegte sich, um sich neben Joy zu setzen. „Das war schon leicht komisch, findest du nicht?"

„Etwas schon." Sie schaute ihre Freundin an. „Hast du irgendwas in ihren Gehirnwellen aufgeschnappt?"

Kichernd schüttelte sie den Kopf. „Nein. Möchtest du, dass ich es versuche?"

„Nein", sagte Joy. „Ich weiß, das ist deine neue Superkraft, aber ich habe nicht das Gefühl, dass es das Richtige ist, absichtlich in jemandes Privatsphäre einzudringen."

„Das sehe ich genauso."

Als Carly in die Küche zurückkehrte, sagte sie: „Vielen Dank für die Informationen. Ich lasse euch wissen, falls mein Typ irgendwas findet." Dann schob sie Joy einen Bilderrahmen in die Hände. „Das ist Harlow. Ich dachte, du solltest das mit dir nehmen. Wenn du vielleicht regelmäßig sehen könntest, ob du Zugriff auf weitere Visionen hast?"

Joy biss sich auf die Unterlippe. Wenn sie niemals noch eine weitere Vision bekam, wäre ihr das am liebsten gewesen. Nachdem sie vorhin ohnmächtig geworden war, wollte sie diese Erfahrung nicht unbedingt wiederholen. Trotzdem nahm sie das Foto an und sagte Carly, sie würde es versuchen.

„Vielen Dank", erwiderte die Schauspielerin, in ihren Augen glänzten Tränen. „Deine Hilfe bedeutet mir alles."

Joy stand auf und nahm sie in die Arme. „Du musst mir doch nicht danken. Ich will nur, dass sie sicher nach Hause zurückkommt."

Carly brachte sie an die Eingangstür. Bevor sie sie aufziehen konnte, sagte Hope: „Der Glatzkopf hat vor, eine Geschichte an die Zeitungen zu verkaufen."

„Was für eine Geschichte?", fragte Carly.

„Ich weiß es nicht sicher. Irgendwas über den Typen, mit dem Harlow zusammen war. Irgendein Quinton."

„Verdammt, woher wusste er das?", fragte Carly.

Hope zuckte mit den Schultern. „Keine Ahnung."

Ihr Rücken versteifte sich, und Carly sah Hope mit

zusammengekniffenen Augen an. „Und woher wusstest du, dass er die Geschichte rausgeben möchte?"

„Hope kann manchmal Gedanken lesen", sagte Joy. „Es ist nicht absichtlich. Es passiert einfach."

„Ernsthaft?" Carly schaute zwischen ihnen hin und her. „Ihr beiden seid wie Figuren direkt aus dieser Fernsehserie *Heroes*. Die Frage ist nur, nutzt ihr eure Kraft zum Guten oder zum Bösen?"

Joy war sicher, dass sie beabsichtigt hatte, es leichtfertig und witzig klingen zu lassen, aber es kam gepresst heraus, als wäre sie nervös oder besorgt wegen irgendwas.

„Nur zum Guten. Das verspreche ich", erwiderte Hope mit einem lockeren Lächeln. Nur dass ihre Stimme ein bisschen zu hoch war, und ihr Lächeln ein bisschen zu breit, und Joy erkannte, dass es aufgesetzt war.

Carly schien es allerdings nicht aufzufallen, denn sie nickte und sagte: „Das ist gut."

„Ich muss jetzt zum Dreh", sagte Joy, die plötzlich unbedingt hier raus wollte. Sie konnte einfach tief im Inneren spüren, dass Carly etwas vor ihnen verbarg, und Joy war zu müde, um sich damit noch herumzuschlagen.

„Genau." Carly lächelte sie dankbar an. „Sie haben mir bis Montag gegeben. Ich hoffe einfach, dass wir bis dahin Harlow gefunden haben."

Joy griff vor und drückte ihr die Hand. „Das hoffe ich auch."

KAPITEL SIEBEN

„*A*lles in Ordnung?“, fragte Hope Joy, während sie ihren SUV vor dem Drehort hielt.

Joy schüttelte den Kopf. „Nicht wirklich. Ich will endlich nur nach Hause und auf Kyle aufpassen. Aber ich muss eine Szene mit meiner am wenigsten geschätzten Person auf dem Planeten spielen.“

„Das sollte doch nur ein paar Stunden dauern, oder?“

„Hoffentlich.“ Joy holte tief Luft und stieß sie mit einem langen Seufzen aus. „Hängt davon ab, wie die Prinzessin sich verhält.“

„Mach dir keine Sorgen darüber. Ich bin zurück unterwegs zu deinem Haus. Ich kümmere mich darum, dass es Kyle gut geht. Ich koche sogar dein Abendessen. Schreib nur eine Nachricht, wenn du bereit bist, dass ich komme und dich abhole.“

Joy umarmte ihre Freundin. „Du bist die Beste.“

„Ich weiß.“ Hope winkte ihr zu.

„Ich hab dich lieb.“

„Ich habe dich auch lieb, du Filmstar.“

Joy verdrehte die Augen, ein Teil der Schmerzen in ihrer Brust hatte nachgelassen, und sie nahm sich einen Augenblick, um den Göttern dafür zu danken, sie mit den besten Freundinnen gesegnet zu haben, die sich ein Mädchen nur erträumen konnte.

~

„WIRD ABER AUCH ZEIT, dass du auftauchst", sagte Prissy, die Joy finster anschaute, während sie ins Make-up-Zelt kam.

Joy machte sich nicht mal die Mühe, die jüngere Schauspielerin zur Kenntnis zu nehmen. Sie war jetzt wirklich über sie weg.

Prissy schnaubte in ihre Richtung, als ihr klar wurde, dass Joy nicht mitspielen wollte. Dann setzte sie ein weiches Lächeln auf und ließ Sorge in ihrem Blick aufkommen, bevor sie mit übermäßig besorgter Stimme sprach: „Was ist mit deinem Gesicht passiert? Die arme Sam wird ja die Hölle vor sich haben, wenn sie diese unglückseligen Untereinheiten überdecken soll."

„Ach, verdammt", murmelte Joy und konnte nicht verhindern, dass sie einen Blick in den Spiegel an Sams Make-up-Tisch warf. Was zu ihr zurückschaute, brachte sie ehrlich zum Weinen. Sie war eine achtundvierzigjährige Frau, die, seit sie fünfzehn gewesen war, keine Akneprobleme gehabt hatte. Und plötzlich, wenn feststand, dass sie in den Zeitungen sein würde, und einen Film drehen musste, hatte sie nicht nur die zwei Pickel, die sie am Vortag bekommen hatte, sondern zwei weitere waren ebenfalls aufgetaucht.

„Joy, glaubst, du reagierst irgendwie auf das Make-up?", fragte Sam, die Sorge ihrer Stimme war offensichtlich authentisch, während sie Joys Gesicht musterte. „Wenn es dazu kommt, dann stellt sich das normalerweise sofort ein, aber es ist nicht unbekannt, dass Schauspieler empfindlich auf gewisse Marken reagieren."

„Ich habe keine Ahnung. Ich hatte ein paar stressige Tage, aber ehrlich, diese Reaktion habe ich noch nie auf Stress gehabt, also weiß ich es nicht." Sie lehnte sich im Sessel zurück und schloss die Augen. Erschöpfung strömte über sie hinweg, und sie wünschte sich mit allem, was sie hatte, dass sie einfach nach Hause gehen und ins Bett fallen konnte.

„Ich wette, das ist ihre Diät", sagte Prissy fröhlich, während sie die Hände aneinanderlegte. „Ich habe gehört, Frittiertes kann so was anrichten."

„Ich esse nichts Frittiertes", erwiderte Joy matt.

„Ach? Mein Fehler. Ich dachte, da du so viele zusätzliche Pfunde mit dir rumschleppst, wärst du jemand, der auf All-You-Can-Eat-Meeresfrüchte-Platten steht."

„Ach, um Himmelswillen!" Joy schoss aus ihrem Stuhl hoch. „Hör doch auf zu reden, Prissy. Das will keiner hören."

Prissy kniff die Augen zusammen und rückte näher an Joy. Mit leiser, warnender Stimme sagte sie: „Pass bloß auf, Joy. Zusätzlich zu deiner schlimmen Hautpflege willst du dir doch nicht auch noch den Ruf zulegen, dass man mit dir nur schwer arbeiten kann. Willst du das?"

Wut ballte sich in Joys Eingeweiden, und der Damm der in den letzten vierundzwanzig Stunden unterdrückten Emotionen brach ein, und alle ihre Zurückhaltung löste sich in Luft auf. „Ach, halt doch den Mund, du hasserfüllte Bitch!"

Im Zelt herrschte Schweigen, während Prissy und Sam sie mit offenem Mund anstarrten. Sam stieß ein lautes Kichern aus, bevor sie sich eine Hand vor den Mund schlug und versuchte, es zu unterdrücken. Prissy warf der Visagistin einen finsteren Blick zu und sagte: „Du hast Glück, wenn du vor dem Ende des Abends nicht gefeuert wirst."

„Lass es doch einfach", sagte Joy erschöpft. „Das ist alles zwischen dir und …"

„Sprich. Mich. Nicht. An", spie die Schauspielerin aus, ihr Gesicht so rot, dass die Farbe zu ihrer orangefarbenen Bluse passte.

„Ich verstehe. Also ist es in Ordnung, dass du Sam und mich aufs Korn nimmst, aber keiner von uns darf dir das ins Gesicht sagen?" Joy schüttelte den Kopf. „Werd mal erwachsen, Prissy."

„Erwachsen werden?", fragte sie ungläubig. „Eine achtundvierzigjährige Neueinsteigerin in der Branche sagt mir, ich soll erwachsen werden? Wie *kannst* du es wagen?"

Joy öffnete den Mund, um sich zu verteidigen, aber Prissy warf erneut die Hände in die Luft, stampfte mit dem Fuß auf und brüllte: „Finn, unter diesen Umständen kann ich nicht arbeiten. Sehen wir doch, ob diese Klugscheißerin die verdammte Szene ganz allein hinkriegt!"

Sie wirbelte auf dem Absatz herum und marschierte aus dem Zelt.

Joy und Sam gingen rüber zum Zelteingang und beobachteten, wie Prissy mit dem Regisseur stritt, bevor sie auf den kleinen anschließenden Parkplatz wegstapfte.

„O nein." Joy seufzte, während Finn Chance einen finsteren Blick in Richtung des Zeltes warf.

Mit verzogenem Gesicht eilte er zu Joy und schrie sie an: „Joy! Was zum Henker?"

Joy fuhr zusammen und duckte sich zurück ins Zelt, obwohl er sie ganz offensichtlich gesehen hatte.

Er raste in das Zelt und rasselte herunter, dass er Geld verlor und dass er es besser hätte wissen sollen, als jemanden ohne Erfahrung für die Rolle auszusuchen. „Soll das professionell sein? Wie zum Teufel wollen wir im Budget bleiben und den Terminplan schaffen, wenn niemand da ist, um zu drehen?"

„Ich weiß, dass du dich aufregst", sagte Joy ruhig. „Aber ich möchte klarstellen, dass ich die Einzige bin, die da und bereit zu arbeiten ist."

Er hörte auf, auf und ab zu gehen, und starrte sie an. Finn Chance war ein großgewachsener Mann mit dichtem schwarzem, lockigem Haar. Gewöhnlich waren seine blauen Augen gefärbt wie das Meer, aber heute waren sie dumpf grau und voller Ungeduld. „Hältst du mich für blind? Offensichtlich bist du hier. Aber unser Star ist gerade abgehauen, weil ihr beiden euch nicht vertragt. Bieg das hin. Oder ich besetzte deine Rolle neu."

Joy starrte ihn an. „Meine Rolle neu besetzen? Wir haben bereits den halben Film gedreht!"

„Fordere mich nicht heraus", warnte er. „Es gibt hunderte Schauspielerinnen in deiner Altersklasse, die das für sehr viel weniger machen, als wir dir bezahlen. Der einzige Grund, weshalb du diese Rolle bekommen hast, liegt an der Parfümkampagne, die viral ging. Aber glaub bloß nicht, so ein Hype würde ewig anhalten. Reiß dich zusammen und bring Prissy gleich am Montagvormittag wieder zurück, oder du bist raus."

„Ja. Klar", stimmte Joy zu. Sie wusste, was sie tun konnte, um Prissy zu beruhigen. Dazu gehörte es, ihr die Stiefel zu lecken und Joys Nicht-Freund dazu zu zwingen, zu Prissys Cocktailparty zu kommen, aber das konnte sie tun. Der Gedanke, dass sie vor ihr und vor dem Regisseur einknickte, nachdem er *sie* für Prissys schlechtes Benehmen getadelt hatte, war ärgerlich. Aber tatsächlich war die Schauspielerei schon immer ein Traum von Joy gewesen, und verdammt sollte sie sein, wenn sie sich das von Finn Chance oder Prissy Penderton wegnehmen ließ. „Am Montag sind wir dann hier."

„Das will ich hoffen." Er wollte schon gehen, dann warf er einen Blick zurück und fügte an: „Mach was wegen deines Gesichts."

Joy stand verblüfft da und sah ihm nach.

Sobald er außer Hörweite war, zischte Sam: „Bastard."

„Ich wollte etwas Heftigere sagen, aber das funktioniert auch." Joy schloss die Augen und versuchte, die niederschmetternden Selbstzweifel wegzuschieben. Sie nahm ihren Mumm zusammen und schaute zu Sam und ihrer perfekten, cremefarbenen Haut. „Ich habe keine Ahnung, weshalb das hier passiert, aber hast du irgendwelche Vorschläge, wie man das klären könnte?"

„Komm mit." Sam führte Joy hinüber zu ihrem Arbeitsplatz. „Ich habe eine Kräutermischung, die das hinbiegen sollte. Das dauert nur vierundzwanzig Stunden."

„Machen wir's."

Eine Stunde später, während ihr Gesicht mehr prickelte, als ihr behaglich war, rief Joy Hope an und bat sie, sie in einer halben Stunde abholen zu kommen. Dann ging sie zum Strand, denn sie brauchte unbedingt eine Wassertherapie.

Der Wind peitschte über die kalifornische Küste, wehte ihre langen blonden Haare nach hinten, während sie am Strand entlangging. Bilder von Harlow blitzten in ihren Gedanken, und sie konnte nicht anders, als sich schreckliche Sorgen um die junge Frau zu machen, die sie noch nicht mal hatte treffen können. Plötzlich waren ihre Probleme mit dem Filmregisseur irgendwie unbedeutend.

Sie blieb in der Nähe eines großen Felsvorsprungs stehen und starrte auf den Horizont. Normalerweise gab ihr das

Meer Energie. Es füllte sie an und half ihr, ihre Mitte zu finden, damit sie sich zufrieden mit ihren Lebensentscheidungen fühlte. Aber in diesem Augenblick stand sie völlig neben sich. Ihre neue Karriere war nicht unbedingt das, was sie sich erträumt hatte. Sie war jetzt Single; getrennt von dem Mann, der sie schon vor Jahren emotional verlassen hatte. Sie hatte sich vorgestellt, sie würde daten, eine oder zwei heiße Affären haben, dann vielleicht jemand anderen finden, mit dem sie sich niederlassen konnte. Vielleicht war das alles, was Troy war – eine heiße Affäre. War es nicht besser, keine Erwartungen an den Mann zu haben, der sie wochenlang nicht angerufen hatte?

Falls nur sie im Spiel wäre, hätte sie ihn schon komplett abgeschrieben. Aber jetzt musste sie Prissy glücklich machen, damit sie ihren Regisseur glücklich machte. Obwohl Joy nicht sicher war, ob sie weiter Schauspielerin bleiben wollte, wollte sie auf jeden Fall den Film beenden und alles hineinstecken, was sie hatte. Falls es nicht funktionierte oder sie beschloss, dass es nichts für sie war, konnte sie immer noch zurück in ihre Position als Vizepräsidentin des Künstlermarkts. Praktisch war sie noch die Vizepräsidentin, aber sie hatte sich eine Auszeit gegeben, um den Film zu drehen. Oder vielleicht könnte sie eine Kunstgalerie eröffnen. Premonition Pointe wuchs, und sie hatte schon früher mal in Betracht gezogen, eine Galerie mit Handgefertigtem zu eröffnen.

„Das muss nicht die Ewigkeit sein. Genauso wenig muss das Troy sein." Gerade, als sie die Worte laut sagte, milderte sich etwas von der Unruhe, die durch sie hindurchwogte. Die wichtigsten Dinge in ihrem Leben waren überhaupt keine Dinge. Menschen waren wichtig, besonders ihre Kinder und ihr Zirkel und jetzt Carly und ihre Nichte. Seit der Vision hatte sie eine seelische Verbindung zu Harlow gespürt, die nicht nachließ.

Joy holte tief Luft und ließ die ganze Nervosität heraus, die sich in ihren Eingeweiden angesammelt hatte, und plötzlich fühlte sie sich wieder wohl in ihrer Haut. Sie lächelte vor sich hin. Das Meer ließ sie niemals im Stich. Sie ging zurück hinauf zum Parkplatz und zog ihr Handy heraus. Sie scrollte durch die Kontakte, bis sie denjenigen fand, nachdem sie suchte, und drückte auf anrufen.

Beim dritten Läuten ging Troy dran. „Na, hallo auch, du Schöne. Ich habe mich schon gefragt, wann ich was von dir höre."

Joy runzelte die Stirn. „Ach? Du hast gewartet, dass *ich dich* anrufe?"

„Klar. Warum nicht?"

Tatsächlich, warum nicht? „Ich dachte wohl einfach, dass du anrufen würdest, wenn du mit deinem Projekt fertig bist. Ich wollte dich nicht nerven."

Er lachte leise. „Ich bin doch niemals zu beschäftigt für eine tolle Frau."

Etwas an der Art, wie er diese Worte sagte, ließ ihren Magen flau werden. Hatte er sich die ganze Zeit, während er weg gewesen war, mit irgendwelchen Models rumgetrieben? Sie stellte sich das schon vor. Weshalb auch nicht? Sie waren ja nicht zusammen. Sie hatten einander nichts versprochen. Er war frei, zu tun, was immer er wollte.

„Joy? Bist du noch da?", fragte er.

Sie räusperte sich. „Ja. Ich bin da. Hör mal, ich habe gelesen, du bist dieses Wochenende in der Stadt, und ich habe mich gefragt, ob du mir einen großen Gefallen tun könntest."

„Welchen denn?", fragte er, mehr als nur ein bisschen vorsichtig.

Joy verschwendete keine Zeit mit einer großen Vorankündigung, sie sprach es sich einfach von der Seele. „Prissy Penderton hat mich die ganze Zeit gepiesackt, dass ich dich am Samstagabend zu ihrer Cocktailparty mitnehmen soll. Offensichtlich haben die Klatschspalten beschlossen, dass wir ein Paar sind. Und ich wollte ihr zwar absagen, aber jetzt muss ich mich freundlich mit ihr stellen, denn am Set gibt es Spannungen." Sie verzog das Gesicht bei der Art, wie sie klang. „Tut mir leid. Ich weiß, das klingt, als würde ich dich benutzen. Du musst das nicht machen. Ich finde schon …"

„Ich werde da sein", schnitt er ihr das Wort ab. „Wann willst du, dass ich dich abhole?"

„Äh, bist du sicher?", fragte sie verblüfft. Sie hatte wirklich nicht erwartet, dass er so schnell bereit sein würde, mit ihr zu der Party einer verzogenen Schauspielerin zu gehen.

„Ich bin sicher. Passt sieben? Die Galerieeröffnung ist bis fünf."

„Sieben ist perfekt." Sie lächelte, hatte das Gefühl, als wäre etwas endlich richtig gelaufen. „Aber ich sehe dich schon vorher. Ich kann doch nicht deine Vorführung verpassen."

Ein Augenblick lang war er still, dann sagte er: „Das würde mir gefallen."

Ihr vorheriges Gefühl des Unbehagens war völlig verschwunden, und letztlich beendete sie den Anruf mit einem leichteren Gefühl als in den ganzen vorigen Wochen.

KAPITEL ACHT

„*I*hm geht's gut", betonte Hope, die vorausging zu der Klippe, die über das Meer hinausblickte.

„Er hat nicht gut geklungen", sagte Joy, der es immer noch nicht recht war, Kyle allein zurückzulassen. Als sie vom Strand nach Hause gekommen war, war er auf seinen Krücken unterwegs gewesen und in die Küche gehumpelt, um sich Wasser zu holen.

Anfangs war sie froh gewesen, zu sehen, dass er auf war und etwas unternahm, aber als sie ihn sich genau angesehen hatte, war ihr aufgefallen, dass er so blass war, als hätte er wochenlang keine Sonne gesehen, und er hatte einen Schweißfilm auf der Haut. Sie hatte versucht, ihn dazu zu zwingen, wieder mit einem heißen Tee und einem kühlen Handtuch für seine Haut ins Bett zu gehen. Aber er hatte abgewinkt und darauf bestanden, dass es ihm gut ging. Dass er nicht den Rest seines Lebens im Bett verbringen konnte und sie gehen sollte. Er konnte sich um sich selbst kümmern.

Joy hatte ihre Zweifel, aber obwohl es sie umbrachte, zu gehen, hatte sie seine Wünsche respektiert.

Er war ja immerhin ein erwachsener Mann. Um ihn herum zu schwirren und sich zu benehmen, als würde er sterben, würde ihn nur zurück in seine Wohnung im zweiten Stock treiben, und das konnte sie nicht zulassen. Nicht, bis er wieder gehen konnte. Oder zumindest, bis er stärker war.

„Doch, hat er", sagte Hope. „Er musste sich nur was zu trinken holen und sich mal frischmachen. Das siehst du schon, wenn ich dich nach Hause bringe. Er wird mit der Fernbedienung auf der Couch liegen, und mit deiner Tüte Salt-and-Vinegar-Kartoffelchips."

„Dieses eine Mal gönne ich ihm nur zu gerne meine Chips", sagte Joy.

Hope lachte. „Das ist also nötig, damit du teilst? Ein gebrochenes Bein?"

Joy lachte leise. „Ich schätze, wir haben gefunden, womit ich einbreche."

Die beiden kicherten noch immer, bis sie Gigi und Grace fanden, die auf einer Decke saßen, umgeben von einem großen Kreis flackernder Kerzen.

„Habt ihr ohne uns angefangen?", fragte Joy, die ihre beiden anderen Zirkelfreundinnen betrachtete. Grace hatte ihren schimmernden blauen Anzug ausgezogen und trug nun eine Jeans und ein enges T-Shirt. Gigi, die neueste in ihrem Zirkel, trug schwarze Leggings und ein fließendes violettes Top, das an der Taille zusammengefasst war.

„Wir haben nur die Kerzen aufgestellt", sagte Grace, die aufstand und Joy umarmte. „Wir müssen immer noch den Wein öffnen."

„Ich bin dabei!" Gigi hob zwei Flaschen und grinste, ihre bernsteinfarbenen Augen glitzerten im Mondlicht.

„Gib mir einen Doppelten." Joy seufzte, während sie sich neben Gigi setzte und feststellte, dass sie sofort erneut umarmt wurde. Diese Geste überraschte sie. Gigi war nicht unbedingt die körperbetonteste der Hexe der Welt. Oder zumindest war sie das bisher nicht gewesen, aber vielleicht machte sie es ja jetzt wett, nachdem sie sich ihrem Zirkel angeschlossen hatte.

„Wie geht es dir?", fragte Gigi. „Grace hat mir alles erzählt. Das ist eine Menge, mit der man sich herumschlagen muss."

„Schon. Aber ich will nicht, dass es immer nur um mich geht. Kyle wird schon wieder. Er ist nur ein wenig außer Gefecht. Eigentlich sind es eher Harlow und Carly, um die ich mir Sorgen mache. Ich wünschte nur einfach, ich könnte mehr für sie tun."

„Deshalb sind wir ja hier", sagte Grace, die ihre Jutetasche hochhob, damit sie sie alle sehen konnten. „Und deshalb habe ich auch Zubehör dabei. Wir müssen einfach nur entscheiden, welchen Zauber wir zuerst versuchen."

Joy hob eine Augenbraue vor ihrer Freundin. „Hast du Zauber recherchiert, Grace?"

Grace grinste. „Tja ja, das habe ich. Tatsächlich habe ich den Nachmittag damit verbracht, über meinen Büchern zu brüten. Nach meiner Besichtigung heute musste ich etwas tun, das meine Gedanken beschäftigt. Sonst wäre ich stundenlang auf und ab gegangen und hätte das Handy angestarrt, hätte im Geiste meinen Kunden dazu gezwungen, ein Angebot zu machen."

„Wie ist es gelaufen? War er interessiert?", fragte Gigi. „Ich kann mir nicht vorstellen, dass nicht. Dieses Haus ist toll. Hätte ich so ein Budget, hätte ich nicht gezögert." Gigi war kürzlich nach Premonition Pointe gezogen und hatte sich ein wunderschönes Haus gleich am Strand gekauft, auch wenn es darin spukte. Aber es war natürlich kein großes Grundstück mit eigenem Privatstrand.

„Ich könnte mir dich dort vorstellen", sagte Grace mit

einem netten Lächeln. „Es ist klassisch und doch nicht ganz von dieser Welt, genau wie du.“

„Das ist … echt nett, dass du das so sagst“, erwiderte Gigi, die wegschaute und ein bisschen schüchtern wirkte.

Das ist neu, dachte Joy. Gigi war nicht gerade eine schüchterne Frau. Sie hatte ein Rückgrat aus Stahl, das ihr geholfen hatte, ihren gewalttätigen Ex-Mann in die Schranken zu weisen.

„Auf jeden Fall“, sagte Grace, „konnte ich diesen Typen einfach nicht interpretieren. Ich glaube, ihm hat es gefallen. Er hat lange Zeit damit verbracht, sich alles genau anzusehen, mal gegen die Reifen treten und unter die Kühlerhaube zu schauen, um es so auszudrücken, aber er hat mir keinerlei Hinweise auf seine Absichten gegeben. Ich muss einfach nur abwarten und sehen, was er tut.“

Während Joy sich hinsetzte und zuhörte, wie Grace ihre liebsten Teile des Hauses beschrieb, beobachtete sie sie. Grace war frisch geschieden, hatte einen neuen Job begonnen und sogar einen jüngeren Freund, der einfach perfekt zu ihr passte. Sie war immer schon eine starke, fähige Frau gewesen, noch bevor ihr Mann sie für die Empfangsdame seines Büros sitzen gelassen hatte, aber seitdem sie allein war, war sie richtig aufgeblüht. Jetzt hatte sie alles, was Joy sich immer gewünscht hatte – Erfolg, Unabhängigkeit, Zufriedenheit und die Liebe eines Mannes, der sie bewunderte. Joy konnte das auch haben, oder?

Aber natürlich. Obwohl sie sich nur schwer vorstellen konnte, Troy als ihren Liebsten zu sehen. Sie brauchte mehr Stabilität und Einsatz, als er geben konnte. Oder nicht?

Joy schüttelte den Kopf. Das war nicht der richtige Zeitpunkt, um die Entscheidungen ihres Lebens zu überdenken. Sie mussten Harlow finden.

Als Grace schließlich seufzte und einen großen Schluck von dem Rotwein nahm, den Gigi ihr gereicht hatte, beugte sich Joy vor und fragte: „Wirst du uns den Findezauber beibringen, den wir auf Harlow anwenden wollen, oder hast du gehofft, dass wir uns alle so hoffnungslos in das Emsworth-Anwesen verlieben, dass wir unser Geld zusammenwerfen und eine Kommune gründen?"

„Echt witzig." Grace verdrehte die Augen. Dann hob sie die Augenbrauen und fragte: „Glaubt ihr, das ist eine Option? Ich wäre für eine gemeinsame Immobilien-Investition zu haben."

„Guter Versuch, Gracie", sagte Hope, die lachte. „Aber wenn wir nicht rausfinden, wie man Geld beschwört, haben wir, fürchte ich, Pech gehabt."

„Es ist ein schöner Traum." Grace nahm einen weiteren großen Schluck Wein. „Also gut. Wir verschieben die Tagträume auf ein andermal. Gehen wir ans Eingemachte."

Joy rutschte nervös herum. Normalerweise liebte sie die Treffen mit ihrem Zirkel auf der Klippe. Aber nur sehr selten wirkten sie Zauber, die so wichtig waren, und niemals ging es um Leben und Tod. Normalerweise wirkten sie Absichtszauber oder Glamourzauber oder Segen. Keine Findezauber, die normalerweise gespickt mit ethischen Problemen waren. Sie spürte keinerlei Bedauern, dass sie nach Harlows Entführer suchten, aber der Zauber war neu und mächtig, und es machte sie nervös, nicht zu wissen, was vielleicht daraus erwuchs.

„Joy, hast du das Foto?", fragte Grace.

Joy nickte und griff in ihre Jutetasche nach dem gerahmten Bild, das Carly ihr gegeben hatte.

„Perfekt." Grace holte ein Samttuch heraus, auf das ein Pentagramm gestickt war, und legte das Tuch mitten in den

Zirkel. Dann stellte sie das Foto direkt in die Mitte des Pentagramms. „So sollte es gehen. Sind wir bereit?"

Gigi und Hope nickten.

„Moment." Joy schaute sie finster an, ihr Körper war starr vor Anspannung. „Wir wissen doch nicht mal, was wir tun."

Hope zeigte ein lockeres Lächeln, während sie mit den Schultern zuckte. „Ich vertraue Grace."

Mit verdrehten Augen sagte Joy: „Offensichtlich vertraue ich ihr auch. Ich fühle mich nur unvorbereitet. Glaubt ihr nicht, wir sollten vorbereitet sein, wenn wir etwas so Großes machen? Ich denke einfach, wir müssen diesen Zauber mit Intention und Präzision beginnen."

„Guter Punkt", sagte Gigi leise, während sie Joy die Hand drückte. „Vielleicht können wir ihn erst mal durchgehen?"

„Äh, klar", sagte Grace, die Augenbrauen zusammengekniffen. Ihre Begeisterung war verschwunden, und sie schaute Joy merkwürdig an, als sie anfügte: „Das tut mir leid. Ich wollte nur durch den Zauber führen und es ist einfach mit mir durchgegangen, schätze ich."

Alle waren stumm, und die Energie zwischen ihnen war unbehaglich und merkwürdig. Das war nichts, woran Joy gewöhnt war. Normalerweise passte die Gruppe einfach zusammen. Diese Frauen waren ihre Schwestern und die Leute, denen sie auf der ganzen Welt am stärksten vertraute. Verdammt. Der Stress hatte sie überwältigt.

„Nein, ist es nicht", sagte Joy, die versuchte, die tiefe Erschöpfung zu vertreiben, von der sie wusste, dass sie sie angriffslustig machte. „Ich laufe noch nicht richtig rund, und ich bin schwierig. Tut mir leid."

Graces Miene verlagerte sich sofort auf Verständnis. „Ist schon gut, meine Liebe. Mach dir doch keine Sorgen darüber. Hier." Sie reichte Joy den Zauber, den sie mit der Hand auf ein

Blatt Papier geschrieben hatte. „Da sich der Zauber auf dich konzentriert, denke ich, du bist vermutlich diejenige, die ihn verinnerlichen muss."

Joy musterte den Zauber und keuchte laut. „Ich werde das Gefäß sein, um Harlow zu finden?"

„Klar. Du bist diejenige, die Visionen von ihr hat", sagte Grace, die sie strahlend anlächelte. „Der Zauber ist für eine Seherin, also dachte ich mir, das bist du."

„Ich bin keine Seherin", sagte Joy leise. Oder war sie das? Sie hatte zwei Visionen in weniger als vierundzwanzig Stunden gehabt.

„Jetzt bist du es, Süße", sagte Grace. „Nun mach dich mit dem Zauber vertraut, denn ich fühle mich heute besonders hexig."

„Besonders hexig? Was zum Teufel soll das heißen?", fragte Hope mit einem Lachen. „Du planst doch nicht, einen Trank mit einem Molchauge und den Zehennägeln deiner Feinde zu brauen, oder?"

„Keine Zehennägel. Auf gar keinen Fall gehe ich noch mal in die Nähe von Bills Füßen", sagte sie, dabei bezog sie sich auf ihren Ex-Mann.

„Ist er wirklich dein Feind?", fragte Hope, ihr Gesicht strahlte vor Erheiterung. „Ich hätte gedacht, das wäre Shondra Barnes, die hinterhältige Empfangsdame, die mit ihm geschlafen hat."

Grace schien über ihre Frage einen Augenblick nachzudenken, dann zuckte sie mit den Schultern. „So oder so. Ich berühre auch ihre Zehennägel nicht. Wer weiß schon, mit welchen Pilzen sie sich gerade rumschlägt."

Joy konnte nicht anders. Sie stieß ein lautes Lachen aus. „Ihr beiden seid albern."

Sie grinsten beide. Hope hob die Hand zu Grace, und sie klatschte sie ab und sagte: „Mission erfüllt."

Gigi schüttelte den Kopf und lachte leise. „Irgendwann einmal werde ich die ganzen Geschichten kennen und mitten in allem drinstecken."

„Das wissen wir. Deswegen haben wir dich in unseren Zirkel der Verdammnis gezwungen", sagte Grace und füllte ihr leeres Weinglas.

Gigi grinste, hob ihr Glas zum Anstoßen und sagte: „Auf den Zirkel der Verdammnis."

Joy, Hope und Grace schlossen sich ihr fröhlich an, und sobald sie ihre Gläser ausgetrunken hatten, schaute Joy zu ihren Freundinnen und war einmal mehr überwältigt davon, welches Glück sie gehabt hatte, ihre Unterstützung zu bekommen. „Okay", sagte Joy. „Grace? Bist du bereit, den Zauber durchzuführen?"

„Ich bin bereit, wenn du es bist", sagte Grace, die ganzen Spuren ihrer Anspannung vorhin waren verschwunden.

„Bereit." Joy reichte den handgeschriebenen Zauber zurück zu Grace und erhob sich. „Ich nehme an, dieser Zauber verlangt, dass wir aufrecht stehen?"

Grace nickte und bedeutete den anderen beiden Frauen, auf die Beine zu kommen. In dem Augenblick, in dem sie standen, hob Grace die Arme hoch in die Luft, wartete, dass die Magie in ihren Fingerspitzen erschien, und schwang die Arme rasch nach unten, während sie sagte: „Lass uns von der Nacht in Mondlicht gebadet werden."

Die Kerzen gingen sofort aus, das silberne Mondlicht beleuchtete das Bild, das mitten in ihrem Zirkel lag.

Grace grinste, war eindeutig zufrieden damit, dass der Zauber schon mal stark angefangen hatte. Aber ihr Lächeln verschwand rasch, und Grace hielt die Hände seitlich nach außen, nickte ihnen zu, damit sie es genauso machen. Sie hielten sich alle an den Händen, bildeten einen Kreis. „Von Erde und Himmel und Feuer und Meer rufen wir die Göttin des Mondes an. Höre unsere Bitte und hilf uns, diejenige finden, die wir suchen."

Die Kerzen erwachten wieder zum Leben, beleuchteten den kleinen Kreis.

„Joy, geh in die Mitte des Kreises und nimm Harlows Bild in die Hände", befahl Grace.

Magie strömte durch Joy, füllte sie an und gab ihr das Gefühl, alles wäre möglich. Sie ließ die Hände ihrer Schwestern los und trat vor in das Pentagramm, und ohne auch nur zu merken, dass sie nach dem Bild gegriffen hatte, hielt sie das Foto von Harlow in den Händen. Ihre Zirkelschwestern schlossen die Reihe um sie, nahmen sich wieder an den Händen, und die Magie, die die Luft erfüllte, war so lebendig, Joy hatte fast das Gefühl, sie würde schweben.

„Göttin des Mondes, schenk uns dein Licht, segne Joy mit weiter Sicht", rief Grace.

Die anderen beiden schlossen sich ihnen an, während sie die Absicht aussprachen.

Joy hielt das Foto zum Mond empor, und einfach so wurden ihre Gedanken von Bildern eines großen weißen viktorianischen Hauses angefüllt, das in einen Streifen Sonnenlicht getaucht war. Der Rasen vorne war perfekt getrimmt und hatte einen langen Weg, der von bunten Chrysanthemen und Stiefmütterchen gesäumt war. Eine Reihe Kirschbäume stand am Rand des Grundstücks auf einer Seite, während es auf der anderen Seite vom Waldrand begrenzt wurde. Joy wollte sich umschauen, nach der Adresse oder einem Straßenschild sehen, aber sie hatte kein Glück. Das

Haus war von der Straße zurückgesetzt, und es gab eine lange ungeteerte Zufahrt.

Die Vision verschwand, und Joy blinzelte, versuchte, ihre Augen wieder an die Dunkelheit anzupassen.

Grace legte eine weiche Hand auf Joys Arm. „Was hast du gesehen?"

Joy drehte sich zu ihr, war komplett desorientiert. Die Vision war anders gewesen als die anderen beiden, die sie erlebt hatte. Die waren wie ein Film in ihren Gedanken abgelaufen. In dieser hatte sie das Gefühl gehabt, sie wäre zu dem weißen Haus transportiert worden, nur um sofort nach Premonition Pointe zurückversetzt zu werden. „Hä?"

„Hast du gesehen, wo Harlow ist?", versuchte es Grace erneut.

„Ja. Ich glaube schon", sagte Joy, die sich allmählich wieder orientieren konnte. „Nur dass ich immer noch keine Ahnung habe, wo das ist!" Der Frust war fühlbar, während sie allmählich zu der Erkenntnis kam, dass der Zauber funktioniert hatte. Er war nur nicht spezifisch genug gewesen. Sie spähte zu Grace. „Wir müssen es noch mal machen."

Grace schüttelte den Kopf und biss sich auf die Unterlippe. „Ich glaube, das können wir nicht."

„Warum nicht?" Joy schaute zu Hope und Gigi und bemerkte, dass sie beide auf der Decke lagen. Hope hatte sich die Arme über die Augen gelegt, während Gigi zum Himmel starrte und tief atmete.

„Das war eine lange Zeit, um die Magie zu halten", sagte Grace, die auf die Decke sank. „Wir sind alle erschöpft."

Die Verwirrung sorgte dafür, dass Joy noch einmal hinschaute. Was meinte sie damit, dass sie die Magie eine lange Zeit hatten halten müssen? Für sie fühlte sich das Ganze an, als hätte es nur fünf Minuten gedauert. Sie musterte ihre

Zirkelschwestern und bemerkte, dass alle drei müde Augen hatten und ihnen die lebhafte Energie fehlte, die sie vor dem Zauber besessen hatten. „Wie lange war ich weg?"

Grace zog die Hände aus den Taschen und schaute auf die Uhr. „Vierzig Minuten."

„Vierzig Minuten! Ihr nehmt mich auf den Arm, oder?" Wie war das möglich? „Was habe ich denn die ganze Zeit gemacht?"

„Anfangs bist du nur geschwebt, mit aufgerissenen Augen, hast aber nicht gesehen. Ich dachte mir, du wärst auf einer anderen Ebene. Vielleicht in einer Vision. Aber dann warst du schließlich bei dir und hast offensichtlich etwas gemustert. Es hat nicht lange gedauert, bis du etwas von Kirschbäumen und einer fehlenden Adresse gemurmelt hast."

„Oh, wow. Ich hatte ja keine Ahnung. Für mich hat es sich sehr schnell angefühlt. Ich erinnere mich nicht an die Zeit, in der ich nicht reagiert habe. Tut mir leid. Ihr drei habt hart gearbeitet für die Information, die ich bekommen habe", sagte Joy. „Ich wünschte nur, sie wäre hilfreicher."

Grace lächelte sie müde an. „Ist schon in Ordnung. Erzähl uns nur, was du gesehen hast, und wir machen von da an weiter."

Joy nickte und ging die Details des weißen viktorianischen Hauses durch, die Kirschbäume, den gepflegten Rasen und die Blumen, den Wald, und die Tatsache, dass das Haus von der Straße zurückgesetzt war, ohne ein Straßenschild. „Deshalb wollte ich es noch mal probieren. Wir müssen darum bitten, ein Straßenschild zu sehen, damit wir das Haus finden können. Das könnte überall sein."

„Nicht einfach überall", sagte Gigi nachdenklich. „Einige Details engen es ein, oder? Wie der Wald. Wir wissen, dass sie nicht in einer Stadt festgehalten wird. Dann gibt es die Kirschbäume. Die wachsen doch nicht einfach überall."

„Stimmt", fügte Grace an. „Das viktorianische Haus. Wenn es älter als die Jahrhundertwende ist und keines, das in jüngster Zeit im selben Stil neu gebaut wurde, hilft das auch. Wenn du es skizzieren könntest, könnte ich vielleicht versuchen, Immobilienverkäufe danach zu durchsuchen, und sehen, ob was auftaucht."

Joy warf ihr einen Blick zu, der besagte, dass ihre Freundin den Verstand verloren hatte. „Das wirkt ziemlich unwahrscheinlich."

Grace zuckte mit den Schultern. „Vielleicht, aber ein Versuch lohnt sich."

„Ich stimme zu, das ist unwahrscheinlich", sagte Hope. „Ich meine, wie groß ist die Wahrscheinlichkeit, dass das Haus kürzlich auf dem Markt war? Aber es ist etwas, das wir versuchen können, wenn wir sonst sehr wenig haben, um damit zu arbeiten."

„In Ordnung." Joy wühlte in ihrer Handtasche und zog ein kleines Notizbuch heraus, das sie angefangen hatte, mit sich herumzutragen, als sie Vizepräsidentin der Künstlermarktkooperative geworden war. Viel zu oft war sie spontan Künstlerinnen begegnet, die etwas benötigten, das sie hinbiegen musste. Sie hatte es aufgegeben, sich alles zu merken, und schließlich ein kleines Tagebuch für alle ihre Sorgen mit sich geführt. Und es gab eine Menge. Gewissermaßen war Joy froh, dass sie sich aus der Führungsriege zurückgezogen hatte. Alle wollten immer etwas von ihr. Aber andererseits vermisste sie die Kunst ziemlich. Darum hatte sie überhaupt erst mitgemacht.

Joy war immer schon ziemlich gut im Zeichnen gewesen. Besonders Architektur. Das war ihr Lieblingswahlfach gewesen, als sie ihren Abschluss in Theaterwissenschaften am College gemacht hatte. Aber als sie geheiratet und Kinder bekommen hatte, hatte sie nicht mehr genug Zeit oder Energie gehabt, um sich ihrer Schauspielerei und ihrer Liebe zum Skizzieren zu widmen. Selbst als sie mit dem Künstlermarkt zu tun gehabt hatte, hatte sie es nicht priorisiert, zu versuchen, eigene Zeichnungen zu verkaufen. Stattdessen hatte sie sich darauf konzentriert, anderen Künstlern zu helfen, ihre Werke zu vermarkten. Es war befriedigend, Leuten zu helfen, Erfolg zu haben.

Sie war ein wenig eingerostet, aber es dauerte nicht lang, das Haus und das Grundstück in ihr Skizzenbuch zu zeichnen. Joy reichte es Grace. Hope und Gigi traten sofort dazu, um die Zeichnung über ihre Schulter zu mustern. „Hätte ich meine Farbstifte, könnte ich das wirklich zum Leben erwecken."

„Verdammt, Joy", sagte Gigi mit aufgerissenen Augen. „Du bist gut."

„Ist sie, oder?", fragte Hope mit einem Seufzen. „Ich habe seit Jahren versucht, sie zu überreden, mehr Zeit mit dem Zeichnen zu verbringen, aber bisher blitze ich einfach ab."

„Ich war ein bisschen beschäftigt", sagte Joy mit einem Schulterzucken, aber sie konnte das Lächeln nicht unterdrücken, das sie auf die Lippen trat, als sie so gelobt wurde.

„Kannst du mir einen Gefallen tun?", fragte Grace Joy, während sie die Zeichnung beäugte.

„Natürlich", sagte Joy mechanisch. „Alles."

„Mach das mit Farbe und schick mir dann ein Bild davon." Endlich löste sich ihr Blick von der Zeichnung. „Das wird helfen, wenn ich versuche, kürzliche Immobilientransaktionen zu finden. Ich kann es vielleicht bei Google hochladen und eine umgekehrte Bildersuche machen."

Joys Skepsis, was den Plan betraf, ließ allmählich nach. Wenn die Möglichkeit bestand, dass ein Computer helfen konnte, eine Übereinstimmung zu finden, könnte es vielleicht klappen. Aber dann runzelte sie die Stirn. „Wie ich vorhin schon gesagt habe, das klingt für mich unwahrscheinlich. Hast du irgendeinen Grund zu glauben, dass die Immobilie vielleicht in den Aufzeichnungen ist?"

„Nein. Nicht wirklich", sagte Grace mit geschürzten Lippen. „Aber es ist etwas. Und falls wir einen Treffer bekommen, hat sich die Mühe gelohnt. Und falls nicht? Haben wir nur etwas Zeit verschwendet."

„Es ist eine ganz gute Idee", sagte Gigi.

„Ich bin auf jeden Fall dafür." Joy lächelte sie an, fühlte sich etwas besser, dass sie zumindest irgendeinen Plan hatten, wie sie weitermachen sollten.

Hope nickte ihr zustimmend zu. „Und während Grace daran arbeitet, werde ich Angela bitten, im Geiste die Ohren offen zu halten, falls Harlows Kidnapper in der Stadt rumhängt."

„Das musst du nicht machen", sagte Joy mechanisch, und dann wollte sie sich treten. Weshalb entmutigte sie Hilfe, die sie so offensichtlich brauchte? „Ich meine, dass ich weiß, was für einen Tribut das von ihr fordert, und ich will nicht, dass sie das alles durchmachen muss."

„Wir überlassen es ihr", sagte Hope bestimmt. „Aber ich möchte wetten, ich werde sie nicht von der Bird's Eye Bakery fernhalten können. Ich kenne sie. Sie wird alles tun wollen, was sie tun kann, um zu helfen. Sie verbringt zwar nicht gerne viel Zeit mit Leuten, aber sie hat ein gutes Herz. Es würde sie echt nerven, nicht alle Hebel in Bewegung zu setzen, um Harlow zu finden."

„Okay", sagte Joy, die nicht die Energie aufbrachte, um noch weiter zu streiten. Dann lächelte sie. „Danke."

„Ich wünschte, wir könnten mehr tun", sagte Grace.

„Ihr habt bereits mehr getan, als zu erwarten war." Joy legte sich auf die Decke und schaute hinauf zu den Sternen. Die kühle Brise vom Meer ließ eine Gänsehaut auf ihre Arme treten, und sie zitterte. Doch ihr war nicht kalt. Sie war nur glücklich, etwas anderes als Entsetzen zu spüren. Sie schloss die Augen und hörte auf den Klang der Wellen, die unten brandeten.

„Joy?", rief Hope.

„Was?", fragte Joy, ohne die Augen zu öffnen.

„Schläfst du heute Nacht hier draußen?"

Joys Augen klappten auf, sie schaute zu ihren Freundinnen auf. Sie hatten bereits alles eingepackt, bis auf die Decke, auf der sie lag. War sie eingeschlafen und hatte es nicht gemerkt? War sie in einer seltsamen magischen Zeitverzerrung? Sie musste nach Hause, bevor sie in eine ganz andere Realität glitt.

„Nein. Ich muss nach Kyle sehen."

Hope hielt ihr eine Hand hin, um ihr aufzuhelfen, und fragte dann: „Alles in Ordnung? Du wirkst desorientiert."

Joy strich sich mit der Hand übers Gesicht. „Ich bin nur erschöpft."

Gigi erschien neben Joy und ließ einen Arm durch ihren gleiten. „Wir kümmern uns. Komm schon."

Die vier begaben sich zurück zur Straße, wo sie Joy in Hopes SUV verfrachteten.

„Danke noch mal", sagte Joy zu ihnen, während sie sich anschnallte.

„Keine Sorge." Grace beugte sich vor und gab ihr einen Kuss auf die Wange.

Als Gigi an der Reihe war, schob sie Joy ein kleines Gefäß in die Hand und flüsterte: „Ich dachte, das könntest du brauchen. Ich bekomme immer einen Akne-Ausbruch, wenn ich Stress habe, und diese Salbe klärt alles sofort."

Joy blinzelte und schaute auf das Gefäß hinab. Es war kein Etikett darauf. „Hast du die gemacht?"

Sie grinste. „Ja. Ich habe so eine Neigung zu Kräutern. Tupf ein bisschen was auf die Problembereiche, bevor du zu Bett gehst, und morgen Vormittag ist deine Haut völlig rein."

„Danke dir." Joy umarmte sie. „Du bist die Beste." Joy dachte zurück an einen früheren Zeitpunkt, als Sam ihr eine Gesichtsbehandlung und eine Salbe gegeben und dann die Stirn gerunzelt hatte, als sie nicht sofort einen Unterschied gesehen hatte. Sam hatte ihr gesagt, sie solle anrufen, wenn sich innerhalb von vierundzwanzig Stunden nichts veränderte. Vielleicht war Gigis Creme die Magie, die sie brauchte.

„Fahren wir", sagte Hope, die in den SUV sprang.

Joy nickte, und bevor Hope auch nur auf die Straße gefahren war, hatte Joy den Kopf ans Fenster gelehnt und war fest eingeschlafen.

KAPITEL NEUN

„Aufwachen, Dornröschen." Joy fuhr hoch. Sie schaute sich um und stöhnte, als Schmerz ihren Nacken emporschoss. Sie griff nach oben, massierte die Verhärtung ihrer schmerzenden Muskeln. „Ach, gütige Göttin. Ich fühle jedes einzelne meiner achtundvierzig Jahre."

„Kenne ich." Hope lächelte mitfühlend. „Brauchst du Hilfe, um nach drinnen zu kommen? Vielleicht einen Rollstuhl oder einen Rollator?"

„Du bist fies", sagte Joy, ohne es wirklich zu meinen. Dann lachte sie. „Ich fühle mich, als könne ich eine Woche lang schlafen." Sie spähte zu ihrer Freundin, die sie den ganzen Tag lang herumgefahren hatte. „Wie kommt es, dass du noch nicht im Stehen einschläfst? Du hast mich doch den ganzen Tag lang gebabysittet."

„Ich kann das einfach besser runterspielen" Hope zwinkerte ihr zu, dann wurde sie aber ernst. „Geht es dir wirklich gut? Soll ich für dich noch irgendwas tun, bevor ich gehe?"

Joy schüttelte den Kopf, als eine Woge der Liebe über sie hinwegströmte. „Nein. Vielen Dank, aber ich werde da reingehen, mein Bild ausmalen und es dann sowohl Grace als auch Carly schicken. Dann steige ich in ein Bad, bevor ich ins Bett krieche und zwölf Stunden schlafe."

„Das klingt himmlisch", sagte Hope mit einem Seufzen.

„Nicht so himmlisch, wie mit einem sexy dunkelhaarigen Mann zu kuscheln, der seine Hände nicht bei sich behalten kann", sagte Joy, die auf Hopes Verlobten Lucas anspielte.

„Na ja, da kann ich mich nicht beschweren, aber hin und wieder will ich etwas Zeit für mich. Wenn ich mir eine Wanne einlassen würde, würde er vermutlich nach mir reinsteigen, und dann kann man das Entspannen vergessen. Der Mann ist unersättlich."

„Hör auf. Jetzt gibst du doch nur an", sagte Joy, während sie aus dem SUV stieg. „Fahr nach Hause, hab Spaß. Ich rufe morgen an."

„Ich hab dich lieb", rief Hope.

„Hab dich auch lieb." Joy winkte und ging rasch zu ihrer Eingangstür hinauf.

Als Joy eintrat, war das Haus dunkel. Sie schaltete das Licht an und schaute sich um. Es hatte eine Zeit gegeben, da war ihr Haus ihre Zuflucht gewesen. Dort war sie am zufriedensten, und einst hatte sie gedacht, sie würde niemals mehr weggehen. Aber jetzt, da Paul fort war, und ihre Kinder ausgezogen waren, fühlte es sich einfach überwältigend an. Klar, kurzzeitig war Kyle zurück, aber das war nur vorübergehend. Bald würde er wieder gehen, und dann würde sie in diesem riesigen Haus mit den vielen Zimmern herumwandern, angefüllt mit einigen ihrer besten Erinnerungen, aber auch einigen der schlimmsten.

Sie seufzte, sperrte die Eingangstür ab und ging zur Küche, um sich etwas Wasser zu holen. Vielleicht sollte sie mit Grace über einen Umzug reden. Vielleicht würde sie sich eine kleinere, gemütlichere Bleibe suchen, gleich am Strand … falls sie es sich leisten konnte.

Nachdem sie ihr Glas leer getrunken hatte, stellte sie die paar Stücke Geschirr, die in der Spüle standen, in den Geschirrspüler, wischte die Arbeitsfläche und schloss die Hintertür ab, bevor sie in den Flur ging, um nach Kyle zu sehen. Aber als sie an seinem Zimmer ankam, stand die Tür offen, und sein Bett war leer.

Ihr Herz begann zu rasen. Wo war er? Nicht im Wohnzimmer und nicht in der Küche. Dort war sie gerade gewesen. Panik wollte aufkommen, und sie stellte sich vor, wie er irgendwo auf dem Boden lag, sich nicht wieder aufrichten konnte, weil er sich noch was gebrochen hatte, oder sein Bein noch schlimmer verletzt. Rasch ging sie den Flur entlang und schaute ins Bad.

Leer.

Ein Ziehen bildete sich in ihrem Magen. Wo war er?

Joy eilte von Zimmer zu Zimmer, nur um festzustellen, dass das ganze Haus leer war. Es gab nur noch einen Ort, an dem sie nachschauen konnte. Sie drehte sich zu dem Gang, der zu ihrem Schlafzimmer führte, und stieß ein erleichtertes Seufzen aus, als sie Licht aus dem Zimmer strömen sah.

„Kyle?", rief sie, während sie in ihr Zimmer ging.

Er antwortete nicht.

Ihre Panik kam erneut auf, bis sie Licht unter der Tür ihres Bads durchscheinen sah. Sie runzelte die Stirn. Was machte er denn da drin?

Sie ging durch das Zimmer und wollte gerade klopfen, als

sie ein eindeutig männliches Knurren hörte, gefolgt von Kyles Stimme. „Vorsicht. Du beförderst hier kostbare Fracht."

„Hör auf, oder ich mache nicht fertig", ließ sich eine zweite männliche Stimme vernehmen.

Joy erstarrte, als der Klang von Gelächter durch die Tür drang, gefolgt vom eindeutigen Geräusch von spritzendem Wasser.

Ach, verflixt, dachte sie. Ihr Sohn badete mit einem weiteren Mann in ihrem XXL-Whirlpool. Aber mit wem? Jackson? Das musste Jackson sein.

Sie wollte schon gehen, erstarrte aber erneut, als sie ein Stöhnen hörte. Eines, das sich für immer in ihr Gehirn ein brennen würde. Sie wollte doch nur ein Bad nehmen und ins Bett kriechen. Jetzt stand sie in ihrem Zimmer und lauschte ihrem Sohn … wie er Dinge tat, die sie niemals hören sollte.

Joys Fluchtinstinkt machte sich endlich bemerkbar, und sie lief aus dem Raum und zurück in die Küche, wo sie sich an den Tisch setzte, sich Airpods in die Ohren schob und ihre liebste Playlist auflegte. Pharrell Williams begann übers Glück zu singen, während sie sich an die Arbeit machte, das Bild auszumalen, das sie draußen auf der Klippe angefertigt hatte.

Eine Stunde später, als ihr Bild vor Farbe leuchtete, schickte sie es an Grace und dann rief sie Carly an und betete, dass es nicht direkt auf die Mailbox ging.

Joy war überrascht, als Carly beim ersten Klingeln ranging. Joy sagte: „Hey. Ich habe ehrlich nicht damit gerechnet, dass ich dich ans Telefon kriege."

„Ich habe deine Nummer als wichtigen Kontakt gespeichert, damit mir deine Anrufe nicht entgehen", sagte Carly, ihre Stimme klang müde. „Ich wollte verfügbar sein, falls du noch eine Vision hast."

„Das war klug." Joy hatte nicht mal gewusst, dass es diese Option auf einem Handy gab.

„Hast du Harlow noch mal gesehen?", fragte sie. In ihrer Stimme lag eine tiefe Traurigkeit, die Joy zum Weinen brachte.

„Nein. Ich habe Harlow nicht gesehen, aber mein Zirkel hat geholfen, einen Findezauber zu wirken, und ich habe das Haus gesehen."

Carly schnappte nach Luft. „Du weißt, wo sie ist?", fragte sie mit einem leisen Flüstern.

Joy verabscheute es, sie zu enttäuschen, aber es ließ sich nicht vermeiden. „Tut mir leid, Carly. Ich habe das Haus gesehen, aber leider habe ich keine Ahnung, wo es ist. Der Straßenname war nicht sichtbar, und ich konnte nicht mal eine Hausnummer erkennen."

„Oh. Na ja, ich bin mir nicht sicher, ob das hilft, aber danke für …"

„Ich habe eine Zeichnung davon", sagte Joy, die ihr das Wort abschnitt. „Ich wollte sie dir schicken, nur für den Fall, dass es vertraut wirkt oder du es an deinen Privatdetektiv weiterleiten willst."

„Echt? Na ja, das ist ein Schritt in die richtige Richtung, schätze ich. Dankeschön. Hoffentlich können wir was damit anfangen. Ich werde es ihm sofort weiterleiten."

„Klar. Und ich mache eine Kopie und bringe sie morgen Detective Coolidge vorbei", sagte Joy.

„Was? Nein, das kann ich dich doch nicht tun lassen", erwiderte sie rasch. „Du hast doch schon so viel gemacht. Ich kümmere mich darum."

Joy stellte fest, dass sie vor Erleichterung zusammensank. Sie hatte tagelang ohne Pause weitergemacht und war bereit, alles loszulassen. „Das wäre toll. Sag der Polizistin, sie soll mich anrufen, wenn sie Fragen hat."

„Mache ich. Danke, Joy."

„Gern geschehen. Du weißt ja, ich würde alles tun, um zu helfen. Ich bete, dass Harlow bald nach Hause kommt."

„Danke." Die Leitung war tot, und Joy schickte die Nachricht. Dann verschränkte sie die Arme auf dem Tisch und legte nur kurz den Kopf hin.

„Mrs. Lansing?"

Die vertraute Stimme ließ sie hochfahren, und sie setzte sich sofort auf. Schmerz schoss wieder ihren Hals hinab, und sie rief: „Autsch!"

„Huch, alles in Ordnung?" Jackson saß auf dem Stuhl neben ihrem und griff herüber, als wolle er ihr den Nacken massieren, ließ die Hand dann aber im letzten Augenblick sinken.

„Ja. Alles gut. Ich schätze, ich bin eingeschlafen, und jetzt hat sich mein Nacken verkrampft. Ein Bad – äh, Ibuprofen sollte helfen."

Er warf einen Blick den Gang entlang zu Kyles Schlafzimmer. „Wie lange sind Sie schon hier?"

Sie zuckte mit einer Schulter. „Ich weiß nicht recht. Eine Dreiviertelstunde oder so."

Stille herrschte zwischen ihnen, bis er sich räusperte. „Ich bin rübergekommen, um Kyle zur Hand zu gehen."

„Klar." Sie schaute weg und kam sich plötzlich wie eine Närrin vor, dass sie Jackson nicht in die Augen schauen konnte. Es gab einfach einige Dinge, die Mütter nicht wissen sollten. „Wie geht es ihm?"

„Jetzt besser, da er mal gebadet hat", sagte Jackson. Dann lachte er und schaute hinab auf sein T-Shirt. „Ich schätze, mich hat er auch gebadet. Es war etwas heikel, ihn aus Ihrer Wanne zu bringen. Die ist so tief. Aber die Dusche im Gang stand nicht zur Debatte, wegen seines Gipses, und er hat mich gebeten, ihm zu helfen, ihn rein- und rauszubringen. Ich hätte nicht gedacht, dass ich so was mal mache, aber wenn mein … äh, ein Freund Hilfe braucht, dann macht man es eben, oder?"

„Du plapperst", sagte Kyle vom Eingang der Küche aus. Er stand auf seinen Krücken, sein Gesicht frisch geschrubbt, seine Haare noch nass.

Joy schaute zwischen ihnen hin und her, und ihr entging der panische Ausdruck auf Jacksons Gesicht nicht. Kyle allerdings wirkte erheitert. Joy stand von ihrem Stuhl auf und ging hinüber zu ihrem Sohn. Sie legte ihm die Handflächen auf die Wangen und fragte: „Wie geht es dir?"

Er lächelte sie an, und sie war zufrieden, zu sehen, dass es ein lockeres Lächeln war, als wäre er entspannt, und nicht im Dauerschmerz. „Besser. Können wir uns ins Wohnzimmer setzen? Ich glaube, wir müssen reden."

„Klar, Kleiner. Willst du irgendwas? Wasser? Tee? Kaffee?" Joy griff nach dem Kessel, wollte sich selbst eine Tasse Tee machen.

„Für mich Wasser", sagte Kyle. „Jackson nimmt Tee. Kräutertee, kein Koffein."

„Hey! Was, wenn ich Koffein will?", protestierte Jackson.

„Das hält dich die ganze Nacht wach, und dann schläfst du morgen an der Espressomaschine ein", sagte Kyle locker. „Entweder Kräutertee oder entkoffeiniert für dich."

Jackson verdrehte die Augen, aber seine Lippen wölbten sich zu einem schwachen Lächeln. „Kräutertee, schätze ich."

„Bin dabei", sagte Joy erfreut. „Jackson, hilf Kyle ins Wohnzimmer. Ich komme gleich raus."

Kyle schüttelte den Kopf. „Ich brauche keine Hilfe, um zehn Meter zu gehen, Mom."

„Lass deinen Freund doch helfen, Liebling", sagte sie und griff nach der Teedose. Stille fühlte den Raum, und sie brauchte einen

Augenblick, um zu merken, was sie gesagt hatte. Joy ließ die Teedose auf den Tresen fallen und wirbelte herum, entsetzt über ihren Fauxpas. Sie hatte darauf warten wollen, dass er es ihr erzählte, wenn er bereit war. „Tut mir leid. Das hätte ich nicht sagen sollen. Ich bin müde, und es ist einfach rausgerutscht."

Kyle und Jackson schauten einander lange an. Dann hielt Kyle Jackson eine Hand hin. Jackson biss sich auf die Unterlippe, ging aber dann, um sich neben ihn zu stellen und seine Hand zu nehmen.

Joy spürte, wie Tränen in ihren Augen brannten, und sie lächelte sie zart an. „Ich liebe euch beide. Das wisst ihr doch, oder?"

Kyle nickte.

Jackson schluckte heftig. „Danke, Mrs. Lansing."

„Hör doch mit diesem scheiß-*Mrs. Lansing* auf, und zwar jetzt, Jackson. Habe ich dir nicht bereits hundertmal gesagt, du kannst mich Joy nennen? Du gehörst zur Familie, um Himmelswillen. Man muss keine Förmlichkeiten auflegen. Jetzt ab ins Wohnzimmer, und ich bringe den Tee und das Wasser gleich."

Jackson ließ Kyles Hand los und schaute ihm einen Augenblick nach, während er auf Krücken zur Couch ging. Dann wandte er sich an Joy, kam herüber und umarmte sie fest. Joy legte die Arme um den jungen Mann, der seit der Kindheit im Leben ihres Sohns gewesen war, und flüsterte: „Ich freue mich für euch beide."

Als Jackson sich zurückzog, wischte er sich rasch über die Augen und sagte: „Ich habe Sie da letztens im Krankenhaus schon gehört, aber … Sie wissen ja, dass meine Mom mit meinem ‚Lebensstil' nicht einverstanden ist. Und zu sehen, wie Sie damit umgehen, na ja, ich bin sowohl sehr glücklich als auch ein wenig traurig, denn so was habe ich niemals von meiner eigenen Mom bekommen."

Joy legte noch einmal die Arme um Jackson, hielt ihn fest und sagte: „Du bist ein Schatz, Jackson. Vergiss das nicht. Ich wäre stolz darauf, deine Mutter zu sein, wenn du nicht mit meinem Sohn zusammen wärst."

Er stieß ein ersticktes Lachen aus und ließ sie los. „Das wäre aber creepy, oder?"

„Nur ein bisschen." Sie schnappte sich das Glas aus dem Schrank und reichte es ihm. „Bring Kyle sein Wasser, während ich diesen Tee fertig mache."

„Ja, Ma'am." Er zwinkerte ihr zu und tat, wie geheißen.

Ein paar Minuten später reichte Joy Jackson seinen Tee und setzte sich in einen der Sessel gegenüber der Couch, wo die beiden jungen Männer zusammen saßen. „Okay, hier bin ich. Worüber müssen wir reden?", fragte sie locker.

„Äh …" Kyle räusperte sich. „Na ja …" Er schaute zu Jackson, sein Blick wurde flehend.

Jackson lachte. „Sie weiß es bereits. Warum ist es so schwer, das zu sagen?"

„Ich weiß es nicht", sagte Kyle hitzig. „Das musste ich noch nie vorher machen."

„Ich weiß." Jacksons Miene wurde weich, als er die Hand in die von Kyle schob. „Aber es läuft doch bereits besser als die Unterhaltung, die du mit deinem Dad führen wolltest. Das wird es leichter machen, oder?"

Kyle fuhr zusammen.

„Tut mir leid." Jackson beugte sich rüber und gab ihm einen Kuss auf die Wange.

Joy, die den Austausch mit völliger Faszination beobachtet hatte, gab ein zufriedenes Seufzen von sich. „Ihr beiden seid süß. Kyle, weshalb warst du denn niemals so mit einer deiner Freundinnen?"

Kyle wurde leicht rot.

Jacksons Lächeln wurde breiter. „Warst du nicht?"

„Hör auf." Kyle stieß ihn leicht in den Arm, und Jackson lachte.

Joy lachte ebenfalls. „Okay, was wolltet ihr mir erzählen? Dass du mit Jackson zusammen bist? Das weiß ich bereits."

„Ich bin bi", sagte Kyle, dann starrte er sie an, als würde er auf irgendeine negative Reaktion warten.

Joy runzelte die Stirn. „Okay. Ich dachte, das wäre ziemlich offensichtlich."

Kyle blinzelte sie an. „Du wusstest es?"

„Erst, als ich euch beide zusammen im Krankenhaus gesehen habe. Oder vielmehr, als ich gesehen habe, dass Jackson so durch den Wind ist. Da habe ich's erraten. Sicher hat er dir das gesagt." Joy nickte Jackson zu.

Kyle drehte sich zu ihm um. „Mir was gesagt?"

Jackson zuckte zusammen. „Sie hat gesagt, falls wir zusammen wären, wäre das für sie in Ordnung. Dann wollte sie mich gar nichts mehr sagen lassen und hat darauf beharrt, wenn du damit rausrücken willst, dann sollte es sein, wenn du bereit bist."

Kyle starrte seinen Freund und dann seine Mutter an. „Das hast du wirklich gesagt?", fragte er sie.

„Natürlich. Oder hast du gedacht, Jackson würde lügen?"

„Er hat gelogen, indem er was ausgelassen hat. Er hat kein Wort gesagt." Er beäugte Jackson wieder. „Verdammt, Jay, ich wäre nicht annähernd so nervös gewesen, hättest du mir diese bedeutende Information mitgeteilt."

Jackson wandte den Blick ab. „Tut mir leid. Ich wollte es, aber dann hattest du Schmerzen und hast so viel geschlafen, und dann, als ich hergekommen bin, hast du Hilfe gebraucht, um ein Bad zu nehmen, und … na ja, wir wissen ja, wie das gelaufen ist."

Kyle schnaubte. „Ja. Tun wir."

Joy räusperte sich. „Achtet gar nicht auf mich. Ich bin nur eine Mutter im Raum, die nicht wissen muss, was ihr Sohn hinter verschlossenen Türen tut."

„Was?" Kyle ließ den Kopf wieder herumfahren, schaute Joy entsetzt an. „Was glaubst du denn, was hier heute Abend passiert ist?"

Joy hob die Hände. „Ich weiß es nicht. Ich will es nicht wissen."

Jackson warf den Kopf in den Nacken und lachte.

„Oh. Mein. Gott. Diese Unterhaltung ist völlig daneben", sagte Kyle. „Nur fürs Protokoll, ich habe Hilfe gebraucht, um ins Bad zu kommen. Auf einem Fuß balancieren, während man raus- und reinsteigt, ist ziemlich schwer. Jackson hat mir geholfen. Das ist alles."

„Na ja, ich habe dir auch die Haare gewaschen und Shampoo in deine Augen gebracht", sagte Jackson.

„Ja, danke dafür übrigens. Mein Auge brennt immer noch."

Jackson zuckte mit einer Schulter. „Ich habe verhindert, dass du hinfällst und dir den Schädel brichst, richtig?"

„Kaum. Ich erinnere mich, dass ich zurück ins Bad gefallen bin und mir den Ellbogen angestoßen habe."

„Und mich völlig mit Badewasser durchtränkt", fügte Jackson an. „Da drin war es ganz kurz mal wie auf einem Wet-T-Shirt-Contest."

Kyle schnaubte. „Ich habe mich nicht beschwert."

„Okay. Das reicht", sagte Joy mit einem Lachen. „Ich verstehe es. Zwei Jungs, die im Bad rumplanschen. Offensichtlich ist hier niemand erwachsen geworden."

Sie lachten beide und rückten näher aneinander.

Als sie sich schließlich wieder unter Kontrolle hatten, hob Joy eine Augenbraue. „Das war's? Du bist bi, und du bist mit Jackson zusammen?"

„Zum Großteil", sagte Kyle, der ernst wurde.

„Okay", sagte Joy. „Also bist du bi. Ist ja keine große Sache. Und du bist mit Jackson zusammen, einem jungen Mann, den ich bereits mag. Ich sehe ich nicht, warum wir darüber ein Gespräch führen müssen, außer es gibt sonst noch was, was ich wissen muss."

„Dad hat sich deswegen arschig benommen", stieß Kyle hervor.

„Was?" Joy saß sprachlos da, versuchte die Tatsache zu verarbeiten, dass Kyle es Paul gesagt hatte, und er schlimm darauf reagiert hatte. „Wann? Und was hat er gesagt?"

„Gleich vor dem Unfall. Ich bin rüber, um ihn zu besuchen, und habe ihm gesagt, dass ich mit Jackson zusammen bin. Er hat mich nur angestarrt und mir dann gesagt, ich sollte mir jemanden mit mehr Ambitionen suchen, der nicht im Café arbeitet. Vorzugsweise eine Frau, damit ich es leichter hätte, eine Familie zu gründen."

Joy saß stumm vor Entsetzen da. Nichts davon klang nach Paul. Was war denn aus ihm geworden, seit sie sich getrennt hatten? „Bitte sag mir, du schmückst das aus, was er gesagt hat."

„Nö. Falls überhaupt, beschönige ich es, denn ich will nicht, dass Jackson erfährt, was er sonst noch gesagt hatte."

„Kyle", knurrte Jackson. „Du kannst mir alles erzählen."

„Nicht, wenn es dir unnötig wehtut. Er hat sich benommen wie ein arroganter Schnösel. Ich habe ihm gesagt, er soll sich sein teures Steak doch in den Arsch schieben, und bin gegangen."

Joy lachte schnaubend. „Hast du das echt gesagt?"

Er nickte, auf seine Lippen trat ein erheitertes Lächeln. Aber das verschwand schnell und wich etwas, das wirkte wie tiefe Traurigkeit. „Ich habe nicht erwartet, dass er irgendwas davon sagt, Mom. Er ist jetzt anders, und ich verstehe nicht, weshalb."

„Ich auch nicht", sagte Joy leise und tat alles, was sie konnte, um die Kontrolle zu behalten. In ihrem Bauch ballte sich die Wut, und sie wollte nichts mehr, als über ihren Ex vom Leder ziehen, ihm alle möglichen schlimmen Namen geben, und ihn dann auslöschen, weil er ihren Sohn so verstört hatte, dass er beinahe in einen Baum gefahren wäre. Sie stand auf und ging hinüber zum Sofa, um sich neben ihn zu setzen. „Du weißt, dass ich dich liebe ... und zwar bedingungslos, ja?"

Er lächelte sie an. „Weiß ich. Und es tut mir leid, dass ich ein großes Ding daraus gemacht habe, es dir zu erzählen. Tief drinnen wusste ich, dass du cool sein würdest, aber ich habe mich von meiner Nervosität vereinnahmen lassen."

Sie legte einen Arm um seine Schultern und umarmte ihn von der Seite. „Ich hab dich lieb, K. Und es tut mir leid, dass dein Vater so eine Arschgeige war, dass du nervös geworden bist, weil du mit mir auch reden musst."

„Das ist nicht deine Schuld", sagte er und lehnte sich an sie, genauso, wie er es als kleiner Junge gemacht hatte. Der Kontakt füllte ihr Herz an und sorgte dafür, dass sie sich wieder ganz fühlte.

„Du hast recht. Es ist nicht meine Schuld", sagte sie. „Es ist seine. Und ich werde dafür sorgen, dass er genau weiß, wie ich dazu stehe."

Er zog sich zurück und beäugte sie. „Du brauchst nicht meine Kämpfe austragen, Mom."

„Weiß ich. Aber ich bin deine Mom, und er ist dein Dad.

Wäre es sonst jemand, würde ich mich zurückziehen. Aber dabei kann ich nicht nachgeben. So sind wir nicht als Eltern, und daran werde ich ihn erinnern."

Kyle schüttelte den Kopf, kam aber wieder zu ihr, und er umarmte sie so fest, dass sie kaum Luft bekam. Aber es war ihr egal. Es war einer dieser Augenblicke, von dem sie wusste, sie würde ihn ihr Leben lang nicht vergessen.

KAPITEL ZEHN

*J*oy tat der Kopf weh, und ihre Augen waren verklebt, als sie am nächsten Morgen erwachte. Sie streckte sich und spähte verschwommen auf die Uhr auf ihrem Nachttisch. Es war kurz nach neun, viel später, als sie sonst aufwachte. Sie dachte darüber nach, aufzustehen und sich ein Frühstück zu suchen, aber stattdessen schloss sie die Augen erneut und rollte sich herum, wollte sich noch ein paar Minuten Schlaf mehr gönnen.

„Umpf", sagte jemand auf der anderen Seite des Bettes.

Paul, dachte sie und fragte sich dann, warum er nicht bei der Arbeit war.

Moment! Was zum Teufel machte Paul in ihrem Bett? Joy setzte sich abrupt auf und zog die Decke hoch, als hätte der Mann nicht bereits jeden Quadratzentimeter von ihr auf jede erdenkliche Art zu Gesicht bekommen. Sie schaute hinab auf die schlanke Gestalt, hatte vor, ihn aus dem Bett zu werfen, und aus ihrem Haus, und ihrem Leben, aber dann blinzelte sie und merkte, dass es gar nicht Paul war.

Nein, Pauls Doppelgängerin hatte irgendwie einen Weg in

Joys Bett gefunden. „Britt?", sagte sie zu ihrer vierundzwanzigjährigen Tochter: „Was machst du denn hier?"

Britt schob sich die kurzen blonden Haare aus der Stirn und schaute mit roten, verschlafenen Augen zu ihrer Mutter auf. „Hi", sagte sie einfach.

„Hi." Joy lächelte sie an. „Wann bist du denn hier reingekommen?"

„Etwa um drei Uhr nachts." Sie richtete sich auf und zerrte an ihrem alten One-Direction-T-Shirt. Britt war als Teenager ein großer Fan der Band gewesen und hatte das T-Shirt bei einem Konzert bekommen, zu dem sie beide gegangen waren. „Ich habe versucht, dich zu wecken, aber du warst völlig weggetreten. Du hast sogar gemurmelt, ich soll abhauen und fünf Jahre lang nicht wiederkommen."

„Das habe ich getan?", fragte Joy mit einem Lachen. „Das waren ein paar heftige Tage mit sehr wenig Schlaf." Joy spähte zu ihr, bemerkte, dass die Mascara unter ihren Augen verschmiert war, und außerdem hatte sie Augenringe, und sie schloss, dass sie nicht die Einzige war, die in letzter Zeit zu wenig Schlaf bekommen hatte. Sie nahm die Hand ihrer Tochter. „Was ist denn los, Süße?"

Tränen füllten Britts Augen, sie schüttelte den Kopf und holte zittrig Luft.

Joy lächelte sie sanft an. „Du musst nicht darüber reden, wenn du nicht magst, aber ich bin da, was immer du brauchst."

Britt lehnte sich an ihre Mutter, legte den Kopf auf ihre Schulter.

Sie waren lange still, während Britt weinte, und Joy ihr über den Rücken rieb und ihre Haare glattstrich.

Als Britts Tränen schließlich trockneten, sagte sie: „Kann ich nach Hause ziehen?"

„Klar kannst du das, aber was ist mit Dave?" Joys Herz tat

weh für ihre Tochter. Sie war mit ihrem Freund seit der Highschool zusammen, und sie waren auch während des Colleges zusammen geblieben, dann waren sie in ein Städtchen dreißig Meilen entfernt gezogen und hatten beide Arbeit in dem Bereich gefunden, den sie auch studiert hatten. Dave machte Marketing, und Britt war eine Buchhalterin wie ihr Vater. „Kommt er mit dir?"

Sie schüttelte den Kopf.

„In Ordnung. Kyle hat sein altes Zimmer genommen. Du wirst das von Hunter nehmen müssen, denn deins ist ja in einen Fitnessraum verwandelt worden", sagte Joy.

„Ich sehe es schon, die Räume der Jungs sind geblieben, und mein Zimmer war das erste, das umgebaut wurde. Ich wusste immer, dass du es gar nicht erwarten konntest, meine Terrassentür in die Finger zu kriegen", scherzte Britt, aber ihre Augen waren immer noch traurig.

Joy lachte leise. Britts Zimmer hatte wunderschöne Terrassentüren, die hinaus auf eine Veranda führten, mit dem Whirlpool, von dem sie gedacht hatte, damit würde wieder ein wenig Schwung in ihr und Pauls Liebesleben kommen.

Schade auch, dass es nicht funktioniert hatte. Paul hatte ihn letztlich nie benutzen wollen, und Kyle hatte ihn viel öfter hergenommen als sonst jemand. „Es ist ein echt gutes Fitnesszimmer." Sie umarmte ihre Tochter fester. „Aber ich hätte das ganze Zeug und die Terrassentüren aufgegeben, wenn das bedeutet hätte, dass du ewig bleibst."

„Gut, denn ich glaube, dieser Umzug könnte auf Dauer sein." Sie stieß ein ersticktes Schluchzen aus und vergrub das Gesicht an Joys Brust, ihr ganzer Körper bebte, während sie sich den Schmerzen überließ, die sie empfand.

Joy hielt sie fest, murmelte beruhigende, liebende Worte der Unterstützung, während ihr das Herz wegen ihrer Tochter brach. Sie hatte keine Ahnung, weshalb Britt Dave verlassen hatte, aber ihr kleines Mädchen litt, und Joy hätte einfach alles getan, um ihr die Schmerzen abzunehmen.

Als schließlich Britts Schluchzen leise wurde, zog sie sich zurück und schaute sich nach der Schachtel mit Taschentüchern um, die Joy normalerweise auf dem Nachttisch hatte. Joy wollte ihr nicht sagen, dass sie sie alle aufgebraucht hatte, als Paul gegangen war, darum schlüpfte sie aus dem Bett und schnappte sich eine neue Schachtel aus dem Wäscheschrank in ihrem Bad.

„Hier." Joy reichte die Schachtel ihrer Tochter, und dann schlang sie sich in ihren weichen Bademantel. Während Britt sich sauber machte, setzte sich Joy auf die Bettkante und wartete.

Britt knüllte die Taschentücher zusammen und starrte auf den Schlamassel vor ihr.

Joy kannte ihr Mädchen. Sie wollte reden. Joy musste nur warten, bis sie loslegte.

Als Britt schließlich den Mut fand, etwas zu sagen, schaute sie Joy in die Augen und fragte: „Mom, weshalb habt du und Dad euch getrennt?"

Joy starrte ihre Tochter an, mehr als ein bisschen überrascht. „Ich habe überhaupt nicht gedacht, dass du das sagen würdest."

Britt lächelte sie traurig an. „Dir ist klar, dass von uns keiner weiß, was passiert ist, oder?"

„Ja. Weiß ich." Es gab einen guten Grund dafür. Joy selbst wusste nicht wirklich, was passiert war. Sie und Paul hatten sich entfremdet, aber Joy hatte nicht gedacht, dass es so schlimm wäre, dass sie nicht wieder zusammenkommen konnten. Dann war sie eines Abends nach Hause gekommen, um festzustellen, dass Paul eine Tasche gepackt und gesagt hatte, dass er nicht mehr verheiratet sein wollte. Nun wollte ihre Tochter Antworten, und Joy konnte ihr das nicht zum Vorwurf machen. Sie räusperte sich. „Dein Dad und ich sind einfach nicht mehr denselben Weg gegangen, schätze ich."

„Das ist keine echte Antwort, Mom", sagte Britt, die eine Hand in die von Joy schob.

„Ich weiß, Liebling. Das Problem ist, ich weiß nicht wirklich, was passiert ist. Dein Dad hat einfach beschlossen, dass er nicht mehr mit mir verheiratet sein will, und er ist gegangen."

„Das war's? Das ist kein Grund", beharrte sie. Sie kniff die Augen zusammen und schürzte empört die Lippen. „Du hast ihn nicht mal gebeten, zu einer Therapie zu gehen?"

Joy konnte nicht anders. Sie stieß ein lautes, wenig erheitertes Lachen aus. „Ach, Liebling. Natürlich habe ich das. Ich habe ihn monatelang gefragt, ob wir zur Therapie gehen. Ich wusste, dass wir keine Verbindung mehr hatten, und das wollte ich ändern. Aber er nicht. Und es gibt wirklich nichts, was ich tun kann, um zu verändern, was er empfindet, oder ihn zu zwingen, bei mir zu bleiben. Außerdem will ich nicht mit einem Mann verheiratet sein, der mich nicht will." Emotional oder körperlich. Aber diesen Teil sagte sie nicht. Einige Dinge gab es, die mussten ihre Kinder nicht erfahren.

„Er hat unsere Familie einfach aufgegeben", sagte Britt, ihre Empörung verwandelte sich in regelrechten Zorn, während ihr Gesicht rot anlief. „Was zum Teufel ist sein Problem?"

„Britt, dich und deine Brüder hat er doch nicht aufgegeben, oder? Ruft er nicht die ganze Zeit an und führt euch alle paar Wochen mal aus zum Essen?"

Sie nickte langsam. „Ja. Mich hat er letzte Woche ausgeführt. Aber es ist nicht dasselbe wie früher. Er ist still und redet nie über sein Leben. Er fragt nach der Arbeit und Dave und wann wir es endlich offiziell machen." Als die Ehe erwähnt wurde, wurde sie grünlich blass, und Joy war überzeugt, dass sie ihren Mageninhalt von sich geben würde. Aber dann fasste sie sich. „Ich schätze, er ist kein Fan, dass sein kleines Mädchen in wilder Ehe lebt."

„In wilder Ehe? Wo sind wir denn, 1958?" Joy lachte leise. „Vertraue mir, das ist ihm egal. Er sucht wahrscheinlich nur dringend nach etwas, über das er reden kann."

„Ehrlich?"

„Ehrlich. Er war nicht mal sicher, ob wir heiraten sollen. Ich bin überzeugt, er wäre zufrieden damit gewesen, einfach nur zusammenzuleben, für alle Ewigkeit, hätte ich nicht darauf beharrt."

Britts Augen wurden groß. „Was? Das wusste ich nie. Also sagst du, er wollte überhaupt nicht heiraten? Hat er deswegen die Biege gemacht?"

Joy brauchte einen Augenblick, um über die Frage ihrer Tochter nachzudenken. Dann zuckte sie die Schultern. „Ich glaube nicht wirklich. Aber vielleicht? Wir haben zusammengelebt, und ehe ich es mich versah, war ich schwanger mit deinem Bruder. Und dann habe ich darauf bestanden, dass wir heiraten. Wir gründeten eine Familie, und ich wollte, dass rechtlich alles im Reinen ist."

„Warum? Sagt Dad nicht immer, dass die Ehe nur ein Blatt Papier ist?"

„Nur ein Blatt Papier." Joy schnaubte. „Das Blatt Papier hat dafür gesorgt, dass ich aus dieser Ehe mit fünfzig Prozent unseres Vermögens hervorgegangen bin, und keine Probleme habe, über die Runden zu kommen, weil ich in den letzten sechsundzwanzig Jahren nicht gearbeitet habe." Sie drehte sich um und wandte ihrer Tochter ihre volle Aufmerksamkeit zu. „Hör mal, Britt. Ich bin Feministin. Das weißt du doch. Frauen haben die Wahl und sollten die Freiheit haben, sie zu treffen, wie immer es ihnen passt. Kinder ohne Ehe sind okay. Damit habe ich kein Problem. Aber wenn ein Partner seine Karriere aufgibt, um Kinder aufzuziehen, muss man diesen Partner schützen. Die Ehe ist dafür der rechtliche Rahmen. Merk dir das."

Britt runzelte die Stirn. „Bei dir klingt das wie eine geschäftliche Transaktion."

Joy lächelte sie an. „Ist es auch irgendwie. Ich habe eine Freundin, die sagte immer, dass man der Liebe wegen heiratet, aber die Scheidung ist ein Geschäft. Ich hätte niemals gedacht, dass dein Vater und ich uns scheiden lassen. Nicht mal, als wir problematische Zeiten durchlebt haben. Ich war für immer dabei. Aber er hat beschlossen, dass er ein anderes Leben braucht, und letztlich ist das okay für mich. Für ihn auch. Wir hassen einander nicht, und wir haben drei Kinder, die wir mehr als alles andere lieben. Das Leben passiert eben. Wir müssen einfach damit umgehen und versuchen, weiterzuziehen."

„Ich weiß nicht, was ich tun soll", sagte sie, lehnte sich zurück an das Kopfende des Bettes und schloss die Augen.

„Weswegen?", fragte Joy.

„Dave." Sie schüttelte den Kopf. „Er hat ein Jobangebot in Texas bekommen und will, dass ich mit ihm gehe."

Joys Magen drehte sich um bei dem Gedanken, dass ihre Tochter in einen anderen Staat zog. Aber sie hielt ihre Miene und ihren Tonfall neutral. Das musste Britts Entscheidung sein. „Wie stehst du dazu?"

Ihre Augen klappten auf, und darin blitzte Zorn. „Ich bin total wütend. Er hat mir nicht mal gesagt, dass er sich auf diesen Job bewirbt. Es ist nicht mal was Besseres als das, was er jetzt macht."

„Warum will er dann hin?", fragte Joy, die der Sache auf den Grund gehen wollte.

Sie seufzte. „Da hat er bessere Aussichten. Einer seiner Kumpels ist dort arbeiten gegangen, und er versucht, ihn wegzulocken. Das Problem ist, er hat mit mir nicht mal darüber geredet. Er hat sich nur beworben und den Job bekommen, und als er seine Kündigung getippt hat, hat er mich gefragt, ob ich mit ihm komme. Als wäre ihm das jetzt erst eingefallen."

In Joys Kopf gingen die Alarmglocken los, und sie wollte Dave würgen. Sie mochte ihn ganz gern, aber so lief eine Partnerschaft nicht. „Spielt deine Meinung überhaupt in seine Entscheidung hinein, umzuziehen?"

„Nein. Überhaupt nicht. Er sagt, er geht mit mir oder ohne mich. Er sagt, das wäre die Gelegenheit seines Lebens, und er will mich dabei haben, aber er kann sie nicht sausen lassen." Ihre Schultern sanken zusammen. „Er hat nicht mal darüber nachgedacht, dass ich gerade bei der Arbeit befördert wurde, oder die Tatsache, dass ich dreißig Prozent mehr verdiene als er gerade jetzt. Wenn ich diesen Job verlasse und versuche, was in Texas zu finden, wird mein Einkommen einige Einbußen hinnehmen, und ich werde einen Job verlassen müssen, den ich echt liebe."

„Tut mir leid, Britt. Das klingt, als hätte er gar nicht an dich gedacht." Joy wollte nicht schlecht über den Partner ihrer Tochter reden, aber sie würde verdammt noch mal nicht dasitzen und ihre Tochter denken lassen, dass es akzeptabel wäre, was er getan hatte. Klar, er hatte sie gebeten, mit ihm zu kommen, aber er hatte Entscheidungen über ihr gemeinsames Leben gefällt, ohne ihre Bedürfnisse in Betracht zu ziehen oder sie erst mal zu fragen.

„Das habe ich gesagt, und dann hatten wir einen großen

Streit deswegen. Er hat gesagt, ich würde ihn nicht unterstützen. Ich habe gesagt, er wäre egoistisch. Und von da an ging es nur noch bergab. Da bin ich gegangen, um herzukommen, denn ich war zu aufgeregt, um zu schlafen." Sie seufzte. „Ich weiß nicht, was ich tun soll."

Joy wollte ihr sagen, sie solle diesen egoistischen Arsch sitzen lassen und jemanden finden, der sie besser behandelte, aber sie wusste, dass eine Geschichte immer zwei Seiten hatte, und Joy würde immer die Seite ihrer Tochter einnehmen, ganz gleich, was schiefgegangen war. „Das kann ich für dich nicht beantworten, Britt. Nur du weißt, was am wichtigsten ist."

Sie kniff die Augen zusammen und schüttelte den Kopf. „Das hilft überhaupt nicht, Mom."

Joy lachte leise. „Weiß ich. Es nervt, erwachsen zu sein."

Britt schnappte heftig nach Luft und öffnete die Augen, um zu Joy zu spähen. „Würdest du das alles noch mal machen?"

„Was denn? Deinen Dad heiraten?"

„Ja. Wenn du damals gewusst hättest, was du jetzt weißt, also auch, dass er dich verlässt und du deine Karriere opferst, hättest du es trotzdem getan?"

„Ja", sagte Joy ohne Zögern. „Absolut keine Frage. Wenn ich es nicht getan hätte, hätte ich keine drei Kinder, die ich mehr liebe als das Leben. Aber selbst so, ich mochte unser Leben. Dein Dad und ich haben einander geliebt, und wir hatten jahrelang eine echte Partnerschaft. Die Tatsache, dass wir uns getrennt haben, ändert daran nichts. Es bedeutet nur, dass wir von hier an einen neuen Pfad beschreiten."

Britt kniff die Augen zusammen. „Warum habe ich das Gefühl, dass du das für mich ein wenig schönfärbst?"

Joy hob die Hände und lachte leise. „Vielleicht spiele ich meine Enttäuschung darüber ein wenig herunter, wie die Dinge gelaufen sind, aber ich bedaure absolut kein Stück davon. Ich habe es geliebt, zu Hause zu sein und euch Kinder aufzuziehen und beim Künstlermarkt zu arbeiten. Jetzt bin ich unterwegs zu einem weiteren Abenteuer. Darum geht es im Leben doch, weißt du. Es ist ein Abenteuer. Du musst nur entscheiden, ob Dave Teil deines Abenteuers sein wird."

„Ich könnte hierbleiben wie Tante Hope", sagte sie.

„Könntest du. Das war für sie die richtige Entscheidung, und letztlich hat sie trotzdem noch ihren Prinzen bekommen."

„Aber sie musste dreißig Jahre auf ihn warten", sagte Britt mit einem genervten Schnauben.

„Stimmt. Aber wenn du ihr die gleiche Frage gestellt hättest, die du gerade mir gestellt hast, wette ich, sie würde sagen, dass sie ihre Entscheidung nicht bereut. Sie hatte ein Leben voller Liebe, und wären sie und Lucas damals zusammen geblieben, hätten sie einander vermutlich untergebuttert und sich sowieso getrennt. Sie mussten beide ihre eigenen Wege gehen, bevor sie bereit waren für das, was sie jetzt haben."

„Das hilft gar nicht", erwiderte sie mit frustriertem Unterton. „Du bist meine Mom. Du sollst mir doch sagen, was ich tun soll."

Joy zog ihre Tochter in eine Umarmung und flüsterte: „Willkommen im Erwachsenenleben."

„Du bist fies." Britt stieg aus dem Bett und fing an, sich anzuziehen.

„Vielleicht. Aber es ist immer noch eine Frage, die nur du beantworten kannst. Was ist wichtiger? Dein Job und dass du hierbleibst, nah an zu Hause? Oder Dave und ein neues Abenteuer?"

„Puh." Sie drehte sich um, um aus dem Fenster zu schauen. „Weshalb hat er nicht vorher mit mir reden können? Vielleicht wäre ich dann nicht so auf dem falschen Fuß erwischt worden."

Joy ging an die Seite ihrer Tochter und legte ihr eine Hand auf den Rücken. „Es klingt, als müsstet ihr beiden mal reden. Stell sicher, dass du verstehst, wie er tickt, und dass er versteht, was deine Bedenken sind. Dann könnt ihr beide entscheiden."

Britt wandte sich zu ihr. „Das klingt verdächtig nach etwas, was Erwachsene tun würden."

„Du bist vierundzwanzig."

„Ich hasse dich", sagte Britt, aber sie lächelte, als sie Joy einen Arm um die Schulter legte und fortfuhr: „Machen wir Frühstück. Ich bin plötzlich hungrig."

KAPITEL ELF

„Kye Kye!", rief Britt, die in die Küche lief und die Arme um Kyle legte, der am Tisch saß, vor ihm eine Tasse.

„Kye Kye?", fragte Jackson, der beide Augenbrauen gehoben hatte. „Seit wann bist du denn dreizehn Jahre alt?"

„Hör auf", sagte Kyle, der den Kopf in Richtung Jackson schüttelte, während er sich in Britts Umarmung lehnte.

Joy stand im Eingang der Küche und beobachtete sie nur. Britt und Kyle hatten sich echt nahe gestanden, als sie jung gewesen waren, aber dann waren sie Teenager geworden, und Joy hatte sich oft gefragt, wer den anderen als erstes umbringen würde. Aber inzwischen? Wenn sie zusammenkamen, gingen sie gemeinsam durch Dick und Dünn.

„Hey, Jackson", sagte Britt, die ihn rasch von hinten umarmte. „Lang nicht gesehen. Was hast du denn getrieben? Oder sollte ich fragen, mit wem hast du's getrieben?"

Kyle stieß ein ersticktes Husten aus, während Jackson ihn anstarrte und sich eindeutig fragte, was er Britt sagen sollte.

Joy räusperte sich. „Hattet ihr Jungs schon was zu essen?"

„Nur Kaffee", sagte Kyle.

„Wollt ihr Frühstück?", fragte sie und ging zum Kühlschrank.

„Klar. Danke, Mom."

„Jackson?", fragte sie, warf einen Blick über die Schulter.

Er stand auf und schüttelte den Kopf. „Nein danke, Joy. Ich muss nach Hause und mich für die Arbeit umziehen."

„Was? Du gehst?", fragte Britt. „Ich hab dich schon ewig nicht mehr gesehen."

„Tut mir leid, B. Du weißt ja, wie es ist, wenn man im Hamsterrad steckt." Er lächelte sie an und wandte sich um.

„Moment", sagte Kyle, nahm ihn an der Hand und hielt ihn auf.

Jackson starrte auf ihre verbundenen Hände hinab und schaute ihm dann in die Augen. „Worauf warten?"

„Das." Kyle zog ihn dichter heran und dann nach unten zu einem raschen Kuss. „Sehen wir uns heute Abend?"

Jackson grinste ihn an. „Ich komme nach der Arbeit vorbei." Rasch schaute er zu Britt, die mit großen Augen und offenem Mund starrte. Er winkte ihr zu, während er leise lachte und dann mehr oder weniger aus dem Zimmer schwebte.

„Gut gemacht, Kyle", sagte Joy mit einem Zwinkern.

Er lief leuchtend rot an, aber ein Lächeln zuckte um seine Lippen.

„Kyle!", rief Britt. „Du bist der Kerl, mit dem Jackson es treibt?"

„Britt!", fauchte Joy. „Bitte. Seine Mutter ist im Raum."

Kyles Gesicht wurde noch röter. „Ich, äh, würde es nicht so ausdrücken. Aber ja, wir sind zusammen."

„Er ist über Nacht geblieben!" Sie ließ sich auf einen Stuhl ihm gegenüber fallen. „Skandalös", sagte sie und drückte sich eine Hand auf die Brust.

Kyle verdrehte die Augen. „Ich habe ein gebrochenes Bein. Wie skandalös hätte es denn sein können?"

Sie schürzte die Lippen und lächelte ihn frech an. „Ich möchte wetten, jugendfrei war es nicht." Britt wandte sich an ihre Mutter. „Du erlaubst das, Mom? Ich meine, sie sind doch nur Teenager."

Joy schnaubte, während Kyle stöhnte.

„Du weißt schon noch, dass ich zweiundzwanzig bin und das College abgeschlossen habe, ja?", fragte er.

„Du wirst immer mein süßer sechzehnjähriger Bruder sein. Ich komme einfach nicht darauf klar, dass dein Freund hier übernachtet." Sie griff zu ihm und wuschelte ihm durch die Haare.

„Ach, um der Götter willen", murmelte er. „Dich lade ich nicht zu meinem Junggesellenabschied ein."

„Junggesellenabschied? Ihr seid verlobt?", rief sie, während sie so schnell aufstand, dass der Stuhl beinahe umfiel. „Was genau war denn eigentlich die ganzen Jahre los? Wie lange seid ihr schon zusammen? Warum habt ihr es mir nicht erzählt?"

Joy stellte sich an den Herd, briet den Speck und lachte vor sich hin, während Kyle eine ausgefeilte Geschichte erzählte, dass sie schon seit der Highschool Liebende aus der Ferne waren. Joy kannte natürlich die Wahrheit. Gestern Abend hatte er zugegeben, dass sie erst einen Monat zusammen waren. Er war im College mit einem anderen Typen zusammen gewesen, aber das war nicht ernst genug gewesen, um darüber zu reden.

„Ich hasse dich", sagte Britt, ohne es zu meinen. Sie stellte ihm weitere Fragen und drückte ihre volle Unterstützung aus.

Joy freute sich über die Tatsache, dass ihre beiden Kinder zu Hause waren. Beim Geräusch ihrer Familie am Tisch quoll ihr Herz über vor Liebe und Zufriedenheit. Sie hatte sie vermisst. Und obwohl sie ihre Freiheit genoss, eine Karriere zu beginnen und ihre Interessen zum ersten Mal seit vielen Jahren an erste Stelle zu rücken, gab es nichts Besseres, als bei ihren Kindern zu sein, zwei der drei Menschen, die sie auf der Welt am meisten liebte. Sie wusste, dass sie erwachsen werden und ihr eigenes Leben führen mussten, ohne dass ihre Mutter im Hintergrund herumschwebte, aber ein kleiner Teil von ihr wollte unbedingt, dass sie nach Hause zogen und dort für immer blieben. Sie war einfach gerne um sie. Und was sie betraf, gab es daran überhaupt nichts Falsches.

„Hey, Mom?", rief Britt.

„Ja?" Joy drehte sich um, um ihre Kinder anzusehen.

„Willst du uns sagen, weshalb du lila Flecken auf dem ganzen Gesicht hast?"

Joy runzelte die Stirn. „Was?"

Britt drückte sich den Zeigefinger aufs Kinn, die Stirn und dann zwei Stellen auf ihrer rechten Wange. „Das siehst aus, als hättest du mit einem lila Filzstift gekämpft und verloren."

Entsetzen spannte sich in Joys Eingeweiden an, während sie den Gang zu ihrem Bad entlang eilte. Als sie sich im Spiegel betrachtete, stieß sie ein lautes Stöhnen aus. Sams Gesichtsbehandlungen hatte anscheinend endlich auf die Akne gewirkt, denn die Erhebungen waren verschwunden, aber dunkellila Flecken waren an ihrer Stelle zurückgeblieben. „Britt?", rief sie. „Wie lange bleibst du?"

Ihre Tochter erschien im Eingang. „Ich bin noch nicht sicher. Warum?"

„Ich brauche heute Abend deine Hilfe." Sie deutete auf ihr Gesicht. „Ich muss auf eine Cocktailparty … auf der auch Presse sein wird. Und ich kann doch nicht aussehen wie so ein lila Menschenfresser."

Britt, die sich immer für Make-up interessiert hatte, lachte. „In Ordnung. Mach dir keine Sorgen. Das kriege ich hin."

„ICH GLAUBE, du brauchst einen echten Heiler", sagte Britt, die noch eine Schicht Concealer auf Joys Gesicht auftrug. „Diese Unreinheiten scheinen nur noch dunkler zu werden."

„Ich weiß. Ziemlich bald werde ich aussehen, als hätte ich fleischfressende Bakterien auf dem Gesicht." Joy musste zugeben, dass sie sich wirklich allmählich Sorgen machte. Sie fragte sich inzwischen, ob jemand sie verflucht hatte oder ob die Kuren, die sie versucht hatte, die ungewöhnlichen Flecken verursacht hatten. „Ich muss nur durch heute Abend kommen, und dann werde ich zu Carrie im Liminal Space Day Spa gehen. Sie wird wissen, was zu tun ist."

„Bist du sicher, dass du nicht das Zeug probieren willst, das Gigi dir gegeben hat?" Britt schaute sich den kleinen Behälter an und biss sich auf die Unterlippe.

Joy lehnte sich in ihrem Sessel zurück und seufzte. „Ich habe es gestern Nacht probiert. Es schien überhaupt nichts zu tun."

„Scheiße. Na ja. Ich werde diese Flecken schon überdecken, aber das wird sehr viel mehr Make-up, als du gewöhnt bist. Und kein Kuscheln mit deinem Date. Sonst hat er Make-up überall."

„Also gut. Solange die Bilder gut aussehen, kommt es nur darauf an."

„Bin dabei."

Eine Stunde später waren Joys Flecken unter einem Pfund Make-up versteckt, ihre Haare steckten in einem schicken Knoten, und sie trug ein Kleid, das sich an jede ihrer winzigen

Kurven schmiegte. Sie ging hinaus ins Wohnzimmer, mit den bis zum Oberschenkel reichenden Stiefeln, von denen Hope unbedingt gewollt hatte, dass sie sie kaufte, in einer Hand, und einem Stiletto in der anderen. Sie hielt sie für die Kinder hoch.

„Welche?"

„Die Stiefel", sagten sie beide gleichzeitig. Britt wandte sich an Kyle. „Du bist auf dem Weg, ein echt fabelhafter Schwuler zu werden."

„Ich bin nicht schwul. Ich bin bi, und das ist ein furchtbares Klischee. Du solltest dich schämen", sagte er, bevor er sich wieder an Joy wandte. „Mom, du siehst heiß aus."

Joy grinste ihn an. „Danke, Kyle. Ich fühle mich, als hätte ich es ein bisschen übertrieben, aber ..."

„Nicht übertrieben, Mom", sagte Britt. „Wie Kye Kye sagte, du bist umwerfend. Filmstar-Material. Troy weiß das mal besser zu schätzen, denn wenn nicht, wird der Rest der Welt Schlange stehen, um seinen Platz einzunehmen, nachdem man dich in diesem Kleid gesehen hat."

Joy glättete das schwarz-silberne Cocktailkleid und lächelte ihre Tochter dankbar an. „Ich muss zugeben, ich habe nicht erwartet, so was mit achtundvierzig Jahren zu tragen."

„Ja, wir hatten gedacht, du würdest auf Schlappen und nervig bunte Leggins abfahren, mit übergroßen Shirts, die deinen Hintern verstecken", sagte Britt mit einem breiten Lächeln. „Aber dann musstest du ja loslegen und ein schickes Model und Schauspielerin werden, und jetzt haben wir keine Wahl, als zu beobachten, wie du herumstolzierst, als wärst du Heidi Klum. Ich sag's dir, es ist ermüdend, einfach nur mitzuhalten."

Joy lachte leise und zog sich in ihr Zimmer zurück, um die Stiefel anzuziehen. Sie trug gerade noch einmal ihren roten Lippenstift auf, als sie hörte, wie an der Tür geklingelt wurde.

Ihre Hände begannen so fest zu beben, dass es ein Wunder war, dass sie nicht am Ende roten Lippenstift auf dem ganzen Gesicht hatte.

„Beruhig dich, Joy. Es ist nur Troy. Entspann dich", sagte zu ihrem Spiegelbild.

„Also, Troy", hörte sie Kyle aus dem Wohnzimmer sagen. „Ich höre, du gehst mit unserer Mutter aus. Heißt das, du hast die Hosen anbehalten, während du unterwegs warst, oder hast du ... "

„Kyle!", rief Joy, während sie durch den Flur ins Wohnzimmer lief. „Hör auf, den Mann zu verhören."

Troy stieß einen langen, leisen Pfiff aus. „Joy Lansing? Bist du das?"

Sie grinste den hochgewachsenen Mann mit den freundlichen blauen Augen an und spürte, wie ein Hauch Hitze ihr Rückgrat hinablief. Verdammt, er war attraktiv. Die Erinnerung daran, mit den Händen durch sein dichtes dunkles Haar zu streichen, kam aus ihrem Inneren hoch, und sie war sicher, wenn sie die Gelegenheit bekam, würde sie das gerne wiederholen. „Ich bin es. Leibhaftig."

Er kam herüber, beugte sich vor und gab ihr einen sanften Kuss auf die Wange. Dann flüsterte er: „Du bist verdammt heiß."

„Danke dir. So schlecht siehst du auch nicht aus. Tut mir leid, dass wir nicht die Gelegenheit hatten, heute Nachmittag bei deiner Galerieeröffnung viel zu reden. Dort war es ja heftig voll, und ich wollte dich nicht stören."

„Du störst mich nie, aber danke, dass du vorbeigekommen bist. Das war das Highlight meines Tages."

Kyle räusperte sich, und Joy schaute hinüber, um festzustellen, dass er die Arme vor der Brust verschränkt hatte, während er Troy argwöhnisch musterte.

„Was ist denn, Kyle?", fragte sie, schaute ihn auf eine Art an, die besagte, er solle sich benehmen.

„Ich wollte nur wissen, zu welcher Zeit wir dich heute Abend zu Hause erwarten können."

Troy schaute zwischen Kyle und Joy hin und her und lachte dann leise. „Hast du eine Sperrstunde, Joy?"

„Ich weiß nicht. Habe ich eine?", fragte sie Kyle in einem warnenden Unterton.

„Natürlich hat sie keine", ließ sich Britt vernehmen. „Wir wollten einfach nur wissen, ob du heute heimkommst. Wir wollen uns keine Sorgen machen."

Kyle stieß ein Knurren aus, sagte aber sonst nichts.

Joy schüttelte den Kopf. „Gerade heute Morgen habe ich mir gedacht, wie schön es ist, euch zu Hause zu haben. Jetzt frage ich mich, wie viel länger ich mich mit euch zwei Faulenzern herumschlagen muss."

Britt schnaubte, während Kyle die Augen verdrehte. Er schaute zu Troy sagte: „Lass dich von ihr nicht auf den Arm nehmen. Ich bin ziemlich sicher, wenn ich ihr grünes Licht gebe, würde sie rüber zu meiner Wohnung gehen und alles selbst einpacken, wenn ich ihr sage, dass ich auf Dauer herziehen möchte."

Troy grinste sie an. „Weißt du, nachdem ich ein bisschen Zeit mit ihr verbracht habe, würde ich sagen, du hast vermutlich recht." Er kam rüber zur Couch, wo Kyle sein gebrochenes Bein hochgelagert hatte, und hielt ihm eine Hand hin. „Schön, dich kennenzulernen, Kyle. Ich bin Troy."

Kyle schüttelte ihm zögerlich die Hand, nickte aber trotzdem anerkennend.

Troy wandte seine Aufmerksamkeit Britt zu, verzauberte sie sofort mit einem freundlichen Lächeln und ein Kompliment für ihre Schuhe.

Joy lachte und zog ihn aus dem Haus. Auf dem Weg nach draußen rief sie über die Schulter. „Ich werde heute Nacht irgendwann heimkommen. Wartet nicht."

Beide riefen ihr nach, Kyle protestierte und wollte einen Zeitpunkt wissen, und Britt erinnerte sie, an Safer Sex zu denken.

„Das sind ziemlich bunte Hunde", sagte Troy, als er die Beifahrertür seines Toyota Sequoia öffnete.

„Die machen einem echt Kopfzerbrechen", sagte sie und stieg hinauf in den SUV.

Er beugte sich vor und erwiderte: „Aber dir gefällt es."

Mit einem Lachen nickte sie. „Stimmt. Sie machen Spaß."

Er schloss die Tür, und im Nu war er auf dem Fahrersitz, lenkte das Fahrzeug die Straße entlang zu Prissys Cocktailparty.

„Deine Fotos aus Europa sind echt spektakulär", sagte Joy. „Besonders haben mir diejenigen in dieser Kleinstadt in Italien gefallen, die das alltägliche Leben dokumentieren. Die Gefühle, die du einfangen konntest, waren atemberaubend. Ich meine, die Bandbreite ... du hast echt eine Gabe, Troy."

Er warf ihr ein breites Lächeln zu. „Danke. Aber ehrlich, es sind die Leute, die mir gestattet haben, dass ich sie fotografiere, die die Lorbeeren verdient haben. Sie waren einfach nur sie selbst, und ich habe es irgendwie geschafft, ein kleines Stück von ihnen einzufangen."

„Das ist bescheiden", sagte sie freundlich. „Aber wir wissen beide, dass es einen sehr besonderen Blick braucht, um diese Art Gefühl einzufangen. Ich glaube, mein liebstes war das ältere Paar, das auf der Bank sitzt, sich an den Händen hält, während sie die Köpfe zusammenstecken und einander anlächeln. Ich habe eine ganze Geschichte im Kopf gehabt, dass sie fünfzig Jahre lang verheiratet sind und sich immer noch zutiefst lieben, selbst nachdem sie mit zahllosen Hindernissen fertig wurden."

„Tatsächlich liegst du nicht weit daneben", sagte er und wirkte erheitert. „Sie sind achtundvierzig Jahre verheiratet, haben neun Kinder, zwei haben sie begraben, und haben sich dreimal völlig neu erfunden, um sich über Wasser zu halten. Und sie mögen einander trotzdem wirklich noch. Da gibt es Liebe zum Abwinken. Ich hoffe einfach nur, ich bin ihnen gerecht geworden."

„Bist du", sagte sie einfach.

Er schaute hinüber, seine Wangen leicht gerötet. Dann räusperte er sich und fragte: „Also, was habe ich in Premonition Pointe verpasst?"

Joy starrte sein attraktives Profil an und schüttelte den Kopf. „Was hast du nicht verpasst? Du warst ... ich weiß gar nicht, wie lange, weg." Sie zuckte mit den Schultern. „Alle glauben, wir sind zusammen, wegen dieses Interviews, das du gegeben hast. Der Dreh ist zum Stillstand gekommen, weil Prissy einen Tobsuchtsanfall hatte. Mein Sohn hat sich das Bein bei einem Autounfall gebrochen. Und na ja ... von Carlys Nichte weißt du ja."

Troy warf ihr einen Blick zu. „Das ist ganz schön viel."

„Ja, aber ich komme zurecht", sagte sie mit einem Schulterzucken.

„Aber natürlich. Da wir unterwegs sind zu Prissys Cocktailparty, warum erzählst du mir nicht, weshalb sie einen Anfall bekommen hat?"

Joy stieß ein trockenes Lachen aus. „Ich habe sie auf dem Set eine hasserfüllte Bitch genannt."

Er schnaubte. „Ich wette, das hatte sie verdient."

„Schon." Joy musterte ihn, bemerkte sein erheitertes Lächeln. „Kennst du sie?"

„Nein. Aber als sie versucht hat, sich bei mir zu melden wegen ihrer Cocktailparty, habe ich ein paar Leute gefragt, die in einer Position sind, sie zu kennen. Keiner von ihnen war schrecklich beeindruckt von ihrer Persönlichkeit."

„Warum hast dann zugestimmt, mit mir zu kommen?", fragte Joy neugierig.

„Weil du mich gefragt hast", sagte er einfach.

„Das ist … echt nett."

„Ich hatte ein selbstsüchtiges Motiv", gab er zu.

„Ach, wirklich? Erzähl es mir."

Seine Augen glitzerten im Abendlicht. „Wie es sich erweist, ist diejenige, die mich gefragt hat, genau die Person, die ich unbedingt dieses Wochenende sehen möchte. Diejenige, mit der ich gern zusammen wäre, wenn sie offen dafür ist."

„Zusammen? Echt jetzt?", fragte sie.

„Klar. Du bist Single. Ich bin Single. Wir wissen bereits, dass wir einander Spaß machen. Warum nicht?" Er stellte den Blinker an und bog rechts in eine Siedlung mit Tor ab.

Sie presste die Lippen aufeinander und neigte den Kopf, während sie ihn betrachtete. „Kann ich dich was fragen?"

„Klar. Schieß los."

„Bist du während deiner Zeit in Europa mit irgendjemandem zusammengekommen?"

„Zusammengekommen?", fragte er, die Augenbrauen gehoben.

Joy schnaubte. „Okay, gut. Hast du mit einem deiner Models geschlafen?"

Er versteifte sich, während er vor ihr eine Augenbraue hob. „Dafür hältst du mich also?"

Sie war nicht sicher, ob das rechtschaffene Empörung war, oder ein Ausweichen. „Das ist mit uns passiert. Wir kannten uns noch nicht mal einen Tag, bevor wir ins Bett gefallen sind.

Ich schätze, ich habe mich nur gefragt, ob das für dich normal ist."

Als er nicht antwortete, fing sie an, nervös zu werden, und fügte an: „Ich will nur wissen, worauf ich mich einlasse. Das ist alles. Ich … scheiße." Sie drehte sich um und schaute aus dem Fenster auf die großen Strandhäuser in der Seaside Lane.

„Du … was?", drängte er.

„Darüber wollte ich eigentlich nicht reden, bevor wir auf eine Cocktailparty gehen, die Prissy gibt, aber ich schätze, da wir bereits bei diesem Punkt gelandet sind, spucke ich es einfach aus. Du bist der Einzige, mit dem ich zusammen war, seit mein Mann und ich uns getrennt haben. Normalerweise mache ich allerdings nichts Lockeres, aber offensichtlich war ich in diesem Moment ganz dabei. Ich versuche nicht, das zu verurteilen, ich kenne mich nur gut. Und falls du andere Leute triffst, dann …"

„Ich treffe keine anderen", sagte Troy. „Und ich bin mit niemandem ins Bett gegangen, während ich weg war. Danach hatte ich gar kein Verlangen. Jede Nacht, wenn ich ins Bett gegangen bin, konnte ich nur diese tolle Blonde sehen, die so sexy ist, dass ich nur dran denken konnte, hierher zurückzukommen und eine Möglichkeit zu finden, sie wieder in mein Bett zu kriegen."

Joys Gesicht wurde rot, und sie konnte nicht verhindern, dass ihr ein Grinsen auf die Lippen trat. „Äh, das war wunderbar."

Er zwinkerte ihr zu. „Also, was diese Gerüchte über uns in der Presse angeht, weshalb bestätigen wir die heute Abend nicht? Und wenn wir diese Cocktailparty überleben, würde ich dich gern irgendwo hinbringen, wo es nicht ganz so feindselig ist. Vielleicht bei mir morgen Abend? Ich koche."

„Bei dir, was?", fragte sie mit einem Grinsen.

„Ja. Ich habe schon ewig nichts Selbstgekochtes gegessen. Wenn ich noch in ein schickes Restaurant gehen muss, blute ich vielleicht demnächst Butter. Bei mir. Ich bin ein hervorragender Koch."

„Das ist ja wohl ein Angebot, das ich nicht ablehnen kann", sagte sie, gerade als sie in eine kreisförmige Einfahrt zu einem der größten Häuser in der Straße abbogen.

„Also ist es offiziell?", fragte er.

„Es ist offiziell."

„Gut. Bist du bereit für die Freakshow?", fragte er und nickte zum Andrang an Paparazzi vor dem SUV hin.

Prissy hatte bestimmt jede Klatschzeitung des Planeten angerufen, denn Joy hatte noch nie so viele Fotografen auf einmal an einem Ort gesehen. Sie holte tief Luft und sagte: „Ich schätze, ich bin so bereit, wie ich es je sein werde."

„Das hört sich verdächtig nach letzten Worten an", sagte er mit einem leisen Lachen. Dann öffnete er seine Tür und wurde von einem Meer aus Blitzen aus den Kameras begrüßt. Bevor sie auch nur wusste, wie ihr geschah, war Troy da, öffnete ihr die Tür und zog sie zu dem roten Teppich, wo alle Gäste von Prissy für die Kameras posierten.

KAPITEL ZWÖLF

*D*as Blitzen der Kameras blendete Joy, als Troy sie über einen richtiggehenden roten Teppich führte, der an einer Hecke von Prissys Mietshaus entlang ausgerollt war. Sie erinnerte sich, dass Prissy sie wegen der Paparazzi gewarnt hatte, hatte aber nicht erwartet, dass sie tatsächlich das Haus herrichten würde, als wäre das irgendeine Premiere. Das war ja mal aufgeblasen. Wie verzweifelt musste sie sein, um so eine Art übertriebene Aufmerksamkeit auf sich zu ziehen?

„Du willst bestimmt gleich mal aussehen, als würdest dich freuen, hier zu sein", flüsterte ihr Troy ins Ohr.

Sie blinzelte zu ihm empor. „Ich sehe nicht glücklich aus?"

Er lachte leise. „Du siehst aus, als wäre der einzige Grund, dass du reingehen willst, um jemanden zu erdolchen. Vermutlich Prissy."

Joy konnte nicht verhindern, dass sie lachte. „Da liegst nicht falsch."

„Joy! Joy! Hier drüben!", rief einer der Fotografen.

„Können Sie einen Kommentar zu Ihrer Beziehung abgeben?", fragte ein weiterer.

„Wie läuft der Dreh? Wir haben gehört, es gibt Gerüchte über Schwierigkeiten am Set."

Immer weiter verlangten die Fremden Antworten auf drängende Fragen. In der Zwischenzeit ließ Troy die Hand auf ihrem Rücken, erinnerte sie daran, für sie zu lächeln und nicht auf alles zu reagieren, was sie sagten.

„Stimmt es, dass Ihr Sohn schwul ist?"

Sofort versteifte sie sich und musterte die Fotografen, suchte nach demjenigen, der sich nach Kyle erkundigt hatte.

„Ignoriere sie", beharrte Troy, der sie an sich zog und dann den Kameras frech zulächelte, bevor er sie zurücklegte und voll auf die Lippen küsste.

Joys sofortiger Instinkt sagte ihr, sie solle ihn wegschieben, aber bevor sie irgendetwas tat, das noch mehr Aufregung verursachte, kamen seine Worte bei ihr an. *Reagiere nicht auf alles, was sie sagen.*

Scheiße! Sie hatten eine Schwäche gefunden, und sie war hundert Prozent sicher, dass Troys übertriebene Sperenzchen dazu dienen sollten, die Presse abzulenken, damit niemandem auffiel, wie sie auf die Frage nach ihrem Sohn reagiert hatte.

„Danke dir", flüsterte sie, als er sie schließlich wieder aufrichtete.

„Mit Vergnügen." Er zwinkerte ihr zu, und dann winkte er in die Kameras, während er sie zu dem großen, modernen Haus führte, das über das Meer hinausblickte.

Joy war dankbar, dass Troy so rasch gehandelt hatte, aber sie konnte nicht aufhören, sich zu fragen, woher die Presse von Kyle wusste. Oder weshalb sie sich überhaupt für ihre Kinder interessierten. Dieses bis ins Innerste dringende Gefühl einer Grenzüberschreitung sorgte dafür, dass ihr schlecht wurde. Sie konnte sich nicht vorstellen, dass eines ihrer Kinder in einem Klatschmagazin dargestellt wurde, nur weil sie für einen Film arbeitete. Das hatten sie nicht verdient.

„Hey", fragte sie Troy, sobald sie drinnen waren, „gibt es irgendwas, was ich tun kann, um zu verhindern, dass sie über meine Kinder schreiben?"

Er runzelte die Stirn, schaute sich im Raum um und führte sie dann in eine stille Ecke. „Das bezweifle ich. Falls sie direkt Lügen drucken, kannst du sie verklagen und sie zu einer Richtigstellung zwingen, aber das Problem ist, je mehr du dich wehrst oder sagst, umso größer ist die Geschichte. Wenn du sie aus dem Scheinwerferlicht fernhalten willst, ist das Beste, was du machen kannst, niemals über sie zu reden und Fragen auszuweichen, wenn die Presse sie stellt."

„Das habe ich gemacht, aber einer von ihnen hat Fragen zu Kyle gestellt. Er gehört nicht in das Ganze rein." Sie wedelte wild mit der Hand, deutete auf das Haus, die Fotografen und die Branche, die sie sich ausgesucht hatte. „Ich wollte nur als Schauspielerin arbeiten, nicht meine Familie einmal quer durch die Klatschpresse zerren."

Er warf ihr ein mitfühlendes Lächeln zu. „Das gehört allerdings alles zum Ruhm. Und sobald die Büchse der Pandora mal offen ist, lässt sie sich nicht mehr schließen. Man kann nicht vorhersagen, wie sich die Presse benehmen wird, oder was für ein Interesse Fans entwickeln. Das Einzige, was wir wissen, wenn Geld zu holen ist, indem eine Geschichte verkauft wird, gibt es nicht viel, was man tun kann."

Sie stöhnte. „Ich will das alles nicht für sie. Besonders nicht Kyle. Er hat es nicht verdient, dass in der Zeitung über sein Liebesleben spekuliert wird."

„Hatte er ein Coming-out? Öffentlich, meine ich?"

„Was?", fragte sie verblüfft. Aber sie erholte sich rasch.

„Nein. Ich meine, ich glaube nicht. Er hat nur mir und seiner Schwester dieses Wochenende erzählt, dass er mit Jackson zusammen ist. Ich weiß nicht mal, ob seine Freunde es wissen, obwohl ich das schon annehmen würde. Eine seiner besten Freundinnen ist lesbisch. Ich kann mir nicht vorstellen, weshalb er ihr das vorenthalten sollte. Und es gibt eigentlich keinen Grund, es zu verstecken." Sie schloss den Mund, weil sie erkannte, dass sie einfach nur plapperte. „Tut mir leid. Ich stehe einfach neben mir, das ist alles."

Er legte die Arme um ihre Schultern und zog sie dicht an ihn. „Du musst dich nicht entschuldigen. Die Privatsphäre deines Sohnes ist bedroht. Da wäre ich auch angepisst."

Joy umarmte ihn. Und obwohl sie sich immer noch Sorgen darüber machte, was die Presse tun könnte, fühlte sie sich ein bisschen besser, nur weil sie in seinen Armen war. „Danke. Wer hätte geahnt, dass es so stressig sein würde, ein völlig unbedeutender Promi aus der letzten Reihe zu sein?"

Er lachte leise. „Kleine, du bist alles andere als aus der letzten Reihe."

„Troy Bixby!", rief Prissy, die plötzlich im Foyer auftauchte. Sie trug ein schulterfreies, bodenlanges Kleid, das einen Schlitz bis zur Hüfte auf der linken Seite hatte. Sie grinste ihn groß an und kam direkt auf ihn zu, ohne auch nur Joys Anwesenheit wahrzunehmen. „Ich wollte dich unbedingt wiedertreffen."

„Ihr seid euch schon begegnet?", fragte Joy. Hatte Troy nicht auf dem Weg erzählt, dass er Prissy nicht kannte?

„Nicht, dass ich wüsste." Er hielt Prissy eine Hand hin und sagte: „Hallo. Es ist schön, dich kennen... wiederzusehen. Bitte, frische meine Erinnerungen auf. Woher kennen wir einander?"

„Du meine Güte, Dummerchen. Natürlich erinnerst du dich an mich. Wir haben uns bei dieser Galerieeröffnung in

L.A. letztes Jahr getroffen. Wir hatten vor, was bei Chill zu trinken."

Troy runzelte die Stirn. „Chill?"

Es war offensichtlich für Joy, dass er nichts vorspielte. Er hatte ehrlich keine Ahnung, wovon sie redete.

„Diese heiße neue Rooftop-Bar in Hollywood? Wir wollten uns da treffen, aber dann hat dein Bruder angerufen, weil sein Auto kaputt wurde, also haben wir beschlossen, es zu vertagen."

Sie ließ einen Arm in seinen gleiten und hielt sich fest. „Ich schätze, das neue Datum ist heute."

Panik blitzte in Troys Augen, während er zu Joy schaute. „Äh, ja, das klingt alles vage vertraut. Aber heute Abend bin ich mit Joy hier, und ich …"

„Joy kann sich um sich selbst kümmern. Oder nicht, Joy?" Prissy warf ihr ein Grinsen zu wie eine Katze, die den Kanarienvogel gefressen hatte. „Außerdem ist es für ihre Karriere gut, wenn sie hier netzwerkt."

„Ich weiß nicht …", setzte er an.

„Troy Bixby!" Ein äußerst vertraut wirkender Mann mit kohlschwarzem Haar rief laut und schnitt ihm das Wort ab, während er rüber lief und Troy fest in die Arme nahm. Als er ihn losließ, nahm er seinen Arm und klopfte ihm auf die Schulter. „Wie lang ist es her, Bro?"

„Zack Hayes! Mann, echt, wie lange ist es her?" Troy grinste ihn an. „Ich glaube nicht, dass ich dich seit dem Abschlusstag gesehen habe, als du dein Motorrad in diese Hüpfburg gefahren hast. Gott, die Studentenverbindung war angepisst von dir. Sie hatten vor, in diesem Ding einen Wet-T-Shirt-Contest auszutragen."

Joy kicherte. Das klang genau nach etwas, was bei ihr am College hätte passieren können.

„Ach, Zack", sagte Troy, der Prissy aus dem Weg schob. „Das ist meine Freundin Joy Lansing. Joy, das ist Zack Hayes. Wir sind zusammen auf dem College gewesen."

Joy hielt ihm ihre Hand hin und starb beinahe, als ihr klar wurde, dass das nicht nur Zack Hayes, der Collegefreund war, sondern Zack Hayes, der Fernsehstar im populären Familiendrama *Summer Creek*.

„Wie schön, dich kennenzulernen, Joy", sagte Zack, die er ihr die Hand schüttelte.

„Dich auch", krächzte sie.

Prissy verdrehte die Augen. „Oh. Mein. Gott. Sag mir doch bitte nicht, dass du jetzt mit Stummheit geschlagen bist, weil er ein Star ist. Ich schäme mich so für dich." Sie wandte sich an Zack. „Tut mir leid. Der Regisseur meines neuen Films hat irgendwie Gefallen an Troys Fotos von ihr gefunden, und jetzt hänge ich fest und muss einen Neuling am Set betreuen. Ich bin sicher, du weißt, wie das ist, Zack."

Der Schauspieler schaute auf sie hinab und schüttelte dann den Kopf. „Du bist echt eine Nummer, oder, Prissy?"

Sie zuckte mit den Schultern. „Ich spreche nur die Wahrheit aus. Sag mir bitte nicht, du hast es nicht satt, dass man dich anbetet. Ich kenne dich zu gut, Zack. Diese Party soll ein Ort sein, an dem man sich darüber keine Sorgen machen muss." Prissy warf Joy einen angewiderten Blick zu. Dann kniff sie die Augen zusammen, und sie lehnte sich an Joy und tippte sich ans Kinn, während sie flüsterte: „Deine Visagistin hat da was übersehen."

Dieses vertraute Toben, das jedes Mal in Joys Eingeweiden aufkam, wenn sie sich mit Prissy herumschlagen musste, machte sich wieder breit, und Joy musste darum kämpfen, die jüngere Frau nicht anzufahren. Oder ihr die Augen auszukratzen. Aber Joy war die reifere, und ein Streit mit ihrer

Filmkollegin würde nur weitere Probleme herbeiführen. Sie setzte sich ein Lächeln auf und sagte: „Du bist eine so große Hilfe, Prissy. Vielen Dank. Ich lasse es sie wissen."

Zack schaute zu Joy. „Was zum Teufel redest du da, Prissy? Wenn du mich fragst, ist Joy die schönste Frau hier."

„Als ob", murmelte Prissy und nahm beide Männer am Arm. „Ihr zwei kommt mit. Es gibt jemand, den ihr unbedingt kennenlernen müsst."

„Ich verzichte. Wie ich sagte, ich bin mit Joy hier", erwiderte Troy, der versuchte, sie abzuschütteln. Aber sie hielt sich fest.

„O nein. Diesmal entkommst du mir nicht, Troy Bixby. Du schuldest mir einen Drink. Joy wird immer noch da sein, nachdem wir uns um unser Ding gekümmert haben."

Er öffnete den Mund, um noch einmal widersprechen, aber Joy schüttelte den Kopf, weil sie wusste, wenn Prissy sich nicht durchsetzte, würde der Dreh am Montag von ihren endlosen Anfällen erfüllt sein. Der ganze Grund, weshalb sie Troy überhaupt hergebracht hatte, war, um die Schauspielerin zu befrieden. „Geh du mal vor, Troy. Ist schon gut. Außerdem hat Prissy recht. Es gibt ein paar Leute, die ich mal begrüßen muss."

„Bist du sicher?", fragte er, der schwache Hauch eines Flehens lag in seinem Tonfall.

Sie zuckte mit den Lippen und lächelte ihn schief an. „Ist schon gut. Ich bin sicher."

Es war etwas mühsam, aber er schaffte es, aus Prissys Todesgriff lange genug zu entkommen, um Joy einen heftigen Kuss zu geben. Als er sie losließ, war sie leicht atemlos, und ihre Lippen prickelten. „Wow."

Er drehte sich zu Prissy um, nachdem er ihr zugezwinkert hatte. „In Ordnung. Lassen wir den Zirkus mal beginnen."

Prissy funkelte Joy an, setzte sich dann aber ein strahlendes Lächeln auf und sagte: „Troy, magst du Blowjobs?"

„Was?", fragte er und schaute über die Schulter zu Joy. Tonlos sagte er: *Hilfe!*

„Den Drink. Der heißt Blowjob. Das ist das Thema meiner Party. Es sagt doch nie einer nein zu einem Blowjob."

Joy verdrehte die Augen und antworte: *Viel Glück.*

„Ich bin dafür zu haben", sagte Zack. „Tolle Idee, Prissy."

Joy schüttelte den Kopf, und anstatt sich durch die Menge zu arbeiten, wie Prissy vorgeschlagen hatte, ging sie zu dem Bartresen, um sich ein Glas Wein zu holen, und trat dann hinaus auf den Balkon, um sich auf einen Stuhl zu setzen und den Wellen zu lauschen.

KAPITEL DREIZEHN

*J*oy war sich nicht sicher, wie lange sie auf dem Liegestuhl gesessen hatte, aber sie wäre zufrieden gewesen, den ganzen Abend dortzubleiben. Small Talk auf einer Cocktailparty mit einem Haufen Wichtigtuer aus der Unterhaltungsbranche zu führen, war das letzte, was sie wollte. Aber Tagträume über das Leben in einem Strandhaus und einen allabendlichen Cocktail auf dem Balkon unterhielten sie gut.

Leider fand Prissy sie und ruinierte Joys Spaß. Sie ließ sich auf die Liege neben Joy fallen und stieß ein angewidertes Schnauben aus. „Was *machst* du denn, Joy?"

„Mich entspannen?", fragte sie, nicht ganz sicher, ob sie es so nennen sollte.

„Du spülst deine Karriere das Klo runter, das machst du." Sie hielt ihr ein Martiniglas hin, das mit einer rosaroten Flüssigkeit gefüllt war. „Hier. Trink das. Damit siehst du wenigstens nicht ganz wie ein Loser aus."

Joy richtete sich auf und nahm das Getränk entgegen. Aber anstatt ihr zu danken, sagte sie: „Was willst du, Prissy?"

„Was bringt dich denn auf den Gedanken, dass ich etwas will?", fragte sie. Ihre Augenbrauen waren zusammengezogen, ihre Lippen empört gewölbt. „Vielleicht möchte ich einfach nur nicht, dass es aussieht, als wäre auf meiner Party jemand so uncool, dass er allein rumsitzen und seine Sorgen ertränken muss."

„Ich ertränke gar nichts, Prissy", sagte Joy mit einem Seufzen. „Es macht mir ehrlich Spaß, zuzuhören, wie unten die Wellen anbranden. Und da du darauf bestanden hast, dass wir auftauchen, und dann meine Begleitung sofort entführt hast, tue ich das, was mir gefällt, bis du ihn wieder gehen lässt." Sie lächelte Prissy süß an. „Du bekommst, was du willst, und ich bekomme, was ich will. Das ist doch eine Win-Win-Situation."

„Du bist armselig", sagte Prissy, die sich aus ihrer Liege erhob. „Genieß deinen Drink. Und erwarte nicht, dass dein Date vor Mitternacht zurück ist. Ich habe Pläne für ihn." Prissy grinste und schwebte zurück ins Haus.

Joy starrte ihr nach und spürte, wie ihr ihr ganzes Meeres-Zen entglitt. Diese Frau bestand aus reiner Missgunst. Sie verstand nur nicht, warum. Joy hatte ihr nichts getan. Und sie war ganz gewiss keine Bedrohung. Prissy war jung, umwerfend, eine begehrte Schauspielerin. Joy war die achtundvierzigjährige Mutter von drei Kindern, die gerade erst ins Geschäft einstieg. Ging es um Troy?

Joy schaute durch die Fenster und bemerkte, wie Prissy sich mehr oder weniger an ihn hängte. Troy, das musste man ihm zugutehalten, wirkte, als wolle er sich am liebsten den Arm abreißen, um vor ihr zu fliehen. Es war an der Zeit, ihn zu retten. Sie stürzte das süße pinke Getränk hinunter, das Prissy ihr gebracht hatte, und wollte zur Tat schreiten.

Oder zumindest versuchte sie, zur Tat zu schreiten. Nur als

sie durch die offene Glasschiebetür unterwegs zurück nach drinnen war, wurde sie zur Seite geschubst und stieß einen Schrei aus, als sie stolperte und fast hinfiel. Zwei starke Hände packten sie, kurz bevor sie zu Boden ging, zogen sie hoch und stellten sie wieder auf die Beine.

„Vorsicht, Vorsicht. Alles in Ordnung?", fragte der Mann.

„Ja. Vielen Dank dafür. Wenn es mich hinlegt, wäre das etwas mehr Erniedrigung gewesen, als ich heute Abend verarbeiten könnte."

Er lachte leise und sagte: „Ich helfe doch gerne, Ma'am."

Seine tiefe Bassstimme war eine Freude, und sie grinste ihn an. „Natürlich war das Ihre Schuld, dass ich mir fast den Knöchel gebrochen habe, aber da Sie mich gerettet haben, sehe ich da gerne drüber weg."

„Danke." Er wies mit dem Kopf auf die Bar. „Kann ich Ihnen was zu trinken kaufen?"

Sie schaute dort hinüber, wo Troy gewesen war und runzelte die Stirn, als ihr klar wurde, dass er dort nicht mehr war. Genauso wenig Prissy oder Zack. „Haben Sie gesehen, wohin Prissy gegangen ist?", fragte sie ihre neue Bekanntschaft.

Er wedelte mit der Hand zum anderen Ende des Hauses. „Sie hat ihren Harem einem Fotografen hinterhergezerrt. Ziemlich sicher will sie jemanden dazu erpressen, die Bilder zu veröffentlichen, wie sie ihnen allen auf den Pelz rückt."

„Harem." Joy stieß ein Lachen aus, in dem wenig Erheiterung mitschwang. „Sie hat mir meinen Begleiter gestohlen."

„Gestohlen? Der ist schon eher ein Trottel, dass er von Ihrer Seite weicht, um bei ihr zu sein. Diese Frau macht eine Menge Mühe."

Als Joy diesmal lachte, war es echt. „Ich weiß diese Andeutung zu schätzen, aber er erträgt sie nur für mich. Ich muss mit ihr arbeiten, und sie macht mir irgendwie das Leben zur Hölle."

„Also ... das heißt, Sie sind bestimmt Joy Lansing, richtig?"

„Äh, ja." Sie schaute ihn fragend an. „Woher wussten Sie das?"

„Ich lese." Seine Lippen wölbten sich zu einem sexy schiefen Lächeln.

Joy verdrehte die Augen. „Ernsthaft? Sie lesen die Klatschpresse?"

Er lachte. „Nein. Normalerweise nicht. Tatsächlich wurde ich für eine Rolle in Ihrem Film besetzt. Also werde ich am Montag am Set sein." Er hielt ihr eine Hand hin. „Quinn Redmond. Schön, dich kennenzulernen. Per du, ist doch okay?"

„Quinn?" Sie schüttelte ihm die Hand. „Ernsthaft? Du bist der Typ, der meinen jüngeren ... äh, Verehrer spielt?" Sie kniff die Augen zusammen und schüttelte den Kopf. „Warum macht mich das so verlegen?"

Da er immer noch ihre Hand hielt, zog er sie näher und flüsterte ihr ins Ohr: „Es ist die Sexszene."

Sie stöhnte, und sie lachten beide. „Ja. Das wird bestimmt furchtbar."

„Nicht für mich", scherzte er. „Eine heiße Frau, Leute, die zusehen ... was gibt's daran nicht zu mögen?"

Hätte irgendjemand sonst diese Worte zu ihr gesagt, hätte sie vermutlich nicht gelacht. Aber sein sarkastischer Tonfall machte nur zu klar, dass er wahrscheinlich genauso nervös sein würde wie sie. „Wir werden da durchkommen, oder?"

„Nur solange Prissy nicht zusieht. Diese Frau ist so kalt, ich wette, sie könnte die Hitze aus der Sonne saugen, wenn sie es schaffen würde, nahe genug ranzukommen", sagte er mit einem gespielten Erschauern.

„Weißt du was, Quinn?"

„Was denn, Joy?", fragte er.

„Wir werden gute Freunde. Und ich bin begeistert, dass du beim Film mitspielst." Dann legte sie ihren Arm um seinen, genau wie Prissy es vorhin mit Troy und Zack gemacht hatte, und schaute zu ihm auf. „Wie stehst du dazu, den Rest dieses Alkoholfests draußen auf dem Balkon zu verbringen?"

„Du gräbst mich doch nicht an, oder, Joy Lansing?", fragte er, hob argwöhnisch die Augenbrauen.

„Nur in deinen Träumen." Sie stieß ihn spielerisch in den Arm. „Ich versuche nur, diese Cocktailparty zu überleben, ohne mich mit irgendwelchen Berufskotzern oder Süchtigen rumzuschlagen. Du bist doch nichts davon, oder?"

„Nein. Geh vor." Er wies mit der Hand auf den Balkon.

Sie stieß ein erleichtertes Seufzen aus und eilte zurück nach draußen, als gerade eine Gruppe von fünf Schauspielerinnen um die zwanzig direkt in ihre Richtung unterwegs waren, jede von ihnen hielt ein Getränk in jeder Faust.

„Quinn!", rief eine von ihnen. „Nach dir habe ich Ausschau gehalten. Ich brauch einen Schoß, auf den ich mich setzen kann."

„Los!", drängte er, und die beiden schoben sich durch die Menge und flohen dann von der Party und hinaus auf den verlassenen Balkon.

„Ach, Gott sei es gedankt", sagte Quinn, als sie sich umdrehten, um zurück zu der Party zu schauen, die im Inneren tobte. Das Rudel Frauen, das direkt zu ihm unterwegs gewesen war, war von einer Gruppe Typen gestellt worden, die sich an sie angepirscht hatten. Entweder waren sie nicht so wählerisch, oder sie waren zu betrunken, als dass es ihnen was ausgemacht hätte. Wenn man bedachte, dass eine von denen den Inhalt von drei Bechern hintereinander hinabstürzte, schätzte Joy, sie waren zu betrunken.

„Also, wenn du Joy bist, heißt das, du bist mit Troy Bixby zusammen, was?", fragte Quinn, während sie sich an das Geländer lehnten.

Sie warf einen Blick zu ihm hinüber. „Stimmt damit irgendwas nicht?"

„Nein." Er hob die Hände, um sich gespielt zu ergeben. „Seine Fotos sind ziemlich herausragend. Ich habe mich nur gefragt, wie ihr beiden euch begegnet seid. Nach allem, was ich höre, geht er eigentlich auf keine Branchenpartys mehr."

„Wir haben uns hier in der Stadt getroffen. Er hat da ein Haus." Sie schaute ihn mit gerunzelter Stirn an. „Was meinst du damit, dass er nicht mehr auf Branchenpartys geht?"

Er zuckte mit den Schultern. „Seine Ex hat ihn früher auf alle heißen Partys geschleppt, aber irgendwann hat er aufgehört, hinzugehen. Tatsächlich glaube ich, er geht der Öffentlichkeit meistens aus dem Weg, bis auf seine Galerieeröffnungen und geplante Interviews, um seine Werke zu promoten. Es geht das Gerücht, dass er mal eine Begegnung mit den Paparazzi hatte, die nicht so gut gelaufen ist."

Aber Troy war ohne mit der Wimper zu zucken zu Prissys Event gegangen, weil sie das von ihm brauchte. Ihr Herz schlug schneller, und sie wollte nichts mehr, als zurück ins Haus gehen und ihnen aus Prissys Klauen reißen und nach Hause mitnehmen. Oder irgendwo hingehen und Kuchen essen. Der Mann war ein Heiliger. Sie wollte gerade aufstehen und genau das tun, als Quinn ihr eine Hand auf den Arm legte. Sie schaute nach unten und dann wieder auf zu ihm.

„Hast du von Carly gehört?", fragte er.

Joy musterte ihn. „Kennst du sie?"

Er nickte, seine Miene war ernst. „Wir haben letztes Jahr am Broadway zusammen eine Show gemacht. *Mamma Mia.* Sie war echt fantastisch. Ich kenne auch ihre Nichte. Seit Harlow vermisst wird, habe ich an sie gedacht." Er wühlte in seiner Tasche und zog ein Handy heraus. Nachdem er kurz gesucht hatte, reichte er es ihr.

Joy schaute hinab auf ein Foto von Quinn, der einen Arm um Carly und den anderen um Harlow gelegt hatte. Sie lächelten alle drei, als hätten sie gerade gelacht. Sie konnte die Zuneigung, die von ihnen ausstrahlte, praktisch spüren. Sie schaute wieder auf. „Ich habe sie gesehen. Es geht ihr ungefähr so, wie du erwarten wirst. Sie hält stoisch durch, macht sich aber echt Sorgen."

„Ich bin wirklich durch den Wind wegen Harlow. Sie ist …" Er schaute weg und schluckte schwer. „Auf jeden Fall. Sie müssen sie finden."

Er wirkte so traurig, so verloren, dass sie vorgriff und ihm die Hand drückte. Und in diesem Augenblick wirbelte ihre Welt herum. Als sie sich wieder aufrecht stellte, war sie zurück in dem Schlafzimmer, wo Harlow festgehalten wurde. Nur dass diesmal Harlow nicht der einzige Mensch im Raum war.

Ein kleiner Mann mit stacheligen blonden Haaren richtete sich über ihr auf, wollte wissen, wann Carly das Lösegeld bezahlen würde.

Sie drehte sich um, um mit trotzigem Blick zu ihm aufzuschauen, sagte aber kein Wort. Joy wollte jubeln. Die Frau hatte noch Feuer, und sie gab trotz ihrer Gefangenschaft nicht auf.

„Bring sie zum Bezahlen, oder der Boss kommt vorbei", fauchte der blonde Mann, der eine ausgeblichene Jeans und ein schwarzes T-Shirt trug. „Vertrau mir, sobald er hier ist, kann man für nichts mehr garantieren."

Die Szene verblasste, und Joy stellte fest, dass sie wieder auf dem Balkon in Prissys Strandhaus war, immer noch Quinns Handy hielt und heftig atmete.

„Joy, alles in Ordnung?", fragte er.

„Ja. Mir geht's gut. Ich habe nur …" Sie schaute sich um, suchte panisch nach einem Stift und etwas, auf dem sie zeichnen konnte. Sie schnappte sich eine Cocktailserviette, die auf einem kleinen Tisch neben den Liegestühlen lag, und fragte: „Hast du einen Stift?"

Er klopfte seine Taschen ab und schüttelte den Kopf. „Nein. Warum?"

„Ich brauche einen Stift. Sofort." Sie reichte ihm sein Handy und eilte zurück ins Haus, direkt zur Bar. Aber bevor sie dort ankam, lief sie in Troy hinein.

Er nahm ihre Hand, hielt sie auf und schaute mit einer besorgten Miene auf sie herab. „Was ist los, Joy? Was ist passiert?"

„Ich brauche einen Stift. Jetzt. Es ist wichtig."

Wortlos griff er in seine Anzugtasche und holte einen silbernen Füller hervor.

„Vielen Dank", hauchte sie und setzte sich auf die Kante eines Stuhls in der Nähe, während sie rasch den Typen skizzierte, den sie in ihrer Vision gesehen hatte. Als sie fertig war, sagte sie: „Wir müssen gehen."

„Alles klar." Er nahm wieder ihre Hand, und ohne dass sich einer von ihnen verabschiedete, verließen sie die Party und eilten zu Troys Auto, diesmal ignorierten sie die Kameras und den Ansturm der Fragen.

Sobald sie in seinem SUV waren, raste er die Zufahrt entlang und fragte: „Wohin?"

„Zu Carly. Ich habe Informationen, die sie braucht."

Er schaute zu ihr hinüber, sein Gesicht wurde finsterer. „Dir ist klar, dass es nach Elf ist, oder?"

„Schon. Das kann aber nicht warten."

Troy nickte und sagte: „Zeig mir nur, wo ich hinmuss."

KAPITEL VIERZEHN

☪

„*H*ier. Das auf der rechten Seite", sagte Joy, die auf Carlys Miethaus am Strand zeigte.

Troy blieb am Bordstein stehen und schaute sich um. „Ich hätte gedacht, es würde zumindest ein paar Paparazzi geben, wenn man bedenkt, was los ist."

Joy musterte den Bereich und stieß ein erleichtertes Seufzen aus. Sie hatte erwartet, dass sie wieder überfallen werden würden, und hatte sich Sorgen gemacht, wie diese Geschichte in der Klatschpresse ankommen würde, aber Harlow war wichtiger, als sich Sorgen um beschissene Geschichten zu machen. „Ich schätze, die sind heute Abend alle bei Prissy. Das ist keine Überraschung, schätze ich. Carly hat ihnen nicht allzu viel gegeben, was sie drucken können, seit sie sich in ihr Haus eingebunkert hat und nirgendwo mehr hingeht."

Sie eilten die Vorderseite des Hauses hinauf, und als Joy gerade klopfen wollte, schwang die Tür auf, sodass der Glatzkopf zum Vorschein kam, der Wachmann, der ihr und Hope am Vortag das Leben schwer gemacht hatte.

„Was machen Sie denn hier?", blaffte er. „Wissen Sie, wie spät es ist?"

Joy betrachtete seine bloßen Füße, die ausgeblichene Jeans und das langärmlige Hemd, das er offensichtlich rasch zugeknöpft hatte, denn die Knöpfe passten nicht zusammen. „Ja, weiß ich. Ich muss mit Carly reden. Es ist wichtig."

„Kommen Sie morgen wieder." Er wollte schon die Tür zuknallen, doch Troy streckte eine Hand aus und hielt ihn auf.

„Ms. Lansing hat gesagt, es ist wichtig", sagte Troy mit einem stählernen Unterton. „Wir gehen erst, wenn sie mit Carly geredet hat."

„Ach, was?" Der Wachmann griff hinter seinen Rücken und holte einen Taser hervor. „Ich schätze, das werden wir schon sehen. Sie beide sind hier unbefugt, und wenn Sie jetzt nicht gleich gehen, werde ich dafür sorgen, dass sie diese Entscheidung bedauern."

Joy kniff die Augen vor dem Mann zusammen, war bereit, ihm die Augen auszukratzen. „Es geht um ihre Nichte. Erinnern Sie sich noch, was beim letzten Mal passiert ist, als ich hier war, und Sie versucht haben, mich von Carly fernzuhalten?"

„Sie scheinen den Eindruck zu haben, dass Ms. Preston verärgert mit mir war, weil ich anfänglich verhindert habe, dass Sie sie treffen", sagte er. „Aber da liegen Sie falsch. Es ist meine Aufgabe, sie vor Leuten zu schützen, denen nicht ihr Bestes am Herzen liegt. Und von meinem Standpunkt aus, Ms. Lansing, sind das normalerweise die meisten Leute. Also verzeihen Sie mir bitte, wenn ich es nicht leichter für Sie mache, in ihre Privatsphäre einzudringen."

„Sehen Sie mal, Glatzkopf", setzte sie an.

„Gary", sagte Carly hinter ihm, schnitt Joy das Wort ab. „Ist schon gut. Lass Joy und den jungen Mann rein."

Er wandte sich um, um sie anzusehen, und schüttelte den Kopf. „Wir wissen nicht, wer er ist, und es ist viel zu spät am Abend, dass jemand zu Besuch kommt. Worum es auch immer geht, es kann warten, bis ich sie ein wenig überprüfen kann."

Carly tätschelte ihm geduldig den Arm und sagte: „Das ist nicht nötig. Ich vertraue ihnen." Sie winkte Joy zu. „Komm rein. Bring Troy mit."

Joy lächelte den Glatzkopf triumphierend an, während sie an ihm vorbeistreifte. Aber sobald sie im Haus war, verblasste ihr Lächeln. Es war doch hier gar kein Platz, um kleinlich wegen eines Mannes zu sein, der offensichtlich nur versuchte, seinen Job zu machen, selbst wenn Joy fand, dass er sich arschig dabei benahm. Sie hatte doch schon einen Vorgeschmack darauf bekommen, was die Presse einem Menschen wegnehmen konnte, und sie stellte bereits infrage, ob sie die richtige Entscheidung getroffen hatte, indem sie die Schauspielerei weiter verfolgte. Wenn man bedachte, dass Carly eine weltberühmte Schauspielerin war, die sich jahrelang mit unerwünschten Eindringlingen hatte herumschlagen müssen, hatte sie sich bestimmt gefühlt, als hätte sie in einem Aquarium gelebt.

Carly trug einen weißen Seidenbademantel über einem dazu passenden weißen Seidenschlafanzug, und obwohl ihr Gesicht ungeschminkt war, und ihre Haare nur unordentlich zusammengesteckt, war die Frau immer noch makellos. Ihre Haut leuchtete, und wären nicht die Sorgenfalten um ihre Augen gewesen, hätte Joy sie mühelos für eine viel jüngere Frau halten können, als sie es tatsächlich war.

„Setzt euch", sagte Carly, die zu den Sesseln gegenüber ihrer weißen Couch deutete.

Joy tat, wie geheißen, aber Troy stellte sich hinter sie, seine Hand lag auf ihrer Schulter, eine unausgesprochene Geste der

Unterstützung. Sie blickte zu ihm auf, nickte ihm dankbar zu. Joy schaute hinüber zu dem Glatzkopf, der im Eingang des Wohnzimmers stand, die Arme vor der Brust verschränkt. Joy schaute Carly in die Augen. „Ich hatte noch eine Vision." Dann warf sie einen Blick zu dem Glatzkopf. „Willst du, dass ich ..." Sie wedelte mit der Hand zu ihm. „Sollte er das hören?"

„Weshalb denn nicht?", fragte Carly verblüfft.

Weil er derjenige ist, der der Presse eine Geschichte verkaufen wollte?, dachte Joy ganz für sich, aber sie versuchte taktvoll zu sein und sagte: „Äh, weil das, was ich zu sagen habe, vielleicht unter vier Augen stattfinden sollte."

Carly warf einen Blick zu ihm und dann zurück zu Joy. Ihre Miene zeigte Verständnis, als sie zu erkennen schien, was Joy nahelegte. „Oh. Stimmt. Äh, diese Sache, über die wir schon mal geredet haben, das ist alles erledigt. Gary ist vertrauenswürdig."

Der Glatzkopf, äh, Gary, schaute Joy selbstgefällig an. „Ich verkaufe keine Geschichten an die Presse. Was immer Ihre Freundin dachte, gehört zu haben, sie lag falsch."

Joy rückte mit den Füßen herum, fühlte sich sehr unbehaglich. Der Glatzkopf hatte Joy keinen Grund gegeben, ihm zu vertrauen. Er war unhöflich, klobig und regelrecht respektlos gewesen. Weshalb hatte Carly ihn in ihr Haus gelassen? Ein schrecklicher Gedanke kam ihr. Was, wenn der Glatzkopf sie erpresste oder Informationen über Harlow nutzte, um sie zu manipulieren? Musste sie Carly da rausholen?

„Carly", sagte Joy. „Kann ich nur ganz kurz unter vier Augen mit dir reden?"

Carly schaute noch einmal zu dem Glatzkopf und dann zurück zu Joy. „Alles, was du mir sagst, werde ich sowieso

Gary erzählen. Es ist in wirklich in Ordnung, Joy, ich verspreche es."

Joy gefiel es nicht. Es gefiel ihr überhaupt nicht, aber wirklich, was für eine Wahl hatte sie denn? „Bist du sicher?", versuchte sie es noch einmal.

Carly nickte und lächelte sie beruhigend an. „Ich bin sicher. Also, was musst du mir denn jetzt erzählen?"

„Ich hatte noch eine Vision." Sie hob die Serviette mit ihrer Zeichnung darauf vor Carly. „Das ist derjenige, der bei ihr war."

Carly stieß ein Keuchen aus und drückte sich eine Hand an die Brust, während sie die Serviette anstarrte. Als sie aufsah, fragte sie: „Hat er ihr wehgetan?"

Joy schüttelte den Kopf. „Nein, auf jeden Fall nicht körperlich. Er hat sich über ihr aufgestellt, hat wegen eines Lösegelds herumgebrüllt. Es scheint, als hätte er das für Geld getan."

Die Schauspielerin lehnte sich in dem Sofa zurück und stieß ein müdes Seufzen aus. „Das hatte ich befürchtet." Sie warf einen Blick zum Glatzkopf. „Wusstest du davon? Dem Lösegeld?"

Der Glatzkopf biss die Zähne zusammen und öffnete und schloss die Finger.

„Gary?", fragte sie, jetzt war ihr Tonfall eine Forderung. „Lüg mich nicht an. Ich bin bereits wütend genug auf dich, dass du mich im Dunkeln gelassen hast."

„Gut. Ja, ich weiß es." Er erwiderte ihren starren Blick, seine Miene war hart. „Es ist eine obszöne Geldmenge. Und wenn du nachgibst und es bezahlt, wirst du ein Problem lösen, aber hunderte weitere einladen. Sobald den Leuten klar wird, dass du alles zahlst, damit deiner Familie nichts passiert, werden sie sich innerhalb einer Woche auf jeden stürzen, der dir wichtig ist. Du kannst dieses Lösegeld nicht bezahlen. Das verbiete ich."

„Ach, tust du das, was?", forderte Carly ihn heraus. „Was glaubst du denn, wer dir diese Woche den Hintern gerettet hat, damit du nicht ins Gefängnis gehst?"

„Ich habe gar nichts gemacht!", rief er.

„Nein, aber du hattest es vor." Sie stand auf und schaute auf Joy hinab. „Kann ich das behalten?"

„Ja", sagte Joy. „Aber dann kann ich es nicht zu Detective Coolidge bringen."

„Das mache ich. Ich rufe sie am Vormittag an." Carly kam rüber, gab Joy einen Kuss auf die Wange und sagte: „Dankeschön. Ich muss jetzt einen Anruf machen."

Beim Privatdetektiv, schätzte Joy. Sobald Carly das Zimmer verlassen hatte, konzentrierte Joy sich auf den Glatzkopf. „Was bedeuten Sie ihr denn? Und weshalb hätten Sie ins Gefängnis gehen sollen?"

„Das geht Sie nichts an", erwiderte er mit einem Schniefen. „Jetzt scheint es ja, dass Ihre Geschäfte hier erledigt sind. Ich bringe Sie raus." Er wedelte mit der Hand, bedeutete ihr, dass sie und Troy sich gefälligst zur Tür begeben sollten.

Joy rückte nicht von ihrem Platz auf dem Sessel weg. „Hör mal, Gary", sagte sie und hoffte, indem sie seinen Namen nutzte, würde er sich vielleicht ein bisschen menschlicher benehmen. „Sie haben mich nicht gerade als ein aufrechter Typ beeindruckt. Sie machen viel Gewese darum, Carly zu schützen, aber woher soll ich wissen, dass Sie nicht einfach versuchen, sie auszunutzen?"

„Sie auszunutzen? Sie meinen, etwa für Geld?", fragte er und kratzte sich am Nacken.

„Oder … andere Dinge", erklärte sie, versuchte, aus ihm

schlau zu werden, um zu sehen, ob er sich bei Carly genauso unangemessen verhielt, wie er es bei Hope getan hatte.

„Was für andere Dinge?", fragte er, wirkte ehrlich verwirrt.

„Sie wissen schon, *andere Dinge*", betonte Joy, aber als sie ,andere Dinge' sagte, quietschte ihre Stimme, und sie hatte Schwierigkeiten, die Worte auszusprechen.

Beide Männer schauten sie einfach nur an, während sie schluckte. Was kitzelte sie denn so in der Kehle? Als Gary nichts erwiderte, legte Troy eine Hand an den Mund und tat so, als müsse er husten, während er sagte „Sex."

Gary blinzelte sie an. Dann, als ihm klar wurde, was Troy gesagt hatte, verkniff er das Gesicht in einem angeekelten Ausdruck, und sein ganzer Körper erschauerte. „Sie glauben, ich versuche, in Carlys Bett zu kommen?"

Joy zuckte mit den Schultern.

„O Gott. Nein. Wirklich nicht." Er legte sich die Hände auf die Ohren und begann, den Kopf zu schütteln. „Dieses Bild in meinem Kopf wird mich in ein frühes Grab bringen."

„In Ordnung! Das reicht", verlangte Joy. Diesmal war ihre Stimme auf jeden Fall heiser. Mensch, das war das letzte, was sie brauchte. Sie ignorierte ihre rasch nachlassende Stimme und fuhr fort: „Mir ist jetzt klar, dass Sie nicht auf Carly stehen. So gut kann keiner Schauspielern. Nicht mal Carly."

Er erschauerte wieder. „Das ist keine Schauspielerei."

„Offensichtlich." Joy fuhr zusammen, als ihr nun Messer in die Kehle stachen, und erhob sich, entschlossen, ihren verbalen Schlagabtausch mit dem Mann fortzusetzen. „Okay, dann sagen Sie mir, weshalb Sie so versessen darauf sind, ihr nicht zu helfen. Oder zumindest, weshalb Sie versuchen, mich von ihr fernzuhalten." Sie schluckte schwer und zwang sich dazu, fortzufahren, obwohl sie solche Schmerzen hatte. „Ich will nur helfen."

„Ja, nun, das tue ich auch. Und wenn man die Vorgeschichte betrachtet, kann Carly keinen Fremden vertrauen. Sie sind eine Fremde. Ich schütze doch nur meine … Klientin." Er schloss diese Aussage ab, als hätte er was anderes sagen wollen. Freundin? Bekannte? Geldgeberin? Joy wusste es nicht, aber es sah aus, als würde sie nicht die Gelegenheit bekommen, es rauszufinden, denn Gary war bereits an die Eingangstür gegangen und hatte sie geöffnet. „Gute Nacht, Ms. Lansing. Gute Nacht, Mr. Bixby."

„Sagen Sie Carly, sie soll mich jederzeit anrufen, wenn sie mich braucht", sagte Joy.

„Ich werde diese Nachricht weiterleiten", erwiderte er trocken. „Jetzt weg mit Ihnen, bevor Sie einen von uns mit Ihren Bazillen anstecken."

Sie funkelte ihn an, ließ sich aber von Troy aus dem Haus führen.

Sobald sie wieder in seinem SUV waren, fragte Troy: „Alles in Ordnung?"

Sie verzog das Gesicht, während sie den Kopf schüttelte. „Nein. Ich weiß nicht, wo dieser Frosch im Hals herkommt, aber ich brauche unbedingt eine Kräuterbehandlung."

„Hast du die Kräuter zu Hause?", fragte er.

Sie nickte, schluckte und verzog das Gesicht noch einmal wegen der Schmerzen, während sie den Kopf ans Fenster lehnte.

Troy griff hinüber und nahm sie an der Hand. „Entspann dich einfach. Sobald wir dich nach Hause gebracht haben, mache ich dir die geheime Wunder-Halskur meiner Mom."

Sie hob eine Augenbraue. „Sie hat dir was über Kräutermedizin beigebracht?"

„Ja. Sie hat mir alles beigebracht, was ich in der Küche weiß. Sie war eine Erdhexe, also hatte sie eine Menge Tipps.

Die Zeit, die ich als Teenager mit ihr verbracht habe, ist der Grund, weshalb ich es liebe, zu kochen." Er drückte Joys Finger.

Joy fiel plötzlich ein, dass er ihr am nächsten Abend ein Abendessen machen wollte, aber die Chance, dass es dazu kam, sah nicht gut aus, wenn sie eine Halsentzündung bekam. Sie betete, dass das nicht so war, denn sie wollte wirklich diesen Mann in einer Kochschürze sehen.

KAPITEL FÜNFZEHN

*D*as Geräusch des klingelnden Handys riss Joy aus dem besten Traum, den sie seit Monaten gehabt hatte. Sie hatte Troy beobachtet, wie er sich behaglich durch ihre Küche bewegte, und er war dabei völlig nackt gewesen, bis auf ihre Schürze, auf der stand *Küss den Koch*. Und Mann, er war umwerfend. Besonders gern betrachtete sie seinen muskulösen Hintern, während er am Herd stand und die Kräuter für ihren Hals kochte. Sie hatte sich gerade an ihn anschleichen und endlich mal an seine herrlichen Rundungen greifen wollen, als das verdammte Handy sie aufgeweckt hatte.

Das Klingeln hörte auf, bevor Joy es schaffte, es sich von ihrem Nachtkästchen zu holen. Sie rollte sich herum und stöhnte, als sie sah, dass es noch nicht mal acht Uhr morgens war. Wer zum Teufel rief so früh an einem Sonntagmorgen an?

Das Handy klingelte schon wieder, und sie schnappte es sich und stellte fest, dass Pauls Name auf dem Bildschirm leuchtete. Unbehagen ließ sich in ihren Eingeweiden nieder. Irgendwas stimmte nicht. Sonst würde er doch niemals so früh anrufen.

Hunter.

Ihr stockte der Atem, als sie an ihren ältesten Sohn dachte. War er es? Ihre anderen beiden Kinder waren sicher bei Joy zu Hause. Rasch ging sie ran. „Paul?", krächzte sie. Ihre Stimme war kaum zu hören, aber zumindest war der stechende Schmerz verschwunden. Sie räusperte sich und versuchte es erneut. „Paul?" Das Wort kam deutlicher heraus, obwohl ihre Stimme immer noch heiser war. „Was ist los?"

„Was los ist?", donnerte er am anderen Ende der Leitung. „Was los ist? Was ist denn nicht los?"

Joy stieg aus dem Bett und schnappte sich eine Jeans aus ihrem Kleiderschrank. Ärger baute sich in ihrer Brust auf, und sie konnte nicht verhindern, dass sie ihn anfuhr: „Ich weiß es nicht, Paul. Warum erzählst du mir es nicht, anstatt mir den Kopf abzureißen?"

„Du hast das unserer Familie angetan, Joy. Hast du denn nicht mal innegehalten, um darüber nachzudenken, was es für mich und die Kinder bedeutet, als du beschlossen hast, dich mit diesen Hollywoodtypen einzulassen?"

„Ich habe was getan?" Sie schnappte sich ihre Zahnbürste und gab etwas Zahnpasta darauf. „Ich habe keine Ahnung, wovon du redest."

„Lies die *Premonition Perspective*. Du hast zehn Minuten, bevor ich komme." Der Anruf endete abrupt, und Joy starrte das Handy an, ihre Lippen empört gewölbt.

„Was zum Teufel glaubst du denn, wer du bist?", fragte sie ihr Handy, während sie es auf den Tresen im Bad warf. Sie nahm sich einen Augenblick, um sich zu beruhigen, dann starrte sie sich im Spiegel an. Sie wirkte müde und als könne sie eine Gesichtsbehandlung vertragen, aber zumindest waren die lila Flecken verblasst und fast schon weg. Das war der eine Lichtblick in ihrem unschönen Erwachen. Nachdem sie ihre

Morgentoilette hinter sich hatte, kam sie in Jeans und einem T-Shirt aus dem Schlafzimmer und ging direkt zur Kaffeekanne.

„Du bist früh wach", sagte Britt von ihrem Platz am Tisch aus. Sie trug Leggings und ein langes Sweatshirt, ein Fuß stand auf dem Stuhl und der andere auf dem Boden.

„So früh auch wieder nicht", sagte Joy. „Ist ja nicht so, als würde ich jeden Tag halb verschlafen."

„Hast du gestern Abend ein Päckchen Zigaretten geraucht oder was? Du klingst wie Mrs. Barker", sagte Britt, die sich auf die Vierundneunzigjährige bezog, die Räucherstäbchen und Freundschaftsarmbänder auf dem Künstlermarkt verkaufte.

Joy schüttelte den Kopf. „Irgendwas habe ich gestern Abend ausgebrütet, aber Troy hat mir einen Wunder-Kräutertee gemacht, und der hat es rausgeworfen. Jetzt klinge ich nur noch wie der leibhaftige Tod."

„Nicht wie der leibhaftige Tod", sagte Britt, die sich eine Strickmütze über ihre kurzen Haare zog. Die kühle Brise vom nahen Meer trieb durch das offene Fenster herein. „Eher schon wie eine Telefonsexanbieterin."

Mit einem Kichern schenkte sich Joy eine Tasse von dem Kaffee ein, der bereits gemacht war, und schnappte sich einen Donut aus der Bäckereischachtel, die auf dem Tisch stand. „Hast du die geholt?"

Sie schüttelte den Kopf. „Lex hat sie gestern Abend dagelassen, als sie gekommen ist, um Kyle zu besuchen."

„Das war lieb von ihr." Joy nahm einen großen Schluck von ihrem Kaffee, und biss dann ordentlich von dem glasierten Donut ab. Es dauerte nicht lang, bis die Kombination aus Zucker und Koffein ihre Magie wirkte und Joy sich schließlich fühlte wie ein Mensch. Sie schaute hinüber zu ihrer Tochter. „In Ordnung. Wie schlimm ist es?"

„Wie schlimm ist was?", fragte Britt in einem Tonfall, der Unschuld mimte.

„Nimm mich nicht auf den Arm. Dein Dad hat bereits angerufen, um mich anzubrüllen. Ich weiß, dass irgendwas in der Zeitung steht."

Sie seufzte, hob die rechte Arschbacke und zog eine Zeitung darunter hervor. Als sie sie rüberreichte, verzog sie das Gericht und sagte: „Ziemlich schlimm. Vor allem für Kyle."

„Kyle?" Der Kaffee wurde in ihrem Bauch sauer. Sie hatten über ihren Sohn geschrieben. Bastarde!

Britt runzelte die Stirn. „Ein paar wenig schmeichelnde Bilder von dir gibt es auch."

Joy wedelte mit der Hand, darüber machte sie sich keine Sorgen. Ihr war nur wirklich wichtig, dass sie ihre Kinder beschützte. Sie stellte ihren Kaffee und den Donut ab, öffnete die Klatschspalte und fuhr zusammen, als sie das Bild sah. Sie stieg aus Troys SUV, und das Foto hatte sie mit gespreizten Beinen erwischt, sodass alle direkt ihre schwarze Unterwäsche sehen konnten. Darüber hinaus stand ihr Mund offen, und sie sah aus, als würde sie jemanden anbrüllen. Es wirkte, als würde sie vor den Paparazzi weglaufen und sich vor der Presse wie eine Diva benehmen. „Echt attraktiv", sagte sie trocken.

„Sorry, Mom." Britt schob den Donut näher ran. „Das willst du vielleicht verspeisen, bevor du den Artikel liest."

„Das bezweifle ich. Ich bin bereits kurz davor, das wenige von mir zu geben, das ich im Magen habe." Sie wandte ihre Aufmerksamkeit der Überschrift zu.

Joy Lansing, frisch geschieden, frisch verbandelt, läuft vor Fragen über ihren leidenden schwulen Sohn davon.

Joy stieß ein Keuchen aus. „Was zum Teufel?"

„Ich hab doch gesagt, dass es schlimm ist." Britt schnappte sich einen weiteren Donut und schob ihn sich in den Mund.

Der Artikel war voller erfundener Lügen und reinem Müll.

Joy Lansing verbrachte die letzten dreißig Jahre in einer problembehafteten Ehe. Innerhalb von sechs Monaten, nachdem ihr Mann sie verlassen hat, posierte sie für gewagte Fotos, bekam unter nebulösen Umständen eine Nebenrolle in einem Film und hat ihren verletzten Sohn im Stich gelassen, nachdem er sich als schwul geoutet hatte. Zu sagen, Joy Lansing wäre eine problematische Frau, wäre noch untertrieben.

„Problematisch? Das ist das sexistischste, misogynste und homophobste Stück Müll, das ich je gelesen habe. Wie können die sich denn solche Lügen ausdenken?", rief sie und schaute in die Runde, als hätte sie ein größeres Publikum als nur ihre Tochter.

Britt stieg von ihrem Stuhl und lief zu ihrer Mutter, legte die Arme um sie, um sie fest zu drücken. „Es sind hundert Prozent Lügen, Mom", sagte sie. „Jeder, der dich kennt, wird kein Wort davon glauben. Das weißt du, oder?"

„Ja, aber das wird wohl jegliche Hoffnung begraben, die ich auf eine Karriere habe, wenn solche Geschichten weiter im Umlauf bleiben. Wer soll denn bitte eine achtundvierzigjährige Drama-Queen besetzen?"

Britt öffnete den Mund, um etwas zu sagen, kam aber nicht dazu, weil die Eingangstür aufflog und Paul rief: „Joy!"

„Ach, Scheiße", murmelte Joy und vergrub das Gesicht in den Händen.

Britt rieb ihrer Mutter beruhigend über den Arm. „Keine Sorge. Er kommt drüber weg."

Paul pflügte in die Küche, hielt eine Ausgabe der *Premonition Perspective* hoch erhoben. „Was zum Geier hast du dir dabei gedacht, zu so einer drogenvernebelten Hollywood-Party zu gehen, und das auch noch halb nackt?"

„Dad!", brüllte Britt, drehte sich zu ihm um. „Du benimmst dich daneben."

Der hochgewachsene Mann mit dem dichten schwarzen Haar und der Brille mit schwarzem Plastikrahmen schaute zweimal hin, als er sah, wie seine Tochter in Joys Küche stand. „Britt. Was bist du denn so früh hier?"

Sie stemmte die Hände in die Hüften und funkelte ihn an. „Ich bin übers Wochenende zu Hause, zu Besuch bei meiner Mutter. Hättest du sie nicht einfach verlassen, würde ich dich auch besuchen."

„Britt!", tadelte er, schaute sie finster an. „Das war unnötig."

„Wirklich?", schoss sie zurück. „Wie kannst du es wagen, hier anzurauschen und Mom anzubrüllen, während du weg bist und ein neues Leben ohne uns anfängst!"

Er trat einen Schritt zurück und blinzelte sie dann an. „Das ist doch nicht …"

Britt hob eine Hand, um ihn aufzuhalten. „Nein. Ich will darüber jetzt gerade nicht reden. Ich habe andere wichtige Sachen in meinem Leben, um die ich mich kümmern muss." Sie wirbelte herum und schaute ihrer Mutter in die Augen. „Ich sehe mal nach Kyle."

Joy nickte und starrte ihren Ex an, bis Britt im Gang verschwunden war.

„So hat Britt noch nie mit mir geredet", beschwerte sich Paul, sein Tonfall war kalt. Er verschränkte die Arme vor der Brust und starrte auf Joy hinab. „Siehst du, was für ein Beispiel du für deine Tochter abgibst?"

„Was für ein Beispiel *ich* abgebe?", fragte Joy ungläubig. Er hatte den verdammten Verstand verloren. „Du hast ja Nerven."

„Ich?", schnaubte er. „Ich bin nicht derjenige, der rausgeht und sich wie ein Narr benimmt, in einem verrückten Versuch, meine Jugend wieder für mich zu beanspruchen."

Die Menge an Wut, die sich in Joys Blut aufstaute, war fast mehr, als sie aushielt. Ihr ganzer Körper fing an zu vibrieren, und sie musste sich im Geiste davon abbringen, ihm eine zu kleben. Sie holte tief und klärend Luft und sagte mit der neutralsten Stimme, die sie zustande brachte: „Du hast keine Ahnung, was ich mache. Und du hast das Recht aufgegeben, das zu wissen, als du beschlossen hast, dass du nicht mehr mit mir verheiratet sein willst. Spar dir deine Predigten für jemand anderen auf. Ich werde mir das nicht anhören."

„Die ganze Welt weiß, was du tust!", brüllte er, während er die Zeitung vor ihr schwenkte. „Wenn du rumläufst wie eine zwanzigjährige Nutte, glaubst du, ich werde dann nicht dazwischen gehen, wenn auch unsere Kinder betroffen sind?"

„Nutte?" Sie warf den Kopf zurück und lachte. „Das ist ja eine Nummer. Seit wann bist du denn so ein Misogynist geworden?"

„Ich könnte mir vorstellen, ungefähr zur gleichen Zeit, als er homophob geworden ist", sagte Kyle hinter seinem Vater. Er war angezogen, seine Haare gekämmt, und lehnte auf seinen Krücken.

Pauls Schultern sanken beim Klang der Stimme seines Sohnes zusammen. Er drehte sich um und schaute ihn vorsichtig an. „Kyle. Mir war nicht klar, dass du hier bist."

„Weshalb solltest du das auch wissen? Du hast nicht mal angerufen, um dich seit meinem Unfall nach mir zu erkundigen. Ich habe gedacht, dass es dir völlig egal ist. Wenn nicht, hättest du doch sicher mal vorbeigeschaut oder mir geschrieben, oder Teufel auch, vielleicht sogar Mom gefragt, wie es läuft. Aber stattdessen nehme ich an, dir ist die Tatsache zu unbehaglich, dass ich mit einem Typen zusammen bin. Also wen kümmert schon mein gebrochenes Bein, oder, Dad?"

„Ich bin nicht homophob", behauptete Paul. „Nein."

Joy schnaubte. „Und deshalb hast du ihm gesagt, er soll sich jemanden mit einem besseren Job zu suchen, und am besten gleich eine Frau, damit er eine Familie gründen kann?"

Paul sank auf einen der Küchenstühle und fuhr sich mit der Hand durch die Haare. Sein Gesicht war blass und hohl, und Joy fand, er hatte noch nie so alt gewirkt. „Ich habe keine Einwände gegen Jackson", sagte er zu Kyle. „Ich glaube einfach nur nicht, dass er dir intellektuell gewachsen ist. Es wird schwer genug, in einer gleichgeschlechtlichen Beziehung zu leben. Du brauchst nicht noch das zusätzliche Problem, dass du mit jemandem zusammen bist, dem dein Antrieb fehlt."

Joy schaute Kyle in die Augen, und der Schmerz, den sie dort gespiegelt sah, brachte sie dazu, ihren Ex plattmachen zu wollen. Ihr brach das Herz für ihren Sohn, aber so sehr sie Paul auch filetieren wollte, sie merkte, dass sie Kyle diesen Kampf austragen lassen musste. Trotzdem war sie seine Mutter, und sie konnte nicht verhindern, dass sie sagte: „Was immer du für eine Meinung zu seiner Beziehung zu Jackson hast, es wäre wohl nett gewesen, wenn du dich zumindest nach seinem Bein erkundigt hättest, Paul. Er hat es sich immerhin gebrochen."

„Scheiße", murmelte Paul und wandte sich zurück an seinen Sohn. „Wie geht's deinem Bein?"

Kyle verdrehte die Augen. „Es heilt. Mom, Britt, und besonders Jackson haben sich um mich gekümmert."

Paul nickte. „Das ist gut."

„Es ist gut", sagte Kyle, sein Tonfall war leise. Seine ganze Wut schien erschöpft zu sein, und Joy fand, er klang einfach nur traurig. „Weißt du, was noch gut ist, Dad?"

„Was denn?"

„Meine Beziehung zu Jackson. Er ist mein bester Freund und ein echt toller Typ. Er ist so ehrgeizig, und er ist so viel mehr als nur ein Typ, der in einem Café arbeitet. Nicht, dass es darauf ankommt, aber er hat auch sein eigenes Grafikdesign-Geschäft eröffnet. Er ist klug und nett und einfach nur der beste Mensch, den ich kenne. Wenn du also vorhast, zu mir eine Beziehung zu haben, wirst du niemals wieder nahelegen, dass er nicht gut genug für mich ist. Verstanden?"

Joys Herz schwoll vor Stolz. Ihr kleiner Junge war erwachsen geworden, ein junger Mann, der keine Angst hatte, zu sagen, was er dachte.

„Das wollte ich nicht nahelegen", behauptete Paul.

„Doch, das hast du. Und wo wir gerade dabei sind, ich habe mich gegen das Jurastudium entschieden und werde ein Schriftsteller. Auf die eine oder andere Art werde ich das machen. Wenn es nicht funktioniert, finde ich was anderes. Aber versuch mir nicht zu erzählen, dass mein gewählter Beruf nicht gut genug ist. Da wird der Keil zwischen uns nur noch größer." Kyle starrte seinen Dad lange an. Als sein Dad nichts erwiderte, wandte Kyle sich an seine Mutter und fing ihren Blick auf.

Ich liebe dich, sagte Joy tonlos zu ihrem Sohn.

Er lächelte sie schwach an. *Ebenso.*

Paul erhob sich. „Ich schätze, das habe ich verdient."

„Und wie du das verdammt noch mal verdient hast", erwiderte Joy, die sich nicht mehr zurückhalten konnte. „Und wenn du jemals in Erwägung ziehst, unser Kind noch einmal herabzusetzen oder nahezulegen, dass irgendwas damit nicht stimmt, wen er sich entscheidet zu lieben, wird unsere nächste Unterhaltung sehr viel explosiver. Verstanden?"

Paul achtete nicht auf Joy und ging zu seinem Sohn, die Arme geöffnet. „Kann ich eine Umarmung kriegen?"

Kyle runzelte die Stirn leicht, nickte dann aber. „Ja."

Endlich erschien der Mann, den Joy geheiratet hatte, und umarmte seinen Sohn lange mit einem Klopfen auf den

Rücken. Als er sich löste, sagte er: „Meine Reaktion tut mir leid. Das war ganz eindeutig daneben, und ich bin stolz darauf, wie du heute damit umgegangen bist."

„In Ordnung", sagte Kyle, eindeutig noch verärgert wegen des Benehmens seines Vaters, aber offensichtlich versuchte er, Frieden zu stiften. „Vielen Dank dafür. Aber wenn ich ehrlich bin, muss ich dir sagen, dass du Mom heute Morgen sogar noch schlimmer behandelt hast, als du mich behandelt hast, als ich dich besuchen gekommen bin. Sie hat deinen Zorn nicht verdient. Sie hat nur in einem Film mitgespielt und angefangen, mit einem netten Typen auszugehen. Wenn du damit nicht umgehen kannst, ist das dein Problem. Sie hat es verdient, glücklich zu sein."

„Das war nicht alles, was sie getan hat", sagte Paul, der wieder mit dem Klatschmagazin wedelte. „Sie hat ihre Familie bloßgestellt und hasserfüllte Anmerkungen in dein Leben gebracht. Sie muss ..."

„Sie muss einzig und allein diesen Film fertig drehen. Alles andere, dazu gehört das Zusammensein mit Troy, liegt ganz bei ihr", schoss Kyle zurück. „Und was die hasserfüllten Kommentare in meinem Leben angeht, glaubst du wirklich, ich bin so naiv, dass mir nicht klar war, dass einige Leute was Beschissenes zu sagen haben, wenn sie herausfinden, dass ich mit einem Mann zusammen bin? Komm schon, Dad. Trau mir doch ein bisschen mehr zu."

Paul stand da, sein Mund klappte auf.

Joy schüttelte den Kopf vor ihm und ging dann, um ihren Sohn selbst zu umarmen. Sobald sie ihn fest in den Armen hielt, flüsterte sie: „Ich bin echt stolz auf dich."

„Ich auf dich auch, Mom. Lass dich von ihm nicht so herabsetzen. Ich habe den Artikel gesehen, und es ist kompletter Müll. Ignoriere ihn." Er küsste sie auf die Wange und schob sie dann sanft zurück. „Ich habe alles gesagt, was ich sagen muss. Ich werde jetzt mein Bein ausruhen. Versucht, euch nicht gegenseitig umzubringen, in Ordnung?"

Joy winkte Kyle zu, der ihr zunickte und dann mit den Krücken durch den Gang humpelte.

Paul wandte sich wieder zurück und starrte Joy an. „Wann ist er denn so erwachsen geworden?"

Sie ließ sich auf einem der Stühle nieder und seufzte. „Er ist erwachsen, Paul. Du hast einfach nicht aufgepasst."

Ihr Ex packte die Rückenlehne eines ihrer Stühle und starrte auf den Boden. Endlich, als er wieder aufschaute, sagte er: „Du hast recht. Können wir nach draußen? Ich glaube, es gibt Dinge, die gesagt werden müssen."

Joy wollte nichts mehr, als ihn rauswerfen, so, wie er sich benommen hatte, als er bei ihr Zuhause eingedrungen war, aber in seiner Miene stand ein Hauch Verzweiflung, und nach all den Jahren zusammen stellte sie fest, dass sie nicht einfach Nein sagen konnte. Sie stand auf, nahm sich ihren Kaffee und ihren nicht gegessenen Donut und sagte: „Folge mir."

KAPITEL SECHZEHN

*J*oy hatte es sich auf der Schaukel gemütlich gemacht und beobachtete, wie Paul im Garten herummarschierte, als würde er die Arbeit des Landschaftsgärtners inspizieren. Sie nippte an ihrem lauwarmen Kaffee und wartete einfach. Es gab nicht viel, was sie zu ihm sagen wollte, außer ihm entgegen zu schleudern, dass er gehen und niemals zurückkehren sollte. Aber sie wusste, dass hier nur ihr Temperament sprach. Sie hatte den Mann jahrelang geliebt. Wenn er eine Unterhaltung unter Erwachsenen führen wollte, konnte sie das … solange er sich benahm.

Paul stand an der Feuergrube, und ohne sie anzuschauen, sagte er: „Ich musste gehen."

„Das scheint ziemlich offensichtlich."

Er fuhr sich wieder mit der Hand durch die Haare, sodass die schwarzen Locken in wilden, ungezählten Strähnen abstanden. „Nein, Joy. Ich *musste* gehen." Er drehte sich um und schaute ihr direkt in die Augen. „Ich habe dir nicht gegeben, was du gebraucht hast, und es hat mich umgebracht. Ich habe die letzten fünf oder zehn Jahre damit verbracht, herauszufinden, weshalb ich nicht der Mensch sein konnte, der ich für dich hätte sein müssen."

Joy packte ihre Tasse fester und mahlte mit den Zähnen. „Falls das eine weitere Lektion ist, weshalb es meine Schuld ist, dass du gegangen bist, kannst du sie dir sparen, in Ordnung? Das muss ich mir nicht noch mal anhören. Ich kapiere es, okay? Ich war zu fordernd, und du konntest mit dem Druck nicht umgehen. Was auch immer. Du bist frei. Du bist gegangen, und ich habe dich nicht aufgehalten. Damit ist die Sache beendet. Ignoriere nur nicht weiterhin deine Kinder und dräng dich nicht wieder in mein Leben, und wir kommen klar. Verstanden?" Sie stand auf und wollte schon zurück ins Haus gehen.

„Joy! Warte." Er griff vor und schnappte sie am Handgelenk, hielt sie davon ab, aus ihrer Unterhaltung auszubrechen. „Das habe ich nicht gemeint. Kannst du bitte ..." Er seufzte. „Lass mich das nur einfach sagen, bevor du mir noch einen Tritt in den Arsch verpasst, okay?"

„Äh, na ja, wenn du es so formulierst, schätze ich schon." Sie nahm ihren Platz auf der Schaukel wieder ein, legte die Beine übereinander und wartete.

Paul ging wieder auf und ab, hielt inne, dann setzte er sich ihr gegenüber auf einen der Verandastühle. „Vor etwa zehn Jahren wurde mir klar, dass ich nicht sonderlich viel Verlangen nach Sex hatte."

Joy hob die Augenbrauen, überrascht, dass er darüber reden wollte. Obwohl sie das vielleicht nicht hätte sein sollen. Ihr Sexleben, oder vielmehr dessen Ausbleiben, war eines ihrer größten Probleme gewesen. Sie hatten niemals ein robustes Sexleben gehabt, aber als die Kinder klein gewesen waren, hatte Joy nicht viel Energie gehabt und nicht sonderlich viel darüber nachgedacht. Doch als sie älter wurden und Joy Ende dreißig war, hatte sie ihre Zeit im Schlafzimmer zurückgewollt und verzweifelt versucht, sie wieder in Gang zu bringen. Nichts hatte wirklich funktioniert. Aber sie hatte nie in Betracht gezogen, ihn zu verlassen. Obwohl sie immer wieder versucht hatte, neue Dinge auszuprobieren oder ihn dazu zu bringen, zur Beratung zu gehen. Paul hatte sich immer geweigert. „Okay. Ich habe mir immer gedacht, du würdest mit Pornos deine Bedürfnisse befriedigen. Warum hast du nichts gesagt?"

Er stieß ein Schnauben aus, in dem wenig Humor lag. „Wie sagt man der eigenen Frau, die man liebt, dass man sie sexuell nicht begehrt?"

Ein schmerzender Stich schoss ihr direkt ins Herz, und sie wusste, dass das wohl auf ihrem Gesicht zu sehen gewesen war, denn er verzog die Miene und stieß ein Stöhnen aus.

„Tut mir leid, Joy. Es hatte wirklich nichts mit dir zu tun, und alles mit mir."

Sie zuckte mit den Schultern. „In Ordnung. Weshalb sagst du es mir jetzt?"

„Weil du es verdient hast, die Wahrheit zu erfahren."

Joy schaute weg, versuchte, ihre Gedanken zu sammeln. Dann, ohne ihn anzusehen, stellte sie die Frage, die sie gestellt hatte, als er gesagt hatte, dass er ging. „Gab es jemand anderen?"

„Ich habe dir bereits gesagt, so war es nicht", erwiderte er.

Es stimmte. Er hatte geleugnet, dass er eine Affäre hatte, aber sie hatte ihm nicht wirklich geglaubt. Jetzt aber, als sie zu ihm spähte, konnte sie erkennen, dass er völlig ehrlich war. „Okay. Und deshalb bist du gegangen? Weil du keinen Sex wolltest?"

„Ja. Nein. Vielleicht beides?" Er lehnte sich im Stuhl zurück und starrte hinauf in den blauen Himmel. „Ich bin zu einem Therapeuten gegangen."

„Was?" Sie beugte sich vor, schockiert durch seine Beichte. „Du hast gesagt, das willst du nicht machen."

„Ich habe gesagt, dass ich keine Paarberatung möchte. Ich hatte furchtbare Angst, dir zu sagen, was ich empfand. Joy, stell dir vor, dich hinsetzen zu müssen und deiner Partnerin zu sagen, dass du sie nicht attraktiv findest, wenn du das unbedingt möchtest. Ich habe alles versucht. Ich habe alle möglichen Pornos gesehen, um zu versuchen, in Stimmung zu kommen. Weißt du noch, wie du den Link zu den Analplugs gefunden hast?"

Joys Wangen wurden heiß, als sie sich erinnerte, dass sie welche bestellt hatte, die sie ausprobieren konnten, und als sie angekommen waren, hatte seine Mutter sie abgefangen. Die einzige Gnade war gewesen, dass sie nicht gewusst hatte, was das war. Trotzdem war es äußerst peinlich gewesen. „Ja. Das ist etwas, das ich sehr wahrscheinlich nie vergessen werde."

„Ich habe mir das angesehen, weil ich herausfinden wollte, ob das vielleicht mit allem helfen würde. Oder um zu sehen, ob ich eigentlich auf Männer stehe. Oder … ich weiß nicht. In Wahrheit bin ich einfach nichts davon. Und schlimmer noch, ich will auch gar nicht sein."

„Also sagst du, du hast diese Familie verlassen, weil du was bist … asexuell?", fragte sie.

Er kam und setzte sich neben sie auf die Schaukel und nahm ihre Hand in seine. „Ja, das ist in meiner Therapie klar geworden. Endlich. Ich musste eine Menge für mich durcharbeiten, und was meine Vorstellung davon angeht, was ein Mann sein sollte. Und da bist du, eine umwerfende Frau, die es verdient hat, angebetet zu werden. Ich konnte nur … einfach nicht mehr so tun. Ich musste meine Wahrheit leben."

Joy konnte nicht verhindern, dass sie sich verletzt fühlte. Sie fühlte sich einfach nur ausgehöhlt durch seine Beichte. Es war nicht, dass er sich nicht zu ihr hingezogen fühlte. Sie wusste genug, um zu verstehen, dass die Sexualität ein Spektrum war und sich mit der Zeit ändern konnte. Nein, sie war aufgebracht, weil er das Gefühl gehabt hatte, er könne nicht mit ihr reden. Dass er sie und ihr gemeinsames Leben aufgegeben hatte, um sich vollständig zu fühlen. „Äh, ich weiß nicht, was ich sagen soll."

„Du musst gar nichts sagen. Ich dachte nur, es wäre an der Zeit, dass du die Wahrheit erfährst. Nichts davon ging um dich. Es war alles meinetwegen. Und letztlich wurde mir klar, dass ich bei uns beide Elend verursachte."

„Und um das hinzubiegen, hattest du das Gefühl, du müsstest gehen." Sie wusste, dass sie inzwischen im Kreis redeten, aber sie verarbeitete es immer noch. Es war nicht leicht, zu hören, dass der Mann, den sie geliebt hatte, mit dem sie vorgehabt hatte, den Rest ihres Lebens zu verbringen, sie einfach nicht wollte, obwohl sie logisch verstand, dass es nicht ihre Schuld war.

„So ist es." Er ließ ihre Hand los und rückte ab, brachte mehr Raum zwischen sie.

„Tut mir leid", sagte sie mechanisch. „Es ist nur ... das ist für mich sehr schwer zu hören. Ich verstehe es aber, und ich weiß zu schätzen, dass du es mir erzählst."

Er nickte.

Schweigend saßen sie eine Weile da, beide in Gedanken versunken, bis Joy hervorstieß: „Diese Unterhaltung ist nicht der Grund, weshalb du heute vorbeigekommen bist."

„Nein. Nicht mal annähernd." Paul rieb sich die Augen und stieß einen langen Atemzug aus. „Ich hatte Unrecht, als ich hier so reingebrettert bin."

„Weshalb hast du es dann eigentlich getan?", fragte sie neugierig. „Sonst bist du gar nicht so."

Er ließ den Kopf hängen. „Ich habe den ganzen Mist in der Zeitung gesehen und einfach den Verstand verloren. Der Gedanke, dass unsere Familienangelegenheiten da draußen sind, sodass jeder sie sehen und Bemerkungen dazu machen kann, hat mich verschreckt, und das habe ich an dir ausgelassen."

„Dir ist schon klar, dass nichts davon stimmt, oder?", erwiderte sie zornig. „Es ist erfundener Müll, um mehr Klatschzeitungen zu verkaufen."

„Ja. Jetzt sehe ich das." Er wandte sich ihr zu. „Es tut mir leid. Ich bin tatsächlich echt stolz auf dich, dass du deinen Traum verfolgst. Wenn es darum geht, ist das ein Teil des Grundes, weshalb ich beschlossen habe, dass es Zeit war, dass wir uns trennen. Ich wollte, dass du die Freiheit hast, dein Leben zu leben, zu der Person aufzublühen, von der ich immer wusste, dass du sie hättest sein sollen."

Was für ein Haufen Müll, dachte Joy nur für sich. Sie kaufte ihm nichts von seinen Begründungen ab, weshalb er gegangen war. Ihr war klar, dass er um seinetwillen hatte gehen müssen. Was immer seine Probleme waren, seine Sexualität oder die Erkenntnis, dass er ein anderes Leben führen musste, er hatte es für sich getan. Vielleicht hatte er gedacht, er wäre edel und gäbe ihr den Raum, den sie für ein neues Leben brauchte, aber er hatte sie tief verletzt, indem er sie so völlig aus den letzten Jahren ihres gemeinsamen Lebens ausgeschlossen hatte. Wäre er wirklich um ihretwillen gegangen, hätte sie auf jeden Fall verdient gehabt, dabei ein dabei ein Wort mitreden zu dürfen. Aber diese Option hatte er ihr nicht gelassen. Und jetzt war es vorbei.

Die Sache war die, sie wollte einfach nicht mehr darüber

reden. Falls er es für sich so darstellen wollte, als hätte er etwas Gutes für sie getan, damit er sich besser fühlte, wollte sie ihm das gerne gewähren. Sie hatte sich mit einem Leben ohne ihn arrangiert. Es war Zeit, dass sie beide einfach weiterzogen.

„Also, was machst du so mit deinem Leben?"

Ein träges Lächeln trat auf seine Lippen, und ein winziges Funkeln leuchtete in seinem Blick. „Viel Golf, ein Pokerspiel in der Woche, und ich habe das Fliegenfischen im Fluss angefangen. Wie es sich erweist, verbringe ich dort gern stundenweise Zeit."

„Das klingt naheliegend." Er war immer jemand gewesen, der die Einsamkeit genossen hatte. Sie tätschelte ihm das Knie und erhob sich von der Schaukel. „Das freut mich. Du wirkst, als hättest du deinen Frieden gefunden."

„So ist es." Er stand auf und folgte ihr zurück ins Haus.

Joy führte ihn zur Eingangstür und klopfte ihm auf die Brust. „Danke, dass du ehrlich warst. Das erklärt eine Menge."

„Ich schätze schon."

Sie lächelte ihn schwach an. „Bei dir und mir ist alles gut, Paul. Denk nur daran, dass unsere Kinder ihre eigenen Probleme haben, die sie bewältigen müssen, und wenn du sie wegen ihrer Lebensentscheidungen anbrüllst, wird es ihnen nicht helfen, darüber wegzukommen. Versuch, verständnisvoll und geduldig zu sein, okay?"

Er schürzte die Lippen und sah sie aus zusammengekniffenen Augen an. „Es würde helfen, wenn du mich unterstützt."

Diesmal machte sie sich nicht die Mühe, ihr Augenrollen zu verbergen. „Paul, wenn du irgendeine Vorstellung hättest, wie oft ich mich für dich eingesetzt habe, würdest du mir die Füße küssen. Ich habe ihnen wiederholt gesagt, was immer zwischen uns vorgefallen ist, hätte nichts mit ihnen zu tun, und dass du sie noch liebst. Jetzt ist es an dir, von hier an zu übernehmen. Verstanden?“

„Äh, ja. Verstanden.“ Er gab ihr eine seiner großen Umarmungen, entschuldigte sich und ging dann.

Joy sah ihm nach, bis er abfuhr, und schloss leise die Tür zu ihrer Vergangenheit.

KAPITEL SIEBZEHN

*M*anchmal war das Leben witzig. Joy hatte den Vormittag damit verbracht, ihrem Ex zuzuhören, wie er einen Tobsuchtsanfall wegen etwas völlig Irrelevantem bekam, was er sofort hätte durchschauen sollen. Und dann fand sie sich am selben Abend in einem umwerfenden Strandhaus wieder, geschmiegt in einer Ecke einer unfassbar gemütlichen Ledercouch, mit einem sexy Mann, der ihr einen Dirty Martini reichte. Ein Feuer knisterte im Kamin, lud die Stimmung für eine epische Romanze auf.

„Vielen Dank." Joy lächelte Troy an, dankbar, dass ihre Stimme wieder da war. Sie war den Großteil des Tages über heiser gewesen, aber nachdem Gigi angerufen hatte, um sich nach ihr zu erkundigen, hatte sie das Problem gehört und ein Tonikum vorbeigebracht, das alles wieder bestens hergestellt hatte. Sie nahm einen Schluck vom Martini und sagte: „Der ist perfekt. Warst du am College mal Barkeeper oder so was?"

„Tatsächlich war das nach dem College." Bei der Erinnerung strahlte sein Gesicht. „Es war eine Kleinstadt drüben im Osten, und so habe ich meine Miete bezahlt, während ich meine Ausbildung bei einem weltbekannten Fotografen gemacht hatte. Er war ein komplettes Arschloch, also war es schön, einen Ort zu haben, an dem ich mal etwas Dampf ablassen konnte, selbst wenn ich derjenige war, der hinter der Bar stand."

„Und du hast gesagt, deine Mutter hätte dir beigebracht, wie man kocht, oder?" Troy hatte seine Ansage wahr gemacht. Er war ein extrem guter Koch und hatte ihnen Lachsrisotto gemacht. Es war das mit Abstand beste Risotto gewesen, das sie je gegessen hatte, und sie hatte vielleicht das ganze Mahl hindurch gestöhnt.

Troy nickte und nahm einen Schluck von seinem Bier. „Meine Mom war Köchin. Sie hatte ihr eigenes Restaurant, und ich habe an den Wochenenden geholfen."

„Du bist ein Mann mit vielen Talenten." Joy ließ ihren Blick über ihn schweifen, und ihr entging nicht der Funkenflug der Hitze, der in seinen Augen aufflackerte.

„Das gebe ich gern zurück, Joy Lansing. Model, Schauspielerin, Medium und fantastische Mutter. Sag mir, gibt es irgendwas, was du nicht kannst?"

„Na ja, wie es sich erweist, bin ich nicht so toll darin, den Paparazzi zu entkommen. Diese Bastarde haben es geschafft, das am wenigsten schmeichelhafte Bild von mir auf dem ganzen Planeten zu schießen. Ich habe auch der ganzen Welt meine Unterwäsche gezeigt, also gibt's das." Sie hob das Glas vor ihm, um gespielt anzustoßen. Aber als er mit seinem Glas nicht näherkam, runzelte sie die Stirn. „Stimmt irgendwas nicht?"

„Was? Nein." Er schüttelte den Kopf. „Natürlich nicht." Er beäugte sie und fügte an: „Dieses Bild war nicht so schlimm. Zumindest haben deine Beine gut ausgesehen."

Sie verdrehte die Augen und warf ein Kissen auf ihn. „Also hast du den Artikel gesehen?"

Seine gute Laune verschwand, in seinen Augen blitzte ein Hauch Düsternis. „Ich habe ihn gesehen. Da war alles drin, was mit der Unterhaltungsindustrie nicht stimmt. Tut mir leid, Joy. Du und dein Sohn haben das nicht verdient."

„Nein, haben wir nicht", stimmte sie zu. „Aber Kyle geht es gut. Ich schätze, es gibt Vorteile daran, im Zeitalter der sozialen Medien aufzuwachsen. Er ist echt gut darin, Zeug zu blockieren und einfach mit seinem Leben weiterzumachen. Ich andererseits ... ich war bereit, in das Büro zu laufen und ein paar Köpfe abzureißen."

„Verstehe ich." Er griff vor und ließ seine Finger durch ihre gleiten. „Du hast es aber nicht getan, oder?"

„Natürlich nicht. Das würde ihnen ja nur mehr zum Schreiben geben." Sie zuckte mit einer Schulter. „Ist ja nicht so, als wäre die *Premonition Perspective* ein landesweites Klatschmagazin. Ich hoffe nur, wenn wir sie alle weiterhin einfach ignorieren, werden ihre Lügen sich nicht verbreiten, wenn der Film herauskommt."

Er verzog das Gesicht.

„Ich sehe, du hältst mich für naiv", sagte sie.

Troy tippte sich mit dem Bier an die Lippen und trank den halben Inhalt aus, bevor er antwortete. „Vielleicht. Aber das ist nur, weil ich schon mal derjenige war, der sich mit einigen echt hässlichen Geschichten rumschlagen musste. Ich habe das getan, was du jetzt machst. Ich habe sie ignoriert und gehofft, sie würden weggehen. Aber das taten sie nie. Oder zumindest nicht, bis ich für eine Weile verschwunden bin."

„Ich habe gehört, du wärst allergisch auf Partys der Unterhaltungsindustrie und Fotografen."

Er stieß ein Lachen aus. „Ja. Das kannst du laut sagen."

Joy neigte den Kopf, um ihn zu mustern. „Wenn das stimmt, weshalb hast du dann zugestimmt, mit mir auf Prissys Party zu gehen?"

Seine Miene wurde weicher, und er drückte ihre Finger. „Weil du meine Hilfe gebraucht hast. Und ich dachte, so schlimm könnte es nicht sein, wenn man bedenkt, dass wir in Premonition Pointe sind, und nicht in Hollywood." Er lachte leise. „Ich schätze, da habe ich falsch gedacht."

„Das tut mir leid." Sie stürzte den Rest des Martinis hinunter und stellte das Glas auf den Beistelltisch. „Ich weiß es echt zu schätzen, auch wenn ich anfange zu akzeptieren, dass Prissy, ganz gleich, was ich tun werde, niemals aufhören wird, ihre Spielchen zu spielen."

„Sie scheint mir zu teuflisch zu sein, als dass sie sich bessern könnte." Troy zwinkerte ihr zu. „Heißt das, es hat dir nicht gefallen? Nicht mal, als du Zack Hayes getroffen hast?"

„Bei der Göttin, nein! Ich hasse Cocktailpartys. Besonders, wenn ich von einer Reihe Wichtigtuer umgeben bin. Während sich Prissy an dich rangeschmissen hat, habe ich den Großteil der Zeit draußen auf einem Balkon verbracht und mich versteckt."

„Echt?" Er lachte wieder. „Das klingt genau nach dem Ort, an dem ich auch gern gewesen wäre. Stattdessen musste ich Prissy zuhören, wie sie über ihre Zeit in der Karibik gesprochen hat, und dass sie es gar nicht erwarten könne, mir ihre ganzen Lieblingsorte zu zeigen. Ich hatte allmählich schon das Gefühl, sie hätte vielleicht vor, mich am Ende des Abends zu entführen, um mich irgendwo auf der Privatjacht von jemandem zu verstecken."

„Von jemandem?"

„Ja." Troy strich sich dunkle Haare aus den Augen. „Prissy

bringt ihr ganzes Geld mit schicken Standhäusern und Partys mit Presse durch. Reisen und so was wie Jachten muss immer jemand anders bezahlen. In dieser Welt geht es nur um die Wahrnehmung. Solange man reich aussieht, ist man im Club. In dem Augenblick, in dem man sagt, dass man sich was nicht leisten kann, wird man mit dem Müll rausgebracht."

Die plötzliche Bitterkeit in seinem Tonfall überraschte sie, und sie konnte nicht anders, als nachzufragen: „Das klingt, als würdest du aus Erfahrung sprechen."

Er stellte sein Bier ab und lehnte sich dichter an sie, hob eine Hand, um sie an ihre Wange zu legen. „Ich hatte ein Leben in L.A., bevor ich hergezogen bin. Ich bin sicher, das weißt du."

„Ich habe es angenommen", sagte sie und erduldete seinen bohrenden Blick. „Aber ich weiß nichts darüber."

Er blinzelte, und dann trat ein breites Grinsen auf sein Gesicht. „Du hast mich nicht gegoogelt?"

Sie lachte leise. „Vielleicht habe ich ein bisschen gegoogelt. Aber das war, um dich zu verfolgen, als du drüben in Europa warst. Du weißt schon, damit ich mir vorstellen konnte, in welcher Stadt du warst, und irgendeine Ahnung davon bekam, wann du vielleicht wieder hierher zurückkommst."

Verwunderung trat in seine blauen Augen, und Joy wollte ihn unbedingt küssen, aber sie wollte ihre Unterhaltung nicht entgleisen lassen. Jetzt, da er seine Vergangenheit erwähnt hatte, wollte sie unbedingt die Einzelheiten erfahren.

„Du hättest mich einfach anrufen können", sagte er, strich mit dem Daumen über ihre Unterlippe.

Einen Augenblick lang schloss Joy die Augen, saugte seine zarte Berührung auf. Als sie sie öffnete, sagte sie: „Ja, aber dann hätte ich meine Gelegenheit verspielt, mich rar zu machen."

„Ich habe Neuigkeiten für dich, Joy Lansing. Es gab keinen

Augenblick, seit wir uns begegnet sind, in dem ich dir abgekauft hätte, du würdest dich rarmachen."

„Ach, wirklich?" Sie schüttelte erheitert den Kopf. „Sagst du, ich wäre leicht rumzukriegen?"

„Nein. Ich sage, die Chemie zwischen uns war einfach jenseits von Gut und Böse, und keiner von uns hat dem anderen widerstehen können."

„Verdammt, das hast du aber gut gerettet", erwiderte sie, dann küsste sie sanft den Daumen, der immer noch ihre Lippen liebkoste.

„Dachte ich doch." Er zog sich zurück und ließ zu ihrer großen Enttäuschung die Hand sinken. Aber als er zu sprechen anfing, lohnte es sich doch. „Damals, als ich mir in L.A. einen Namen gemacht habe, war ich mit einem Model zusammen. Ihr war es wichtig, überall gesehen zu werden, am Arm eines der begehrtesten Junggesellen in der Stadt. Sie sagte, das würde ihr helfen, Aufträge zu bekommen."

„Wirklich?", fragte Joy. Sie war so neu in der Unterhaltungsbranche, dass sie nicht wusste, ob eine solche Zurschaustellung wirklich half, oder ob es einfach nur ein riesiges Schmeicheln fürs Ego war.

„Vielleicht? Wer weiß das schon wirklich? Sie war auf einigen Covern und wurde gefragt, ob sie bei Modeschauen auftritt. Ihre Karriere lief ganz gut. Aber weil sie ‚zusammen' mit jedem Schauspieler in Sicht war, kamen einfach immer mehr Geschichten über unsere Beziehung. Sie haben sich alles Mögliche ausgedacht, von flotten Dreiern bis hin zu häuslicher Gewalt."

„Himmel, Troy. Das ist furchtbar", sagte Joy, die für ihn entsetzt war.

Er nickte. „Die Galerien standen Schlange im ganzen Land. Alles lief echt gut, und wenn man die Lawine der Geschichten, die über uns rauskam, nicht zählt, war sogar unsere Beziehung ziemlich gut. Zumindest dachte ich das."

„War sie aber nicht?", riet sie.

„Nein. Nicht mal annähernd. Sie hat mich tatsächlich betrogen, und als das rauskam, war in den ganzen Geschichten ein Hauch Wahrheit, und die Reporter rochen das Blut im Wasser. Es wurde zu viel. Ich habe ein paar Auftritte abgesagt und bin hergezogen, um von allem wegzukommen."

Joy wollte dem Model eine Ohrfeige geben, das ihn betrogen und seinen gutmütigen Charakter ausgenutzt hatte. Wie konnte ihm das jemand antun? Diesmal lehnte sich Joy zu ihm und drückte ihm eine Hand an die Wange, genoss die Rauheit des Dreitagebarts an ihrer Hand. „Sie hat dich nicht verdient."

„Zu diesem Schluss bin ich auch gekommen ... früher oder später." Er lehnte sich in ihre Berührung, sein Blick bohrte sich immer noch in ihren.

„Und nach all dem bist du trotzdem noch auf Prissys Party gegangen und hast den ganzen Schwachsinn mitgemacht, den du hinter dir gelassen hast", sagte sie und fragte sich, was für ein Glück sie gehabt hatte, ihn damals auf Gigis Party getroffen zu haben.

„Das lag an dir", sagte er einfach. „Und ich kann ohne Zweifel sagen, dass du es wert bist."

„Verdammt, Troy Bixby. Das war genau das Richtige, was du sagen konntest."

Er hielt ihren Blick fest, leuchtend vor Hitze, und noch nie hatte sich Joy so zu einem Mann hingezogen gefühlt. Ihre Lippen öffneten sich, und bevor ihr auch noch klar wurde, was sie tat, nahm sie seine beiden Wangen und küsste ihn mit allem, was sie hatte.

Von seinen Lippen kam ein Stöhnen, während er den Kuss

erwiderte, ihre Zungen schmeckten, erkundeten, und verschlangen einander schließlich, bis Troy aufstand, sie hochhob und in sein Schlafzimmer trug.

KAPITEL ACHTZEHN

*D*er Montagmorgen war brutal. Nach etlichen emotionsgeladenen Tagen, langen Nächten und der zusätzlichen Aufregung durch die Visionen von Harlow, die sie erlebte, wollte Joy, als sie in Troys Bett aufwachte, sich nur herumrollen und wieder einschlafen.

Oder zumindest, bis Troy sie in die Arme nahm und sie noch einmal liebte.

Joy grinste vor sich hin, während sie an die süße Art dachte, wie Troy ihr Frühstück gemacht und sie mit einer Thermoskanne Kaffee losgeschickt hatte. Sie konnte sich in ihren ganzen achtundvierzig Jahren an keinen besseren Morgen erinnern.

Leider, sobald sie aufs Set gekommen war, war ihr Tag ziemlich schnell entgleist. Sie war in ihren Trailer gestiegen, um festzustellen, dass es dort aussah, als wäre ein Rudel Waschbären eingefallen und hätte ihr einen Haufen Müll hinterlassen, der so schlimm roch, dass sie würgend wieder rausgelaufen war. Es war ein Wunder, dass sie sich nicht gleich an Ort und Stelle übergeben hatte.

Jetzt war sie gezwungen, sich einen Trailer mit Prissy zu teilen, die einen Anfall bekam, weil sie ihr Heiligtum öffnen musste.

„Es ist doch nur, bis die Mannschaft dort sauber machen kann, lüften und herausfinden, wie die Viecher reingekommen sind", sagte die Produktionsassistentin, die versuchte, sie zu beruhigen.

„Ich verstehe nicht, wie dieser Müll da rein geraten ist", sagte Joy zum fünften Mal. „Ich esse da drin fast nie, und wenn doch, ist es bestimmt kein Fast Food oder Tiefkühlpizza." Der Müll sah aus, als würde er einem Studenten gehören, der zum Spaß Kalorien inhalierte.

„Dir müssen deine Essgewohnheiten nicht peinlich sein, Joy", sagte Prissy mit einem Schniefen. Um ihre nassen Haare war ein Handtuch gewickelt, und sie trug eine Seidenrobe, die ihre Kurven kaum verhüllte. Wenn sie sich genau richtig bewegte, würde Joy gleich wissen, ob sie bei der Haarentfernung Brazilian oder Bikini bevorzugte. „Ehrlich, das erklärt eine Menge über deine Haut. Aber es ist ein Wunder, dass du nicht mehr wiegst. Sag mal, hast du ein Problem damit, dich zu übergeben? Denn falls ja, weiß ich jemanden, mit dem du reden kannst."

„Ich übergebe mich nicht", sagte Joy durch zusammengebissene Zähne. „Das war nicht mein Müll."

„Ach, Süße", sagte Prissy, die ihr den Arm tätschelte. „Jetzt bist du doch einfach nur noch peinlich."

Joy wandte sich an die Assistentin. „Ich bin mal im Make-up-Zelt, falls ich für irgendwas gebraucht werde."

„In Ordnung. Schau auch mal bei der Garderobe vorbei. Es gab eine Planänderung für die Szene, die du heute Vormittag drehst."

Joy hatte es zu eilig, um sich Sorgen um das zu machen,

was sich geändert hatte. Sie musste einfach nur weg von Prissy, der herablassendsten, unreifsten Person, der Joy je begegnet war. Nachdem sie bei Sam im Make-up-Zelt vorbeigeschaut hatte, die sich freute, zu sehen, dass ihre Haut sich geklärt hatte, ging sie nach nebenan zum Zelt mit den Kostümen.

„Hey", sagte sie zu Vince, dem Designer des Films. Der kleine Braunhaarige trug eine Skinny Jeans und eine Weste mit Fliege und wirkte so süß wie immer. „Ich habe gehört, ich werde hier gebraucht."

„Oh, der Göttin sei gedankt." Vince eilte hinüber zu einem Regal und zog einen Bügel heraus, an dem zwei Lederstreifen an einem Haken hingen. „Du musst für mich das anprobieren."

Joy starrte auf dem Kleiderbügel mit offenem Mund etwas an, was wohl einen Leder-BH und einen Tanga darstellen sollte. Nur dass es schwer zu sehen war, denn sie bestanden zum Großteil aus Lederstreifen. „Das meinst du doch nicht ernst."

„Doch, schon", sagte er mit einem Nicken. „Es gab eine Änderung bei der Sexszene. Finn will, dass dein Charakter zum ersten Mal einen Fetisch mit ihrem Verehrer ausprobiert. Das neue Drehbuch ist drüben auf dem Tisch." Er nahm ihr den Kleiderbügel ab und setzte dazu an, ihr die Lederdreiecke vor die Brust zu halten.

„Damit sind doch kaum meine Nippel bedeckt", rief Joy, die das Gesicht verzog. „Hast du nicht ein sexy Korsett und irgendwelche oberschenkelhohen Stiefel hier rumliegen oder so was?" In ihrer Stimme lag ein Hauch Panik, der sogar ihr auffiel.

„Nichts für eine Domina. Es gibt was aus weißer Spitze und ein sexy rotes Teil, aber die hat Prissy bereits getragen. Es kann doch nicht aussehen, als hättest du dir die Kleider deiner

Tochter geborgt, um einen jüngeren Mann zu verführen. Das geht einen Schritt zu weit."

„Verführen?", quietschte Joy. „Ich dachte, er wäre derjenige, der mich verführt?" Joys Figur war stark und selbstbewusst, aber wenn es darum ging, sich vor einem Liebhaber nackt zu machen, hätte ihr Charakter wegen vergangener Erfahrungen zögerlich sein sollen. Joy konnte sich nicht ein Szenario vorstellen, in dem ihre Figur Leder trug und sich wie eine Domina benahm. Sie eilte hinüber zum Tisch und schnappte sich das Drehbuch. Nachdem sie die Szene gemustert hatte, stieß sie ein Stöhnen aus. „Das wird ein Desaster."

„Es wird ein Spaß, Joy. Komm schon. Das ist keine große Sache", sagte Vince, der ein paar Spitzenstrümpfe herauszog, die bis zum Oberschenkel reichten. Er lächelte sie freundlich an. „Du stopfst dich in dieses Outfit und stolperst ein bisschen auf der Bühne herum, und schon ist es vorbei. Da muss man gar nicht Schauspielern."

„Da ist was Wahres dran." Joy war in den letzten paar Jahren bereit gewesen, vieles auszuprobieren, um das Interesse ihres Mannes an ihr zu wecken, aber Leder und Peitschen hatten nicht dazugehört. Zum Großteil, weil Paul sich darauf niemals eingelassen hätte. Sie schaute wieder auf die Blätter hinab. „Hier steht, dass ich ihn an einen Bock binden soll. Was zum Teufel? Warum ist plötzlich ein Ziegenbock in diesem Film, und weshalb sollte ich das tun?"

Vince kicherte. „Ich bin sicher, damit ist ein Bock für Bondage gemeint, Joy. Wie ein Sägebock, nur gepolstert und hoch genug, dass sich da ein Mensch drüber werfen kann."

„Oh. Oh! Das … ist keine Richtung, die ich diesen Film habe einschlagen sehen", sagte sie, ihre Stimme verklang, während sie versuchte, zu verstehen, weshalb Finn diesen Weg gewählt hatte. „Ich dachte, das sollte ein emotionaler Film sein, kein Slapstick. Denn so wird diese Szene rüberkommen, wenn ihr mich das anziehen lasst." Sie deutete auf das dürftige Outfit in seinen Händen.

„Das ist doch nur ein bisschen Spaß. Wenn es nicht funktioniert, bin ich sicher, es wird neu gedreht."

„Perfekt. Genau das wollte ich hören. Ich werde mich zweimal zum Narren machen können", grollte sie, während er sie zu einem der Ankleideräume lotste.

„Entspann dich, Joy. Die Sexszenen werden normalerweise nur mit minimalster Belegschaft gedreht, damit die Privatsphäre der Schauspieler nicht verletzt wird. Das wird keine so große Sache, wie du glaubst."

Wenn er da mal nicht daneben lag.

Eine Stunde später stand Joy auf dem Set, hielt eine Peitsche und zitterte, während ihre Brüste aus dem Leder-BH quollen. Vince hatte Mitleid mit ihr gehabt und sie lederne Hotpants tragen lassen, anstatt des Tangas, aber sie schätzte, das hatte mehr mit ihrer Cellulite zu tun als mit Sorge um ihre Sittsamkeit. Trotzdem, bei dem Outfit blieb nicht viel der Vorstellungskraft überlassen, und sie kam sich vor wie eine Närrin. Quinn andererseits, der ihren Liebhaber spielte, trug hautfarbene Boxershorts und sonst nichts. Er war hundert Kilo gebräunte Muskeln und dunkle Haare.

Die meisten Frauen würden den Film nur wegen dieser Szene ansehen, dachte sie. Aber sie gehörte nicht dazu. Der Mann war zwanzig Jahre jünger als sie, und sie kam sich vor wie eine Perverse, wenn sie einem Mann nachstellen sollte, der so alt war wie ihr jüngster Sohn.

„Quinn, mach mal und leg dich auf den Bock, sodass du nach oben schaust", sagte Finn. „Perfekt. Ja, rutsch ein wenig runter, sodass du mitten im Bild bist. Genauso." Finn wandte sich an Joy. „Bist du bereit?"

Joy schluckte schwer und nickte.

„Wenn ich Action sage, kniest du dich vor ihn und fesselst ganz betont seine Handgelenke an die Metallringe des Bocks."

„Okay." Joy nahm das rote Seidenband, das Vince ihr gegeben hatte, und wartete auf das Signal.

„Und Action!", rief Finn.

Joy nahm sich Zeit, um zu Quinn zu gehen, ließ die Hüften schwingen und leckte sich die Lippen, als wäre sie eine Art Raubtier. Als sie dann bei ihm ankam, sagte sie: „Sag mir, was dich in den Wahnsinn treibt."

Quinn schaute sie mit glühender Hitze im Blick an und sagte: „Binde mich an den Bock und reite mich wie ein Pony."

Ihr blieb ein Schwall aus albernem Gelächter in der Kehle stecken, und sie tat ihr Bestes, es runterzuschlucken.

Aber als er anfügte: „Vergiss nicht, mich hart auszupeitschen, wenn ich ein schlimmer Junge bin", entschlüpft ihr das Lachen. Sie hustete, versuchte, es zu überdecken, aber es hatte keinen Sinn.

Finn seufzte und sagte: „Versuch, professionell zu sein, Joy. Wir haben nicht den ganzen Tag."

„Tut mir leid. Jetzt kriege ich es hin", sagte sie, verlegen, weil sie sich nicht zusammenreißen hatte können. Aber ernsthaft, wie sollte sie denn gefasst bleiben, wenn sie sie in eine Softpornoszene warfen?

„Wieder ganz von Anfang", befahl Finn.

Joy stand auf und ging zu ihrer Markierung. Als er „Action" rief, wiederholten sie die Szene. Joy holte sich weiterhin Anweisungen von Quinn, während sie eine verlegene Domina darstellte. Schließlich wurde die Szene beendet, als sie über ihn fiel, und sie mit den Köpfen aneinanderstießen, sodass sie beide an den Sägebock gelehnt da saßen und vor Schmerzen stöhnten.

„Schnitt!", rief Finn und schaute sie beide finster an, die Hände auf den Hüften. „Ich glaube nicht, dass diese Szene funktioniert."

„Tut mir leid", sagte Joy. „Ich kann versuchen, den Sexappeal noch hochzutreiben, wenn du willst."

Er fuhr zurück, als hätte man ihm eine Ohrfeige geben. „Gott, nein. Das müssen wir nicht noch mal sehen."

„Es war echt schrecklich, oder?", sagte Prissy, die hinter den Kameras erschien. „Quinn kann man das aber wirklich nicht vorwerfen. Ich bin sicher, es ist schwer, in der Figur zu bleiben, wenn man so ein Muttertier anschmachten soll." Sie schenkte Joy ein widerlich süßes Lächeln und reichte ihr einen Muffin vom Klapptisch in der Nähe. „Ich glaube, du könntest was Süßes brauchen, nachdem du dich so zum Affen gemacht hast."

Joy schaute sie finster an, sagte aber nichts, während sie den Muffin auf dem Sägebock abstellte und sich in ihren Bademantel wickelte. Sie wandte sich an den Regisseur. „Sind wir heute fertig?"

„Quinn schon. Wir werden die Verführungsszene zu etwas umarbeiten, das weniger … peinlich ist." Er nickte Prissy zu. „Sind du und Carly bereit für die Strandszene?"

„Ich schon. Carly ist wohl noch im Make-up-Zelt. Du weißt ja, dass sie immer ein bisschen länger brauchen, um fertig zu werden. Das passiert eben, wenn Schauspielerinnen altern."

Joy wollte sie auf den Kopf schlagen. Die Frau war einfach völlig grundlos zickig, und es ging nur um ihre Unsicherheit.

„Ach, Joy", rief Prissy über die Schulter, während sie mit dem Regisseur weglief.

Joy hob fragend eine Augenbraue.

„Sag Troy, dass ich es echt genossen habe, ihn bei meiner Party zu sehen, und dass ich es nicht erwarten kann, sein

Angebot anzunehmen, ein privates Shooting zu machen." Sie wackelte mit den Fingern und hüpfte mit Finn weg.

Von tief in Joys Kehle kam ein Knurren, sodass Quinn ein Kichern ausstieß. Sie funkelte ihn an. „Hast du was zu sagen?" Er hob die Hände, als wolle er sie aufhalten. „Nö. Nichts als wow, Prissy hat Eier. Ich würde es mir zweimal überlegen, mich mit dir anzulegen, wenn ich sie wäre."

„Würdest du das?", fragte sie verwirrt. Joy war unnachgiebig in ihren Überzeugungen, aber es war ja nicht, als würde sie mit ihrer Filmkollegin raufen.

„Ja, denn wenn sie dich zu weit treibt, wette ich, du findest eine Möglichkeit, sie in den Abgrund zu reißen, und das wird nicht mit kleinlichen Anmerkungen geschehen."

Joy schüttelte den Kopf. „Ich habe kein Interesse an einer Fehde mit ihr. Ich will einfach nur diesen Film machen und weiterziehen."

Er zog einen Bademantel an und nahm dann den Muffin, den sie auf dem Sägebock stehen gelassen hatte. „Das ist ja großherzig von dir." Er hob den Muffin und fragte: „Wolltest du den essen?"

Sie schüttelte den Kopf. „Der gehört ganz dir."

„Danke. Und übrigens, du warst toll in dieser Szene."

Joy stöhnte. „Du machst uns doch was vor. Ich war peinlich und völlig jenseits meiner Komfortzone", sagte sie.

„Das solltest du ja auch sein. Das war die Szene, und die hast du brillant gespielt." Er nahm einen Bissen vom Muffin und fuhr dann fort. „Die Szene hat nicht funktioniert, weil das nicht deine Figur ist. Das war schlecht umgeschrieben. Mach dir keine Sorgen deswegen. Die nächste wird besser laufen."

„Das war ... Danke dir, Quinn. Damit fühle ich mich besser." Sie drehte sich um, um zu gehen, bereit, irgendwo anders zu sein, nur nicht am Set. Aber sie blieb stehen und wandte sich noch mal um, als sie etwas hörte, das sie für ein Würgen hielt.

Quinn war über den Mülleimer gebeugt und übergab sich.

Joy drehte sich aus Mitgefühl der Magen um, und sie musste einen Schritt zurückmachen, sonst hätte sie sich ihm beim Mülleimer angeschlossen. Als er sich aufrichtete, war sein Gesicht weiß, und ein Schweißfilm stand auf seiner Stirn.

„O mein Gott, Quinn. Alles in Ordnung?"

Er presste sich eine Hand auf den Magen und schüttelte leicht den Kopf. „Ich glaube, das war der Muffin."

Sie drehten sich beide um und starrten den halb gegessen Muffin an, der wieder auf dem Sägebock stand.

Den Muffin, den ihr Prissy gebracht hatte.

„Quinn?", fragte sie.

„Ja?" Er nahm eine Flasche Wasser, die auch auf dem kleinen Tisch mit Erfrischungen gestanden hatte.

„Hat Prissy dir jemals zuvor schon Essen oder Kaffee gebracht?"

„Nein." Sein Körper zuckte, als würde er sich gleich wieder übergeben.

„Hmm. Interessant." Bilder von Prissy, die Joy Kaffee, den Muffin und sogar den rosa Drink auf der Party brachte, blitzten in ihren Gedanken auf. Nach jedem hatte sie eine leichte Krankheit erlitten. Na ja, Quinn hatte die Konsequenzen des Muffins zu tragen, aber Joy hatte einen Akneausbruch und einen mysteriösen Halsschmerz erlebt. War es möglich, dass ihre Filmkollegin sie sabotierte? Ja, das war es. Und es war Zeit, dass Joy es beendete.

KAPITEL NEUNZEHN

*N*achdem Joy ihr Domina-Outfit gegen eine Jeans und einen Pulli getauscht hatte, eilte sie zurück zu dem Trailer, den sie sich inzwischen mit Prissy teilte. Weil Prissy unten am Strand drehte, hatte Joy den Wagen für sich allein und begann rasch, durch die ganzen Schubladen und Schränke zu wühlen, suchte nach irgendetwas Belastendem, das ihr helfen würde, zu beweisen, dass Prissy Joy mit kindischen Krankheiten verzauberte.

Als Joy im Hauptraum nichts fand, ging sie weiter zum Ankleidebereich und verzog das Gesicht über den Saustall, den Prissy veranstaltet hatte. Überall lagen Kleider verstreut, schmutzige Unterwäsche lag offen auf dem Boden. „Das hat Klasse", murmelte Joy und trat über die anstößige Kleidung hinweg. Nachdem sie sich durch etliche Schubladen gewühlt hatte, öffnete sie eine, die dem Boden am nächsten war, und verzog das Gesicht. Da drin waren ein Stapel Kondome, Gleitmittel und etwas, das essbare Unterwäsche zu sein schien. Joy wollte die Schublade schon wieder schließen, als ein Döschen mit einem Pentagramm ihren Blick auf sich zog.

Sie griff hinein und holte es vorsichtig heraus. Das Döschen war schwarz, darauf waren ein Schädel und gekreuzte Knochen, und es stand da: *Zauber zum Blaumachen.* In kleinerer Schrift war aufgedruckt: *Brauchst du eine Ausrede, um dich krank zu melden? Lass dich nicht davon aufhalten, dass du eine Krankschreibung brauchst. Nimm einfach eine ZZB- Pille und warte drauf, dass die Krankheit sich einstellt. Hält zweiunddreißig Stunden.*

„Erwischt!", rief Joy. Sie schob sich die Dose in die vordere Tasche ihres Pullis und eilte zurück in den Hauptbereich des Trailers. Sie zog die vordere Tür auf und starrte direkt in das Gesicht ihrer Nemesis.

„Du hast was erwischt?", fragte Prissy, die sie argwöhnisch beäugte. „Wenn du die Tüte aus der Keksdose gestohlen hast, wird es gleich ziemlich hässlich."

„Was für eine Tüte in der Keksdose?", fragte Joy.

„Ach, die Göttin habe Gnade", grollte sie. „Wie uncool bist du eigentlich?"

„Ziemlich", bestätigte Joy. „Wenn du mich jetzt bitte entschuldigst, ich muss woanders hin."

„Mach ruhig." Prissy wedelte mit der Hand und ließ sich auf einen der Sessel fallen.

Joy wusste, dass sie einfach hätte gehen sollen, aber sie konnte ihre Frage nicht unterdrücken: „Warum bist du hier? Solltest du nicht filmen?"

„Carly hat etwas Zeit gebraucht", sagte sie mit einem Schulterzucken. „Egal. Ich könnte ein Nickerchen vertragen." Mit zusammengekniffenen Augen musterte sie Joy. „Wie geht's dir? Du wirkst ein wenig grün im Gesicht."

„Echt?", fragte Joy. Sie zuckte mit den Schultern. „Das ist sicher das Licht. Mir geht's gut."

„Hast du ... äh, heute schon was gegessen?"

„Ja", log sie. „Toller Muffin. Danke."

„Ach. Okay. Na, wir sehen uns morgen." Sie musterte ihre Nägel, als wäre ihre Maniküre das Interessanteste auf der Welt, aber sie warf weiterhin argwöhnische Blicke zu Joy.

„Bis später." Joy hüpfte aus dem Trailer und lief direkt in Detective Coolidge hinein. „Umpf."

Die Polizistin erwischte Joy an den Armen, sodass sie nicht zur Seite stolperte. „Vorsicht."

„Tut mir leid", sagte Joy, die zurücktrat, um wieder ins Gleichgewicht zu kommen. „Kann ich Ihnen mit irgendwas behilflich sein?"

„Ja, können Sie", erwiderte sie Polizistin kühl. „Sie müssen mit mir aufs Revier kommen, für ein Verhör."

„Wegen meiner Visionen?", fragte Joy.

„Könnte man so sagen." Coolidge zerrte ihre Handschellen hervor, sicherte Joys Arme rasch hinter dem Rücken und sagte: „Sie haben das Recht, zu schweigen ..."

„Schweigen worüber?", keuchte Joy. „Weswegen werde ich festgenommen?"

Bevor die Polizistin antworten konnte, erschien Carly. „Was zum Teufel ist hier los?", wollte sie in einem Tonfall wissen, der so wütend war, dass Joy ihre Stimme fast nicht erkannt hätte.

„Joy Lansing wird wegen Behinderung der Justiz festgenommen", sagte Coolidge.

„Was? Sie machen doch Witze", sagte Joy mit reinem Unglauben.

„Joy, sag kein Wort zu ihr", befahl Carly. „Hörst du mich? Nicht ein Wort. Ich hole meinen Anwalt, und wir bringen dich so bald wie möglich raus."

„Ich weiß nicht …", setzte Joy an, doch Carly schnitt ihr das Wort ab.

„Nein. Kein einziges Wort. Es ist klar, dass sie dich drankriegen wollen, weil sie keine anderen Spuren finden."

„In Ordnung", sagte Joy, Nervosität kroch ihr über die Haut. Wurde sie wirklich festgenommen? War das das echte Leben? Weshalb um alle Welt dachte die Polizistin, sie hätte irgendwas mit der Entführung von Carlys Nichte zu tun? Angst ließ sich in ihren Eingeweiden nieder, und in ihrem Kopf drehte sich alles.

„Oh. Mein. Gott", sagte Prissy. „Natürlich bist du eine Kriminelle. Ich wusste, dass diese Gutmensch-Schwachsinn einfach nur gespielt war."

„Du nennst mich kriminell?", rief Joy, ließ sich schließlich vom Stress des Tages überwältigen. „Du bist diejenige, die mein Essen und meine Getränke mit Zaubern vergiftet hat, um meine Haut zu verfluchen oder mir eine Darmgrippe zu verpassen. Was ist nur mit dir los? Brauchst du eine Therapie? Wer zum Teufel macht denn so was?"

„Ich?", fragte Prissy, die sich eine Hand auf die Brust legte, als wäre sie schockiert. „Was bringt dich denn auf den Gedanken, dass ich so etwas tun würde?"

„Weil ich deine Vorräte in deiner Sex-Schublade gefunden habe", sagte Joy kalt. „Die sind in der Tasche meines Pullis."

„Diebin!", rief Prissy, die direkt zu Joy kam und nach ihrer Tasche griff.

Detective Coolidge stellte sich direkt vor sie. „Sie müssen zurücktreten, Miss. Das ist eine offizielle polizeiliche Angelegenheit."

„Sie hat meine Würgezauber. Sie hat sie gestohlen!", rief Prissy. „Nehmen Sie sich fest!"

„Okay, das reicht, Prissy", sagte Finn Chance, der in die

ganze Aufregung hereinplatzte. Er starrte Prissy an. „In deinen Trailer. Jetzt."

Prissy stieß ein Schnauben aus und stürmte zurück nach drinnen.

Er drehte sich um und musterte Joy, sein Blick landete auf ihren Handschellen. „Sie können meine Schauspielerin nicht festnehmen", sagte er zu der Polizistin. „Was immer Sie glauben, was sie getan hat, sie irren sich. Sie ist die aufrichtigste Person auf diesem Set. Wenn Sie sie so reinbringen, kommt es überall in die Klatschpresse, und wenn Sie dann zugeben müssen, dass Sie falschlagen, wird ihre ganze Abteilung zu einem Witz."

Coolidge ignorierte ihn und schob Joy weiter zu dem Streifenwagen, der vor dem Grundstück geparkt war. Joy schaute zurück und stolperte, fiel fast auf die Knie, aber Coolidge hatte ihren Arm fest im Griff und richtete sie auf.

„Sag nichts, Joy! Kein einziges Wort", rief Carly noch einmal.

„Sie scheint ziemlich beharrlich darauf aus zu sein, dass Sie nicht mit uns reden", sagte Coolidge gesprächig.

Joy knurrte.

„Nichts zu sagen, was? Ich bezweifle, dass Ihnen das helfen wird, wenn man die Beweise bedenkt, die wir haben, aber machen Sie ruhig und halten Sie den Mund. Wir finden dann einfach raus, was der Richter zu sagen hat. Vor den sollten Sie ja innerhalb von, ach, zweiundsiebzig Stunden oder so treten können."

„Zweiundsiebzig Stunden! Das meinen Sie doch nicht ernst", sagte Joy.

„Äußerst ernst." Die Polizistin riss die Hintertür ihres Streifenwagens auf und schob Joy hinein. Als Joy gerade mit dem Hintern auf den Sitz traf, ging in ihrem Gesicht ein Blitz los, und sie fuhr zusammen. Perfekt. Es würde nur wenige Stunden dauern, bevor das in der Klatschpresse stand. Ihr Leben hatte sich von stiller Anonymität über mysteriöses Model bis hin zu einer völlig neben sich stehenden Schauspielerin verwandelt, und das in nur wenigen Monaten. Falls sie es schaffte, nicht ins Gefängnis zu kommen, ging die Wahrscheinlichkeit, dass jemand sie noch einmal anheuerte, vermutlich gegen null. Sie lehnte sich in ihrem Sitz zurück, verzog das Gesicht, weil ihre Handgelenke wehtaten, und schloss die Augen. Wenn sie sie öffnete, würde dieser Albtraum ja vielleicht vorbei sein.

COOLIDGE SAß Joy in dem Verhörraum gegenüber, in dem sie in der Vorwoche schon gesessen hatten. Die Polizistin lehnte sich vor und schob ihr zwei Fotos hin. „Wollen Sie uns erklären, was das ist, Ms. Lansing?"

Joy schaute hinab auf die beiden Zeichnungen, die sie von ihren Visionen angefertigt hatte. Eine war das Haus und die andere der Mann, der Harlow festhielt. Keines war das Original. Sie wirkten wie Computerausdrucke. Wie waren sie an ihre Zeichnungen gekommen? Joy schaute auf und sagte nichts.

„Stimmt es nicht, dass Sie die ganze Zeit Visionen hatten, aber beschlossen haben, uns die Einzelheiten nicht mitzuteilen?", drängte Coolidge.

Nein. Das stimmte überhaupt nicht. Aber Joy zögerte, etwas zu sagen. Wenn sie Coolidge erzählte, dass Carly gesagt hatte, sie würde mit ihnen reden, würde Carly nicht in Schwierigkeiten geraten, da sie ganz eindeutig nicht ihre Quelle war?

„Wer ist dieser Mann?" Die Polizistin deutete auf das Bild vor ihr. Als Joy nicht antwortete, drängte Coolidge weiter. „Wo ist dieses Haus, und weshalb haben Sie es gezeichnet?"

Als Joy weiterhin still blieb, versuchte Coolidge sich an ihre Mutterinstinkte zu richten. „Wir können den ganzen Tag so weitermachen, Ms. Lansing, aber ich bin sicher, Sie haben zu Hause ein Leben, in das Sie gern zurückkehren möchten. Einen Sohn, der sich gerade erst das Bein gebrochen hat und vermutlich Hilfe braucht?"

Joy kniff die Augen vor der Polizistin zusammen und dachte: *Was für eine manipulative Bitch.* „Ich will meinen Anwalt. Ich beantworte gar nichts, bis ich eine Vertretung habe, besonders, da es aussieht, als hätten Sie schon die Nase in mein Privatleben gesteckt."

Coolidge lehnte sich zurück und verschränkte die Arme vor der Brust. „Ihnen ist schon klar, dass Ihr ganzes Leben in allen Einzelheiten in der *Premonition Perspective* steht, oder?"

Verflixte Sch... Natürlich tat es das. Kyles Unfall war berichtet worden, als wäre er ein rücksichtsloser Jugendlicher, der nach dem Coming-out vor seinem Vater von zu Hause weggelaufen war. „Also dachten Sie, es wäre eine gute Idee, die Verletzung meines Sohnes zu nutzen, um mich zu irgendwas zu bringen? Das ist ein Tiefschlag, Detective."

Die Tür flog auf, und ein hochgewachsener, dunkelhaariger Mann, bei dem sich Muskeln auf Muskeln stapelten, starrte Coolidge an und brüllte: „In mein Büro. Jetzt!"

„Aber, Sir ..."

„Mund halten, Coolidge. Wenn Sie nicht spuren, feuere ich Sie sofort." Ohne ein weiteres Wort drehte sich der Chief um und stürmte hinaus, er erwartete eindeutig, sie würde sich seinem Befehl beugen.

Ein weiterer Mann kam herein, dieser trug einen teuren

dreiteiligen Anzug. Er hielt eine Aktentasche und hatte ein freundliches Lächeln auf. „Joy Lansing?"

Sie nickte.

„Ich bin Ihr Anwalt. Carly Preston hat mich geschickt. Sind Sie bereit, hier rauszugehen?"

„Ja. Ist das erlaubt?", fragte sie, ihr Herz raste vor Vorfreude. Sie hatten sie nicht wirklich eingesperrt. Coolidge hatte sie nur in einen Verhörraum geschleppt und sie dann weiter verhört, über etwas, von dem Joy wusste, dass es völliger Schwachsinn war. Man konnte sie nicht zwingen, der Polizei ihre Visionen zu erzählen. Das war keine Behinderung der Justiz. Sie hätten sie schon in den Zeugenstand rufen müssen, um sie dazu zu zwingen, etwas zu sagen.

„Es ist erlaubt. Ich habe mit dem Chief geredet, und er sieht es auch so, dass sie überhaupt nichts in der Hand haben, um Sie festzuhalten."

„Ach, dem Himmel sei gedankt." Joy stand auf, schaute über die Schulter auf ihre immer noch gefesselten Handgelenke. „Ich glaube, wir werden Hilfe brauchen."

„Ich mache das", sagte ein ganz junger Polizist in Uniform, während er hereineilte und sie rasch befreite. „Es tut mir leid, dass Sie dadurch mussten, Ms. Lansing."

Sie knurrte leicht und nickte dann. „Danke."

„Meinen Sie … äh, meinen Sie, ich könnte ein Autogramm bekommen?", fragte er nervös, hielt ihr eine Serviette hin.

Joy zögerte und schaute dann zu ihrem Anwalt. Sie wollte nur noch weg, aber das war das erste Mal, dass jemand sie um ein Autogramm bat, und sie wollte nicht Nein sagen. Sie wollte, dass diese Erinnerung ihr half, den rechtschaffenen Zorn auszublenden, den sie den Großteil des Nachmittags über verspürt hatte.

Ihr Anwalt nickte einmal.

„Klar", sagte Joy zu dem jungen Polizisten und nahm die Serviette. Sie lehnte sich am Tisch zurück und wollte schon eine rasche Nachricht schreiben, aber dann wurde ihre Welt ganz schwarz. Als sie sich wieder klärte, sah sie Carly vor dem großen viktorianischen Haus stehen, in dem Harlow festgehalten wurde. Und der Glatzkopf war bei ihr.

KAPITEL ZWANZIG

„*M*s. Preston hat mich gebeten, Ihnen die Nachricht zu übermitteln, dass sie Sie heute Abend anrufen wird", sagte der Anwalt, während er Joy aus dem Revier brachte. Eine Schar von Fotografen war auf der anderen Straßenseite, die plötzlich lebendig wurde und ein Bild nach dem anderen schoss. Joy wollte sie anbrüllen, als sie sie dort sah. Hatten sie keine besseren Geschichten, denen sie nachjagen konnten? Obwohl sie annahm, ihre Festnahme würde eine Menge Klicks einbringen. Zumindest waren sie auf der anderen Straßenseite. Sie nahm an, dass es irgendeine Regel gab, die verlangte, dass sie einen gewissen Abstand vom Polizeirevier einhielten, sonst wären sie bestimmt alle direkt vor ihrem Gesicht gewesen wie üblich.

Joy starrte den eleganten Mann an, immer noch leicht neben sich wegen ihrer Vision. Als sie am Konferenztisch wieder zu sich gekommen war, hatte sie schwer geatmet, ihr Herz raste, und sie hatte tief im Inneren das Gefühl, dass sie ihre Vision für sich behalten musste. „Wissen Sie, wo sie ist?"

Er schüttelte den Kopf. „Ihre Nachricht war kurz. Sie hat

mich gebeten, dass ich komme und Sie da raushole, und sie hat gesagt, sie würde so bald wie möglich anrufen. Brauchen Sie einen Chauffeur irgendwohin?"

„Ja, ich …" Ein silberner Lexus, der viel zu schnell fuhr, bog auf den Parkplatz ein und kam direkt vor ihnen zum Stillstand. Joys Blutdruck ließ leicht nach, als sie sah, wie Gigi aus dem Auto stieg.

„Joy! Den Göttern sei es gedankt. Alles in Ordnung?" Gigi legte die Arme um Joy und hielt sie fest, um zu flüstern: „Wer ist dieser Gorilla? Muss ich ihn für dich loswerden?"

„Alles in Ordnung mit ihm", sagte Joy mit einem erleichterten Lachen. „Aber danke, dass du mich unterstützt."

Gigi ließ sie los und sagte: „Jederzeit." Dann wandte sie sich zu dem Anwalt und hielt ihm eine Hand hin. „Hallo, ich bin Gigi Martin. Joys Freundin."

„Sebastian Knight. Joys Anwalt." Er schüttelte ihr die Hand und hielt sie fest, schien sich dagegen zu wehren, sie loszulassen.

Gigi keuchte leicht und schaute mit aufgerissenen Augen zu ihm auf. Dann flüsterte sie: „Sebastian? Bist das wirklich du?"

Er nickte langsam, sein Blick musterte sie von oben bis unten, und dann ließ er plötzlich ihre Hand los und trat einen Schritt zurück. „Es ist sehr lange her, Clarity."

Clarity?, dachte Joy. Wo war denn das hergekommen?

Gigi räusperte sich. „Ich bevorzuge inzwischen Gigi. Und es ist viel zu lange her. Ich kann nicht glauben, dass ich dich nicht erkannt habe." Ihr Lächeln wurde weicher, während sie fortfuhr: „Das sind die Haare … und der Anzug. Ich glaube, ich habe dich noch nie in irgendwas anderem gesehen als Jeans und einem Konzert-T-Shirt."

Seine Lippen zuckten. „Die Highschool scheint ein ganzes

Leben lang her zu sein." Sein Handy summte, und er sagte: „Bitte entschuldigt mich."

Joy schaute Gigi an und sagte tonlos: *Der ist heiß!*

Gigi warf ihr einen Blick zu, der *nicht jetzt* besagte, und wandte sich wieder zu Sebastian, der sein Handy wegsteckte.

„Ich muss los", sagte Sebastian, der seine Krawatte glättete. „Ein Arbeitsnotfall."

„Wie schade", sagte Gigi. „Wie lange bist du denn in der Stadt? Meinst du, wir können mal essen gehen und uns auf den neuesten Stand bringen?"

In seinen Augen leuchtete Interesse, aber genauso schnell verschwand das Interesse wieder und wurde von Bedauern ersetzt. „Tut mir leid. Ich bin jetzt unterwegs zum Flughafen. Aber es war echt schön, dich wieder zu sehen, Clarity – ich meine, Gigi." Er machte einen Schritt vor, die Arme leicht geöffnet, als wolle er sie umarmen, aber dann trat er zurück und schüttelte den Kopf. „Ich muss los." Er warf einen Blick zu Joy und reichte ihr rasch seine Visitenkarte. „Rufen Sie mich an, falls Sie noch weitere Probleme haben."

Dann marschierte er über den Parkplatz, stieg in seinen grauen Toyota und war weg.

Joy räusperte sich. „Alter Freund?"

Gigi drückte sich eine Hand an die Brust, und während sie noch in die Richtung starrte, in die das Auto verschwunden war, sagte sie: „So was in der Art."

Joy stieß einen leisen Pfiff aus. „Da steckt doch bestimmt eine Geschichte dahinter."

Mit einem Seufzen nickte Gigi und sagte: „Gehen wir. Alle flippen total aus."

„Wirklich? Weil ich festgenommen wurde?" Joy schloss die Augen und schüttelte den Kopf. „Wie schlimm ist die Presse?"

„Formulieren wir es mal so", sagte Gigi, die die Tür auf der

Fahrerseite aufzog. „In den Überschriften wird spekuliert, wie lange du wohl eingelocht wirst."

„Ich hätte es wissen sollen", sagte Joy mit einem Stöhnen.

„Komm schon." Gigi winkte ihr, damit sie ins Auto stieg. „Es ist Zeit für ein Treffen des Zirkels."

„Nicht heute. Ich muss woanders hin." Joy eilte hinüber zur Beifahrerseite und stieg ein.

„Wohin denn?" Gigi legte den Gang ein und fuhr aus dem Parkplatz.

„Zu Carly Prestons Haus. Ich habe Fragen, die nicht warten können."

WIE ES SICH ERWIES, hatte Joy keine Wahl, als zu warten, bis ihre Fragen beantwortet wurden. Carlys Haus war dunkel, und es war niemand zu Hause. Sie ging auch nicht ans Handy, obwohl es ein paar Stunden her war, dass sie das Revier verlassen hatte, und Carly ihr die Nachricht hatte übermitteln lassen, dass sie am Abend anrufen würde. Aber trotzdem war Joy bereit, die ganze Nacht hier zu kampieren, wenn sie das musste. Auf die eine oder andere Art würde sie Antworten wegen ihrer Vision bekommen.

„Joy", sagte Gigi geduldig. „Wir sehen aus wie Stalker. Du willst doch nicht, dass das an die Presse rausgeht, oder? Sollen wir uns was zu essen holen und dann zurückkommen?"

„Wenn wir ihnen jetzt noch nicht aufgefallen sind, bezweifle ich, dass es noch dazu kommt." Joy spähte zu der Handvoll Fotografen, die auf der gegenüberliegenden Straßenseite von Carlys Haus waren. Sie hatten hinter einem Van geparkt, als sie angekommen waren, der die Sicht auf sie abschirmte. Der Van war inzwischen weggefahren, sodass das silberne Auto offen dastand, aber bisher war niemandem aufgefallen, dass sie da waren.

Gigi seufzte. „Was, wenn ich aufs Klo muss?"

„Musst du?", fragte Joy.

„Nein. Aber früher oder später schon."

„Kümmern wir uns dann drum."

Gigi öffnete den Mund, um etwas zu entgegnen, aber ein schwarzer SUV schoss an ihnen vorbei und peitschte in Carlys Zufahrt.

Joy sagte: „Das ist unser Stichwort. Komm schon." Ohne auf Gigis Erwiderung zu warten, stieg Joy aus dem Auto und spähte durch die Dunkelheit die Straße entlang. Die Fotografen waren völlig ausgeflippt, versuchten ein Bild von Carly zu machen, und es war unwahrscheinlich, dass sie merken würden, dass Joy und Gigi da waren, bis sie direkt vor dem Haus standen. Perfekt.

„In Ordnung, Miss Marple", grollte Gigi. „Bringen wir es hinter uns."

Joy grinste sie an. „Du lässt das echt toll über dich ergehen."

„Eine für alle und alle für einen oder so ein Mist, oder?", sagte Gigi, während sie Joy die Straße entlang folgte.

Joy hatte recht gehabt mit den Paparazzi. Carlys Ankunft hatte sie völlig überrascht, aber sie erholten sich rasch, riefen Fragen und Vorwürfe, überlegten, wann ihre Verhandlung sein würde und ob es stimmte, dass sie Prissy Penderton angegriffen hatte, und weshalb sie nicht zu Hause war und sich um ihren Sohn kümmerte, anstatt jede Nacht auf eine Party zu gehen, ohne sich Sorgen um seine geistige Gesundheit zu machen.

„Heilige Scheiße, Joy", flüsterte Gigi, die sich an ihren Arm klammerte. „Ist das immer so?"

„In letzter Zeit schon. Man möchte meinen, es wäre nichts

Wichtigeres auf der Welt los, so, wie sie sich die wildesten Gerüchte über mich ausdenken. Ich bin doch die langweiligste Frau der Welt. Ich verstehe das nicht."

Gigi stieß ein lautes Lachen aus, während sie hinauf zu Carlys Haus liefen. „Du bist echt eine Schau."

Sie kamen auf der Veranda zum Stillstand und klingelten. Während sie warteten, warf Joy ihr einen verwunderten Blick zu. „Was heißt das denn?"

„Ach, Joy. Komm schon. Du bist eine achtundvierzigjährige Frau, die aus dem Nichts plötzlich eine landesweite Werbekampagne hatte, die dir gleich eine Rolle in einem Film mit zwei echt bekannten Schauspielerinnen eingebracht hat. Und du bist mit einem berühmten Fotografen zusammen. Ist dir nicht klar, dass Frauen überall beeindruckt von der Richtung sind, die dein Leben eingeschlagen hat? Dazu kommt noch die Tatsache, dass du drei wunderschöne, gut angepasste Kinder hast, und du bist diejenige, auf die die ganze Stadt neidisch ist. Natürlich schreiben die Klatschblätter über dich. Du bist die neue Jennifer Aniston."

„Das ist lächerlich. Ich werde niemals auch nur annähernd so was wie Jennifer Aniston sein. Du bist diejenige, die mal klarkommen muss."

„Wie du meinst." Gigi wedelte unbesorgt mit der Hand. „Du verstehst schon, was ich meine. Tatsache ist, du hast neu angefangen und bist richtig aufgeblüht in einem Alter, in dem eine Menge Frauen denken, ihre besten Jahre liegen bereits hinter ihnen. Du bist eine verflixte Inspiration. Nimm das doch an, Freundin. Du hast es verdient."

Joy öffnete den Mund, um die Worte zu leugnen, schloss ihn dann aber. Gigi brachte da ein paar gute Argumente vor, und aus dieser Perspektive konnte sie sehen, weshalb Leute völlig fasziniert von ihrem Leben waren. Joy dachte immer noch, dass der Grad des Interesses nahezu verrückt war, aber sie konnte zumindest stolz darauf sein, dass sie ein Vorbild war. Nur dass sie nun etwas unternehmen musste, um ihren Ruf zu bereinigen. Die Klatschpresse hatte ihr in dieser Hinsicht keinen Gefallen getan.

Die Tür sprang auf, und der Glatzkopf brüllte: „Was wollen Sie?"

„Ich muss mit Carly reden. Ich hatte noch eine Vision", sagte Joy.

„Lass sie rein." Carlys müde Stimme trieb von hinter ihm heran. Der Glatzkopf zog ein finsteres Gesicht, trat aber zur Seite. Joy kam herein, aber er stellte sich vor Gigi und hielt sie auf. „Wer bist du?"

„Das ist Gigi. Sie ist eine Schwester aus meinem Zirkel", sagte Joy. „Du kannst ihr vertrauen. Sie hat mit dem Findezauber geholfen."

„Gary, tritt zurück." Carly saß auf einem ihrer Sessel, die Hand über den Augen. Sie wirkte völlig erschöpft.

„Du weißt doch, ich mache nur meinen Job", murmelte er, verschwand aber widerstrebend in ein weiteres Zimmer, sodass sie allein mit der Schauspielerin zurückblieben.

„Joy, alles in Ordnung?", fragte Carly, ohne die Hand von den Augen zu nehmen.

„Ja, aber bei dir auch?" Joy setzte sich auf den Stuhl neben sie.

„Nein." Sie ließ die Hand sinken, sodass tränenverschmierte Wangen und blutunterlaufen Augen zum Vorschein kamen. „Nicht wirklich. Aber so ist es schon, seit Harlow vermisst wird."

„Was ist am Haus passiert?", fragte Joy.

Carly richtete sich auf, ihr ganzer Körper war angespannt.

„Woher wusstest du von dem Haus? Moment, du hattest eine Vision, oder nicht?"

Joy nickte.

„War sie da? Hast du Harlow gesehen?", fragte Carly dringlich.

„Nein. Ich habe nur dich und den Glatzkopf … ich meine, Gary, draußen davor stehen sehen. Das war es."

Carlys Lippen zuckten ein winziges bisschen, als sie den Glatzkopf erwähnte, aber der Hauch des Lächelns verschwand schnell. „Mein Privatdetektiv hat das Haus gefunden, und Gary und ich sind los, um sie nach Hause zu holen. Nur dass das Haus leer war. Es gab Spuren, dass jemand in letzter Zeit dort gewesen ist. Geschirr stand in der Spüle, und das Radio lief." Sie sank zurück in ihren Sessel. „Ich bin ziemlich sicher, sie waren gerade erst aufgebrochen, und jetzt haben wir keine Spuren mehr."

„Wie hat dein Detektiv das Haus gefunden?", fragte Joy. Grace hatte sich quer durch die Immobilienarchive gearbeitet, aber bisher überhaupt kein Glück gehabt.

„Er hat einen Anruf an mein Handy verfolgt und den Mobilfunkturm gefunden, der ihn übermittelt hat. Von da aus hat er das Gebiet durchsucht und das Haus gefunden."

Das war sehr viel einfacher, als Immobilien zu durchsuchen, dachte Joy. „Weshalb hast du es der Polizei nicht gesagt?"

„Das ist … privat." Sie schaute weg aus dem Fenster, obwohl es nichts zu sehen gab. Es war dunkel, und der Mond schien nicht einmal.

„Du hast ihnen nie von meinen Visionen berichtet, oder?", fragte Joy.

Carly schüttelte den Kopf. „Bei dem Lösegeld geht es nicht nur um Geld. Sie drohen, Informationen über meine Nichte zu veröffentlichen, und ich kann nicht riskieren, dass die an die Öffentlichkeit gelangen. Wenn die Polizei sie bekommt, würden sie auf gar keinen Fall privat bleiben."

Verblüfft lehnte sich Joy in ihrem Stuhl zurück. „So vernichtend sind die für deine Nichte?"

„Ja." Carly erhob sich. „Ich bin müde. Wenn du mich entschuldigen möchtest, ich muss mich jetzt ausruhen."

„Carly?", fragte Joy.

„Ja?"

„Weißt du, woher die Polizistin von meinen Visionen wusste?"

„Nein. Aber ich habe Gary gesagt, er soll es sich ansehen." Sie schwebte die Stufen hinauf, ließ Joy und Gigi allein im Wohnzimmer zurück.

Gigi stieß einen leisen Pfiff aus. „Wow. Das ist eine Menge."

„Ja." Sie saßen kurz da, und Joy konnte nicht verhindern, dass sie sich fragte, was für Informationen über Harlow so furchtbar waren, dass man nicht riskieren konnte, dass die Presse sie herausfand. Carly und ihre unmittelbare Familie steckten bereits mitten in der Presse. Joy hätte gedacht, ihr Leben wäre bereits ein offenes Buch. Das zeigte einfach nur, dass nicht alles war, wonach es aussah.

„Denkt ihr nicht, es ist Zeit, dass ihr beiden mal verschwindet?", fragte der Glatzkopf von seinem Platz im Eingang aus, der in ein Büro zu führen schien.

Joy starrte ihn an, versuchte, schlau aus ihm zu werden. „Wer sind Sie denn für Carly?"

„Das geht Sie wirklich nichts an, Ms. Lansing." Er ging zur Tür und hielt sie für sie auf. „Gute Nacht."

KAPITEL EINUNDZWANZIG

*A*utos stapelten sich in Viererreihe in Joys Zufahrt, als die Gigi sie absetzte.

„Sieht aus, als hättest du eine Party", sagte Gigi. „Eine Feier, um deine Rückkehr aus dem Knast zu zelebrieren?", scherzte sie. „Wenn du die Paparazzi da drüben dazu holst, wird es eine richtige Fete."

„Ich hoffe, es gibt Kuchen", sagte Joy, die im Beifahrersitz zusammensank und das halbe Dutzend Fotografen beäugte, das auf der anderen Straßenseite kampierte. „Ich könnte einen Zuckerschock vertragen."

Gigi griff rüber und tätschelte ihr den Oberschenkel. „Ich bin sicher, die ganze Liebe, die auf dich auf der anderen Seite der Tür wartet, wird helfen." In ihrem Ton lag eine Sehnsucht, die Joys Aufmerksamkeit auf sich zog.

„Ja." Joy lächelte, weil sie bereits wusste, wen sie im Inneren ihres Hauses finden würde. Ihre drei Kinder, Jackson und Troy. Mit Hunter hatte sie nicht viel geredet, außer um ihn von Kyles Verletzung zu erzählen, also wurde ihr Herz ganz leicht, als sie sein Auto vorne geparkt sah. Sie fragte sich, wie Troy mit ihnen allen zurechtkam, wenn man bedachte, dass er ihr neuer Freund war. Der Gedanke war sowohl glücklich als auch ein bisschen erschreckend. Wenn sie beschlossen, dass sie ihn nicht mochten, würde sie am Boden zerstört sein. Sie hatte nicht beabsichtigt, sich mit dem ersten Mann, der des Weges kam, in eine Beziehung zu stürzen, aber sie konnte nicht leugnen, dass zwischen ihnen etwas war. Etwas, das, so sehr sie Paul auch geliebt hatte, in ihrer Ehe niemals da gewesen war. Sie beäugte Gigi. „Du weißt, dass wir jetzt deine Familie sind, oder?"

„Was?", fragte Gigi, die verblüfft schien.

„Grace, Hope und ich. Wir sind deine Familie. Das sieht vielleicht nicht so aus wie das, was auf mich im Inneren des Hauses wartet, aber es ist wahr, und es ist stark, und wenn und falls du uns brauchst, werden wir da sein."

„Danke, Joy." Gigi beugte sich herüber und umarmte Joy. „Jetzt geh schon und hör auf, dir um mich Sorgen zu machen, nur weil ich hier einen Moment habe, in dem ich darüber nachdenke, was hätte sein können, wenn ich nicht einen kompletten Arsch geheiratet hätte."

„Es ist nicht vorbei, weißt du", sagte Joy, die die Tür aufschob. „Wenn du eine kleine Familie möchtest, ist immer noch Zeit, um da was zu unternehmen."

Sie lachte leise. „Meinst du eine Samenbank oder so was? Nein. Ich glaube nicht, dass diese Eier damit klarkommen würden. Du weißt ja, was man so sagt, wenn man mal vierzig erreicht hat …"

„Du bist vierzig?", fragte Joy und betrachtete sie. Sie hatte Gigi immer für Anfang dreißig gehalten. Wenn sie vierzig war, trank sie wohl aus dem Quell der ewigen Jugend, denn es war keine Falte in Sicht.

„Eigentlich einundvierzig." Sie zuckte mit den Schultern.

„Ich weiß, es würde noch gehen. Ich bin mir nur nicht so sicher, ob das noch der Traum ist."

„Ich verstehe schon. Ich kann nicht leugnen, dass ich meine Freiheiten genieße, jetzt, da meine erwachsen sind. Obwohl es schön ist, wenn sie mich noch brauchen." Joy stieg aus dem Auto. „Danke, Gigi. Wir sehen uns."

Joy sah ihr nach, wie sie wegfuhr, und begann sich wegen Gigis Vergangenheit zu fragen, während die Fotografen ihre Kreise zogen. Sie ignorierte sie, doch ihr kam, dass sie nicht viel über das Leben ihrer Freundin vor ihrer Ankunft in Premonition Pointe wusste. Sie wusste, dass sie einen Mann gehabt hatte, der sie misshandelte, und Gigi hatte sich ihm auf eine Art gestellt, die sie nicht nur von ihm befreit hatte, sondern ihm auch gezeigt hatte, dass man sich mit ihr besser nicht anlegte. Sie hatte ihm magisch in den Hintern getreten und sich selbst als eine Hexe etabliert, mit der man rechnen musste, zumindest in den Augen des Zirkels. Dann hatte sie sich auch als freundliche und unfassbar tolle Freundin erwiesen. Joy hoffte, eines Tages ihre ganze Geschichte zu erfahren.

Joy hörte das Geplauder ihrer Kinder durch das offene Fenster und lächelte vor sich hin. Es war ein Geräusch, das sie niemals satthatte.

Die Tür sprang auf, und Britt kam auf die Veranda. „Mom? Was machst du denn da draußen? Wir haben auf dich gewartet."

„Ich habe nur mal Luft geschnappt." Joy legte einen Arm um die Schultern ihrer Tochter, und die beiden gingen zusammen hinein. „Was ist denn der Anlass?"

Britt starrte sie mit offenem Mund an. „Was der Anlass ist? Meinst du das ernst? Wir warten alle darauf, herauszufinden, wie das Gefängnis dich verändert hat."

Alle lachten, und dann kam Hunter herüber und legte die Arme fest um sie.

„Hey, Kleiner", sagte Joy, vergrub das Gesicht in seiner Schulter. Er war größer als seine Geschwister und sorgte immer dafür, dass Joy sich wie eine winzige Elfe vorkam, obwohl sie größer war als die meisten Frauen. „Wie geht es dir?"

Er zog sich zurück und schaute auf sie hinab, während er den Kopf schüttelte. „Mir geht's gut, Mom. Aber im Augenblick will ich nur was über dich wissen. Was ist denn heute passiert?"

Sie lächelte ihn an. „Ich schätze, ich wollte einfach dringend mehr Aufmerksamkeit, darum musste ich mich ja unbedingt festnehmen lassen."

Er verdrehte die Augen. „Witzig. Willst du uns sagen, was *wirklich* passiert ist?"

Joy erzählte ihnen rasch von den Ereignissen, darunter die Tatsache, dass sie Visionen gehabt hatte, und bat sie alle darum, darüber erst mal Schweigen zu bewahren. „Die Visionen kommen unregelmäßig und scheinen nur mit diesem Ereignis in Verbindung zu stehen. Ich weiß nicht, weshalb das passiert, aber so ist es. Carly lässt einen privaten Ermittler an allen Informationen arbeiten, die ich ihr verschaffen kann, und ich schätze, das hat der Polizistin nicht gefallen. Wie es sich erwies, habe ich nichts falsch gemacht. Und laut des Anwalts war diese Festnahme reine Belästigung."

„Das ist so falsch", sagte Kyle mit der ganzen rechtschaffenen Empörung, die ein Zweiundzwanzigjähriger aufbringen konnte.

Jackson, der neben Kyle saß, hielt seine Hand und nickte zustimmend.

Joy musste lächeln, als sie sah, wie ihr Sohn so offen mit

seiner Beziehung zu Jackson vor allen umging, und dass alle sie fraglos akzeptierten.

„Hey", sagte Troy, der kam, um sich neben sie zu stellen. „Ich bin nur vorbeigekommen, um sicherzustellen, dass alles in Ordnung ist. Es scheint, so ist es, darum denke ich, ich sollte gehen und dich deine Kinder genießen lassen."

Joy wandte sich ihm zu und runzelte die Stirn. „Du glaubst, das solltest du, oder willst du das einfach?"

Er schob sich die Hände in die Taschen und schaute sich um. „Ich will hier nicht eindringen."

„Du dringst nicht ein", behauptete sie. „Tatsächlich, wenn du dafür zu haben bist, hätte ich es gern, wenn du meine Kinder ein bisschen kennenlernst. Sie sind toll. Aber wenn du das lieber nicht möchtest oder was anderes vorhast, ist das auch in Ordnung."

„Ich mag deine Kinder", sagte er, seine Lippen wölbten sich zu einem großen Lächeln. „Sie sind witzig und haben mir bereits eine ganze Reihe peinlicher Geschichten über dich erzählt. Ich frage mich, wie viel ich noch aus ihnen herauskriege, bevor der Abend um ist."

Joy lachte. „Ach, ich wette, viel ist dazu nicht nötig."

Es dauerte nicht lang, bis sie alle zum Esszimmer gingen, wo chinesisches Lieferessen wartete. Die laute, lärmende Gruppe aß, trank und erzählte Geschichten, bis alle lächelten und zufrieden waren. Es war ein seltener Moment, den Joy zu schätzen wusste. Ihre Kinder waren so damit beschäftigt, in ihrem eigenen Leben voranzukommen, dass es nicht oft vorkam, dass sie alle zusammen sein konnten. Sie wollte nicht, dass es endete.

Aber schließlich räumten Hunter und Britt den Tisch ab und machten weiter sauber, während Jackson Kyle in sein Zimmer half, sodass Joy und Troy allein zurückblieben.

„Das ist ein Abend, von dem ich gar nicht wusste, dass ich ihn brauche", sagte Troy, der sie sanft anlächelte.

„Was? Du hast auf deinem Datingprofil nicht angegeben, dass du nach einer Frau mit drei vorlauten Zwanzigjährigen suchst, die zum Großteil mit sich selbst beschäftigt sind, aber schließlich beschließen, dass es Zeit ist, mal nach ihrer Mutter zu sehen?"

„Nein. Nicht unbedingt. Aber hätte ich gewusst, dass ich damit dich anziehe, hätte ich es gemacht."

Die Hitze in seinem Blick stellte alles Mögliche mit Joy an, und sie lehnte sich an ihn, als würde sie in seinem Kraftfeld festsitzen. Seine Lippen näherten sich ihren, und es dauerte nicht lang, bis sie sich völlig in dem Kuss verlor.

„Ach, ups", sagte Britt. „Tut mir leid, dass ich unterbreche."

Joy fuhr zurück und spürte, wie ihr Gesicht ganz heiß wurde. „Hey, Liebling. Troy und ich haben einfach … Na ja, ich schätze, wir haben …"

Britt lachte. „Ich denke, es ist ziemlich klar, was ihr gemacht habt."

Troy grinste Joy an. „Da kann man jetzt nicht mehr zurückrudern."

„Wer rudert denn zurück?", fragte Joy, die sich aufrichtete und versuchte, ihre Verlegenheit abzuschütteln. „Brauchst du was, Britt? Kann ich mit dem Geschirr oder dem Nachtisch oder irgendwas helfen?"

Britt legte die Hände aneinander und hatte eine nervöse Ausstrahlung, als sie sagte: „Hunter macht das Geschirr fertig, und wir haben keinen Nachtisch geholt, aber ich hätte es sehr gerne, wenn wir hinten rausgehen und ein bisschen reden können."

„Natürlich." Joy erhob sich und fragte Troy: „Wartest du auf mich, bevor du gehst?"

„Klar. Ich bin dann im Wohnzimmer und entlockte Hunter noch weitere Geschichten."

Dieses Bild wärmte ihr Inneres, und sie lachte leise. „Ihr beiden werdet noch Schwierigkeiten machen, das erkenne ich schon."

Er zwinkerte ihr zu, dann folgte Joy ihrer Tochter hinaus auf die hintere Veranda.

„Was ist los, Britt?", fragte Joy, schlang die Arme um sich, als die Brise eine Gänsehaut entstehen ließ.

Britt ging zu der großen Feuerstelle, beugte sich hinab und zündete einen Span an, und dann wies sie plötzlich Joy an, sich mit ihr auf die Schaukel zu setzen.

Joy tat, worum sie gebeten worden war, und wartete dann einfach. Ihre Tochter würde reden, wenn sie dazu bereit war.

„Ich habe eine Entscheidung getroffen", sagte Britt, die ins Feuer starrte.

„Okay. Das ist gut."

Ihre Tochter drehte sich, um Joy in die Augen zu schauen. „Wirklich? Woher weißt du das? Du weißt doch nicht mal, was für eine Entscheidung nicht getroffen habe."

„Es spielt keine Rolle, ob ich es weiß", sagte Joy mit einem Schulterzucken. „Es kommt nur darauf an, ob sie für dich gut ist, ob es die richtige Wahl für dich ist." Sie wusste, dass es um ihren Freund und den Umzug nach Texas ging, und obwohl Joy unbedingt wollte, dass ihre Tochter nicht umzog, würde Joy sie unterstützen, falls sie diese Entscheidung traf. Das musste sie, oder sie würde riskieren, ihre enge Beziehung zu gefährden.

„Ich habe mit meinem Boss gesprochen, und es hat sich herausgestellt, dass unsere Firma auch ein Büro in Austin hat", sagte Britt.

„Oh? Interessiert dich das?", fragte Joy, die die Antwort bereits kannte.

„Mom." Sie verdrehte die Augen, sodass Joy leise lachte.

„Ich glaube, das ist eine Möglichkeit, es mit Dave zu versuchen. Wir haben heute geredet und ein paar Dinge entwirrt. Mir war nicht klar, wie unglücklich er wirklich mit seinem Job gewesen ist, und er hat sich für die Art entschuldigt, wie er damit umgegangen ist. Er sagte, wenn ich nicht gehen wollen würde, würde er echt eine Fernbeziehung probieren wollen, denn er glaubt, mit uns ist es ernst, aber er will nicht, dass einer von uns seine Träume aufgibt."

Joy nickte. „Das klingt, als würde er das Richtige sagen. Meint er es auch ernst?"

Sie nickte. „Ich glaube, das tut er wirklich. Und nachdem ich ein paar Tage verstreichen habe lassen, ist mir klar geworden, dass ich auch nicht dazu bereit bin, uns aufzugeben. Also werde ich nach Texas ziehen und sehen, wie es läuft. Falls es nicht passt, kann ich nach Hause kommen und habe vermutlich noch einen Job, der auf mich wartet. Aber wenn ich nicht gehe, werde ich mich immer fragen."

„Wenn du dir sicher bist, Britt. Falls das so ist, unterstütze ich dich tausendprozentig."

„Aber?", fragte sie. „Ich kann noch das Aber da drin hören. Das weißt du, oder?"

Joy lachte. „Stimmt nicht. Es gibt kein Aber. Ich werde immer da sein, um dich zu unterstützen. Ich will nur, dass du sicherstellst, dass er dich und deine Karriere respektiert, genauso wie er das mit seiner tut. Falls er denkt, sein Ehrgeiz wäre wichtiger, dann müsst ihr beide immer noch einiges durcharbeiten. Denn Britt, deine Bedürfnisse und Wünsche sind genauso wichtig wie seine. Lass dich niemals von einem

Mann auf den Rücksitz verfrachten, nur weil sein Ego angeschlagen ist. Okay?"

Sie nickte ernst. „Das verstehe ich, Mom. Und vielen Dank."

Britt legte die Arme um Joy und drückte sie sehr lange.

„Wann gehst du denn?", fragte Joy, die alles gab, um ihre Tränen zurückzuhalten.

„Nächsten Monat." Die Stimme ihrer Tochter brach, und das war das Ende von Joys stoischer Haltung. Die Tränen liefen ungehindert über ihre Wangen, und als sie sich schließlich voneinander lösten, lächelten sie sich verweint an, während sie einander anlachten.

„Komm schon, Kleine", sagte Joy, die sich erhob. „Gehen wir rein. Wir haben uns ein Eis verdient."

„Wir haben Eis?", fragte sie, ihre Augen leuchteten wie die des kleinen Mädchens, das sie einst gewesen war.

„Aber natürlich. Ich zeige dir, wo ich meinen Geheimvorrat aufbewahre."

Fünf Minuten später, mit Eis in den Händen, gingen die beiden ins Wohnzimmer. Hunter meldete sich zu Wort, dass er sich ein eigenes Eis holen würde, während Britt sich in eines der Schlafzimmer zurückzog, um Dave anzurufen.

Joy setzte sich aufs Sofa neben Troy. „Ich liebe solche Abende einfach. Es gibt nichts besseres, als eine gute Zeit mit meinen Kindern zu verbringen. Aber ich würde lügen, wenn ich sage, dass ich das hier nicht auch genieße. Die Stille nach dem Sturm. Mein Herz ist voll, und meine Welt ist genau richtig." Sie schaute zu Troy auf. „Weißt du, was ich meine?"

„Ich glaube schon. Es ist ein friedlicher Moment der Dankbarkeit für das Leben und die Liebe."

Joy schwoll das Herz, und sie musste beinahe wieder Tränen zurückhalten. „Das war perfekt ausgedrückt."

Er griff vor und erwischte die eine Träne, die ihr

entschlüpft war, dann strich er mit dem Daumen über ihre Wange. „Ist mit Britt alles in Ordnung?"

„Ja. Sie zieht nach Texas. Ich werde sie schrecklich vermissen." Sie lächelte ihn unsicher an, war aber stolz, dass sie nicht schon wieder in Tränen ausgebrochen war.

„Du wirst sie besuchen", sagte er und drückte ihr einen weichen Kuss auf die Lippen.

„Auf jeden Fall. Zumindest wird sie von den verdammten Paparazzi weit weg sein."

„Sieh immer das Positive." Er zog sie dicht an seine Seite und verbrachte die nächste halbe Stunde damit, mit ihr zu kuscheln und ihren Arm zu tätscheln. Sie lehnte sich an ihn, liebte die Art, wie sie sich von ihm umfangen fühlte. Schließlich prickelte ihre Haut bei den beruhigenden Liebkosungen, und sie konnte nicht verhindern, dass sie die Hände an seine Wangen legte und ihm einen erhitzten Kuss gab. Als sie sich voneinander lösten, atmeten sie beide schwer.

„Wir sollten das in mein Schlafzimmer verlegen", sagte sie, fuhr mit dem Finger sein Kinn entlang.

Troy schloss die Augen, genoss offensichtlich ihre Berührung. „Bist du sicher? Ich will nicht, dass es peinlich wird, wenn deine Kinder da sind."

Sie lachte leise. „Troy, das sind alles Erwachsene. Ich bin sicher, die kommen damit klar."

Sie löste sich aus seiner Umarmung und erhob sich. Dann griff sie nach unten nach seiner Hand und zog ihn hoch, durch den Gang in ihr Schlafzimmer. Sobald sie die Tür geschlossen und versperrt hatte, verschwanden alle Gedanken an ihre Kinder, und die nächsten paar Stunden richtete sich ihre ganze Aufmerksamkeit auf den freundlichen, sexy Mann, der ihr das Gefühl gab, begehrt und geschätzt zu werden. In dieser Nacht wurde ihr klar, ganz gleich, wie neu ihre Beziehung noch war, sie würde ihn nicht gehen lassen. Er war der, den sie wollte.

KAPITEL ZWEIUNDZWANZIG

*J*oy war erleichtert gewesen, als die Produktionsassistentin angerufen hatte, um zu sagen, dass der Dreh verschoben wurde. Wie es sich erwies, hatte Prissy sich eine mysteriöse Krankheit eingefangen, und sie würden erst in der folgenden Woche wieder arbeiten. Also hatte Joy diese Zeit genutzt, um ihrer Tochter zu helfen, alles zu packen und sich bereit für den Umzug zu machen, mit Kyle Karten zu spielen, während er durch sein Bein ans Bett gefesselt war, und sich wieder mit ihrem Zirkel in Verbindung zu setzen.

Am Abend, bevor sie zurück an die Arbeit musste, hatten sich die vier Zirkelmitglieder auf der Klippe getroffen, und anstatt ein Ritual durchzuführen, hatten sie drei Flaschen Wein geleert. Und das war der Grund, weshalb Joy am nächsten Tag am Set einen heftigen Katerkopfschmerz hatte.

Ein Klopfen erklang an ihrem Trailer, und die Produktionsassistentin rief: „Joy? Wir sind bereit für dich."

„Ich komme." Eilig schluckte sie ein paar Ibuprofen und

versuchte dann, ihr Gesicht so hinzukriegen, dass sie nicht aussah, als würde sie sich gleich übergeben. Warum hatte sie erst am letzten Tag ihres Urlaubs ihr komplettes Körpergewicht in Wein konsumiert?

Sie war Schauspielerin, oder? Sie konnte das. Mit hoch erhobenem Kopf stieg sie aus dem Trailer, blinzelte in die helle Sonne und folgte der Produktionsassistentin hinab zum Strand, wo sie sowohl mit Carly als auch mit Prissy drehen würde. Carly, die in einen dicken Wollschal gewickelt war, stand da und starrte hinaus auf die anbrandenden Wellen. Joy ging, um sich neben sie zu stellen.

„Wie läuft es?", fragte Joy.

„Nicht gut", sagte Carly, ihre Miene war völlig ausdruckslos. „Wir stecken in einer Sackgasse. Ich fürchte, wir haben unsere Chance vertan und werden sie jetzt niemals finden. Vielleicht hätte ich dieser Polizistin vertrauen sollen."

„Das glaube ich nicht", sagte Joy. „Ich habe gehört, sie wurde gerade beurlaubt, und es wird ermittelt, ob sie sich im Dienst unethisch verhalten hat."

Carly drehte sich langsam um und schaute Joy mit großen Augen an. „Das meinst du doch nicht ernst. Wo hast du das gehört?"

„Dein Anwalt hat mich heute Vormittag angerufen, um mich wissen zu lassen, dass es keine weiteren Schwierigkeiten gibt. Offensichtlich hat er eine Rechtsfachkraft drauf angesetzt, und die hat herausgefunden, dass sie mein Handy gehackt hat, und so ist sie an meine Zeichnung gekommen. Sie wusste, dass ich Visionen hatte, hat aber diese Zeichnungen als Grund genutzt, um zu spekulieren, dass ich irgendwie darin verwickelt bin. Er vermutet, sie hat auf eine Beförderung spekuliert, denn sie wurde in den letzten drei Jahren dreimal übergangen. Einen großen Fall wie diesen zu lösen, hätte ihr bestimmt geholfen."

Joy war schockiert gewesen, als sie den Anruf erhalten hatte, da sie angenommen hatte, der Anwalt wäre nur hier gewesen, um ihr diesen einen Tag zu helfen. Aber es schien, als hätte Carly den besten angeheuert, und genau den hatte sie bekommen. Und obwohl Joy angenommen hatte, der Vorfall wäre vorbei, war sie erleichtert gewesen, dass daran keine Zweifel bestanden.

„Das ist ..." Sie schüttelte den Kopf und wirkte empört. „Da fällt mir nichts mehr ein. Es tut mir so leid, Joy."

„Es ist nicht deine Schuld. Danke dir, dass du Sebastian geschickt hast, um mich zu vertreten. Ich hatte keine Ahnung, was passiert wäre, wenn du nicht den Besten geschickt hättest."

Sie drückte Joy die Hand. „Ich freue mich, dass ich helfen konnte. Der einzige Grund, dass du da mittendrin steckst, liegt bei mir. Ich glaube nicht, dass ich damit fertig werden würde, wenn sonst jemand zu Schaden käme, der versucht, mir dabei zu helfen."

„Carly, du weißt schon, dass nichts davon deine Schuld ist, oder?" Joy zupfte leicht an ihr, damit sie sie anschaute, und sie Carlys Blick festhalten konnte. „Ich würde alles tun, um dir zu helfen, deine Nichte zu finden. Mir geht es nicht gut mit dem Wissen, dass sie da draußen ist, und es nichts mehr gibt, was ich tun kann."

Carly nickte. „Ich weiß, und ich weiß es zu schätzen. Mein Privatdetektiv sucht immer noch."

„Du weißt, wenn ich sonst noch irgendwas sehe, werde ich es dich sofort wissen lassen."

„Danke", erwiderte Carly.

Joy hatte eine Menge Zeit damit verbracht, Harlows Bild zu mustern. Nichts war durchgekommen, seit sie sie zum letzten Mal auf der Polizeiwache gesehen hatte. „Ich habe gehört, die Polizei von Premonition Pointe hat nun einen neuen Polizisten auf den Fall angesetzt, aber bisher hat mich niemand kontaktiert."

„Mich auch nicht." Carly schob sich die Hände in die Taschen und schaute den Strand entlang. „Ich glaube, sie sind bereit für uns."

Sie gingen schweigend über den Strand dorthin, wo die Szene stattfand, und in den nächsten Stunden beobachtete Joy, wie Carly sich von der stoischen, besorgten Tante in eine aufgedrehte Großmutter voller Lebensfreude verwandelte. In dem Augenblick, in dem der Regisseur sie entließ, verfiel sie wieder zurück auf die besorgte Tante und ging ohne ein Wort.

„Verdammt", sagte Joy an niemanden gewandt. „Das Talent dieser Frau ist atemberaubend."

„Das ist eine Tatsache", erwiderte Quinn, der neben ihr stand, die Arme vor der Brust verschränkt. Seine Augen waren zusammengekniffen, als würde er sie mustern.

„So, wie sie es einfach auf Knopfdruck anschalten kann, wenn sie es braucht, sogar bei allem, was sie gerade durchmacht, ist sie eine Inspiration", fügte Joy an. „Ich hoffe, ich kann eines Tages auch nur halb so gut sein wie sie."

Er schaute hinüber zu ihr. „Du bist bereits toll, Joy. Es gibt keinen Grund, dich mit Carly zu vergleichen. Sie ist eine hervorragende Schauspielerin, aber Schauspiel ist nicht alles."

Joy schaute ihn mit gerunzelter Stirn an. „Was soll das denn heißen?"

„Nichts." Er zuckte mit den Schultern, dann grinste er sie an. „Nur dass jeder seine eigenen Gaben hat." Er ging weg, sodass sie ihm nachstarren musste und sich leicht unbehaglich fühlte.

Es war weniger das, was er gesagt hatte, sondern wie er es gesagt hatte, und es brachte sie auf den Gedanken, Quinn hätte vielleicht ein Problem mit Carly. Aber warum? Sie konnte sich um nichts in der Welt auch nur einen Grund einfallen lassen. Der Wind frischte auf und ließ es ihr kalt werden, während sie sich auf den Weg zurück zu ihrem Trailer machte. Als sie gerade hineingehen wollte, hörte sie Prissys hohe Stimme hinter ihr.

„Hey, Joy."

Joy unterdrückte ein Stöhnen und drehte sich um. „Prissy. Was ist denn? Geht es dir besser?"

„Ja. Aber dir habe ich das nicht zu verdanken. Ich habe mir fünf Tage hintereinander die Seele aus dem Leib gekotzt."

„Tut mir leid, das zu hören, aber ich bin mir nicht sicher, weshalb das meine Schuld sein sollte", sagte Joy.

„Glaub ja nicht, ich wüsste nicht, dass du es mir zurückgezahlt hast, nur weil ich dir ein paar Streiche gespielt habe", sagte sie mit einem Schniefen. Als sie weitersprach, war ihre Stimme ganz giftig. „Und wenn du schon ein bisschen Akne oder einen rauen Hals bekommen hast? Man versetzt doch nicht das Mittagessen einer Kollegin mit genug Hex-Pillen, dass sie fast in die Notaufnahme muss."

„Das habe ich nicht getan", erklärte Joy kühl. „Du bist diejenige, die versucht hat, mich krank zu machen. Wenn ich du wäre, würde ich mich umsehen, wen ich sonst noch angepisst habe. Aber lass mich da raus." Sie wirbelte herum, marschierte zu ihrem Trailer und knallte die Tür hinter sich zu, entschlossen, Prissy niemals auch nur noch eine Sekunde ihrer Zeit zu widmen.

„Hallo, Joy."

Joy stieß ein Keuchen aus und fuhr fast aus der Haut, als sie Quinn sah, der gleich links von der Tür stand. „Heiliger Bimbam, Quinn. Was machst du denn hier? Du hast mir einen Heidenschrecken eingejagt."

„Noch nicht." Seine Lippen wölbten sich zu einem teuflischen Lächeln. „Aber das kann ja noch werden."

Sie machte einen Schritt zurück, wollte aus dem Trailer flüchten, aber sie war zu spät. Er warf ihr eine Handvoll weißes Pulver ins Gesicht, und sie verlor das Bewusstsein und brach auf dem Boden zusammen.

DAS HÄMMERN in Joys Kopf war ein stetiger Takt, der zum Rhythmus ihres Herzens passte. Ihr tat der Rücken weh, und als sie versuchte, sich herumzurollen, hielt etwas sie auf. Sie blinzelte, versuchte, ihre verschwommene Sicht zu klären, und stöhnte, als sich ihr der Magen umdrehte.

„Endlich. Wach auf, du faule Hexe", knurrte jemand.

„Wer ist da?", fragte Joy, die immer noch versuchte, ihre Sicht zu klären, und es nicht konnte.

„Was glaubst du denn, wer es ist?" Schritte hallten durch den Raum, bis sie spürte, wie sich die Matratze senkte.

Der Geruch nach Meer und Kiefern strömte über sie hinweg. „Quinn?", krächzte sie. „Was ist passiert?"

„Du hattest praktisch eine Überdosis durch eine zermahlen Schlaftablette. Um Himmelswillen, hast du denn überhaupt keine Toleranz, was Arzneimittel angeht?"

„So ziemlich." Joy war kein Fan von allem, was keine Kräutermedizin war, und ging Arzneimitteln um jeden Preis aus dem Weg.

„Wach auf. Wir haben was zu tun", befahl er. Die Schritte

waren wieder hörbar, das Geräusch schickte ihre Kopfschmerzen in den Bereich einer richtigen Migräne.

„Hör auf, bitte", flehte sie. „Mein Kopf bringt mich um."

„Das liegt daran, dass du auf dem Weg nach unten an den Tresen geknallt bist. So ein Leichtgewicht habe ich mein ganzes Leben noch nicht gesehen. Du wirst es in Hollywood nie schaffen. Jemand würde dir Drogen in den Drink mixen, und damit wärst du am Ende. Wäre ich nicht heute den ganzen Tag da geblieben, um dir etwas Koks zu verabreichen, wer weiß, wie lang du weg gewesen wärst? Vielleicht wärst du niemals aufgewacht. Es ist echt traurig."

Drogen? Koks? Quinn hatte ihr Drogen eingeflößt? Sie versuchte, sich aufzurichten, wurde aber wieder nach unten gezogen, und da wurde ihr klar, dass ihre Hände an das Kopfende des Bettes gefesselt waren, und ihre Fußknöchel zusammengebunden. Sie würde auf keinen Fall irgendwohin gehen. Sie blinzelte rasch, bis ihre Sicht sich endlich klärte, und dann schaute sie Quinn mit zusammengekniffenen Augen an, während er sich in einem Stuhl zurücklehnte und sie beäugte. Sein Gesicht war eingefallen, als wäre er gerade erst von einem Drogenrausch erwacht, und seine Kleidung war zerknittert auf eine Art, wie sie es noch nie gesehen hatte. Er wirkte immer so aufgeräumt, aber in dem winzigen Raum, der in einem Motel an der Straßenseite zu sein schien, wirkte er wie ein Junkie, der unbedingt seinen nächsten Schuss brauchte.

„Warum, Quinn?", krächzte sie, während sie versuchte, ihre Füße voneinander zu lösen, und es nicht schaffte. „Was willst du?"

„Was glaubst du denn?" Er wedelte mit der Hand zum Zimmer hin. „Wenn Carly dieses Lösegeld nicht zahlt, ist es das, worauf ich mich von jetzt an freuen kann."

„Carly?" Entsetzen erfüllte sie, und dieses Mal drehte sich ihr wirklich der Magen um, und sie wandte sich gerade noch rechtzeitig ab, um den Inhalt ihres Magens auf den Boden von sich zu geben. Die Fesseln rieben über ihre Handgelenke, und sie fragte sich, ob ihre Haut offen sein würde, wenn sie hier rauskam.

„Du bist ekelhaft", sagte er, stand auf und ging in das winzige Bad. Als er herauskam, warf er ein Handtuch über ihren Mageninhalt und setzte sich wieder hin, lehnte sich vor, die Hände aneinandergelegt. „Ich habe alles versucht, was ich mir vorstellen kann, um Carly dazu zu bringen, zu bezahlen. Ich habe immer noch mein Ass im Ärmel, aber das würde ich lieber nicht nutzen. In Hollywood hat es seinen Preis, wenn man die Geheimnisse der Ex ausplaudert. Manche Regisseure haben Berührungsängste bei so einer Art Drama. Aber ich würde es trotzdem tun, wenn der Zahltag groß genug ausfällt."

„Deine Ex? Du warst mit Harlow zusammen?", fragte sie entsetzt.

Quinn hob eine Augenbraue. „Bist du immer so langsam?"

Joy starrte an die vergilbte Decke hinauf und versuchte, ihre Gedanken zusammenzuraffen. Er hatte ihr ein Bild von ihm mit Carly und Harlow gezeigt. Aber hatte Harlow nicht einen Freund gehabt? Der Glatzkopf hatte doch darüber nachgedacht, die Geschichte zu verkaufen. Wie hieß er noch mal?

Quinton.

Heilige Scheiße. Sie hatte die ganze Zeit die Hinweise direkt vor sich gehabt. Aber wie hätte sie wissen können, dass Harlows Ex hinter der Entführung stand? Eindeutig hatte Carly es nicht gewusst, oder sie hätte sich Quinn selbst mal angesehen.

„Was ist mit dir passiert?", fragte ihn Joy.

„Was passiert ist, fragt sie", sagte er und äffte sie dabei nach.
„Was ist nicht passiert?" Er stand auf und ging auf und ab.
„Anfangs war alles toll. Harlow und ich waren glücklich. Wir
haben unsere Zeit zusammen verbracht, und ich habe sogar
darüber nachgedacht, sie zu fragen, ob sie mich heiratet. Aber
dann hat Carly beschlossen, dass ihre Nichte mehr im Leben
braucht, als nur einem Schauspieler hinterherzulaufen, darum
hat sie sie überzeugt, sich in ein Musikprogramm
einzuschreiben, und von da an ging alles bergab."

„Was ging bergab?", fragte Joy. „Eure Beziehung?"

„Nein. Sei doch nicht so blöd. Harlow hat mich geliebt",
sagte er, das Kinn erhoben, als wäre er Gottes Geschenk an alle
Frauen. „Meine Karriere ging bergab. Sobald ich nicht mehr
die ganze Zeit mit der Nichte von Hollywoods beliebtester
Tante gesehen wurde, wurde ich einfach nicht mehr gecastet.
Meine Rollen wurden immer weniger, und Presse gab es
überhaupt nicht mehr. Du hast echt keine Ahnung, wie gut du
es hast, dass die Paparazzi dir überallhin folgen. Wenn sie über
dich reden, heißt das, sie wollen dich. Und das lässt sich direkt
in Aufträge und Geld übersetzen."

„Also ist das alles Rache, weil Carlys Ratschlag dafür
gesorgt hat, dass dein Stern etwas sinkt?", fragte Joy ungläubig.

„Es ist keine Rache. Es geht ums Überleben!", brüllte er und
ließ dann die Faust auf den wackligen Nachttisch knallen. Er
schwankte und fiel um, sodass er die billige Lampe mitnahm.
„Keiner kann es aushalten, erst der angesagteste Star zu sein,
und dann ein Schauspieler, der keine Rolle in einem Film
landen kann, außer seine Freundin verlangt, dass er
angeheuert wird, bevor sie unterschreibt."

„Prissy?", fragte Joy vorsichtig. „Sie ist diejenige, die dich
empfohlen hat?"

„Klar. Aber nur, weil ich sie mit einem zuverlässigen Dealer zusammengebracht habe." Er zuckte mit den Schultern, als wäre es etwas völlig Normales und Alltägliches, über Drogen zu reden. Vielleicht war es das ja in Hollywood. Es gab auf jeden Fall genug Gerüchte darüber. Aber bisher hatte auf dem Set niemand gewirkt, als wäre er oder sie high. Niemand bis auf Quinn auf jeden Fall.

Sie erinnerte sich grob daran, dass er mit ihr einer Meinung gewesen war, dass Prissy so richtig nervtötend war. Und doch war Prissy der Grund, weshalb er überhaupt einen Auftrag hatte. Joy nahm an, unter Süchtigen gab es keine Ehre.

„Und was jetzt? Warum bin ich da?", fragte Joy, die sich ans Eingemachte wagen musste. „Wirst du für mich auch um ein Lösegeld bitten? Wenn ja, muss ich dir sagen, niemand, den ich kenne, hat so viel Geld, dass es sich lohnt, Drogen und Entführungen durchzuziehen." Ihre Kopfschmerzen hämmerten noch immer, aber eine rechtschaffene Empörung meldete sich, und Joy war bereit, dieses Arschloch zu bekämpfen, bis sie ihm die Hände um den Hals gelegt hatte und ihm die Lichter ausknipsen konnte.

Wie konnte er es wagen, sie mit Drogen vollzupumpen und sie zu fesseln, in irgendeinem schäbigen Motelbett. Arschgeige.

„Du bist hier, um Carly zu motivieren, das Richtige zu tun." Er schnappte sich die offene Bierflasche vom Tresen und nahm einen großen Schluck. „Sie ist ein herzensguter Mensch. Ich weiß, dass ihr Cousin verhindert hat, dass sie mich auszahlt, aber jetzt, da noch jemand in Gefahr ist, wird sie eine größere Motivation haben."

„Ihr Cousin?", fragte Joy dümmlich. Wer könnte das sein?

„Terry? Barry? Larry? Ich weiß es nicht. Irgend so was. Der Glatzköpfige. Das ist der Typ, den sie immer anrufen, wenn sie jemand brauchen, der sich um was Heikles kümmert. So ein Typ, der eben alles hinkriegt."

„Gary", murmelte Joy.

„Was?"

„Nichts." Sie versuchte, den Kopf zu schütteln, überlegte es sich aber noch einmal, als die Schmerzen stärker wurden.

„Ich weiß, wofür du mich hältst, das ist dir schon klar", brüllte er, plötzlich wütend.

„Wirklich?" Joy wollte ihm unbedingt sagen, was für ein Scheißhaufen mit Anspruchsdenken er war. Dass er Frauen seine eigenen Unzulänglichkeiten vorwarf und dass er es verdiente, ein Schauspieler für D-Filme zu werden, der letztlich nur noch einen Job in einer Realityshow bekam. Aber sie war derzeit an eine Matratze gefesselt, in der es vermutlich vor Bettwanzen wimmelte, und war nicht in einer Lage, in der sie sich ihn zum Feind machen konnte. Stattdessen hielt sie den Mund und hoffte, er würde sprechen, bis er ohnmächtig wurde. Vielleicht hätte sie dann einen Augenblick, um zu versuchen, sich aus den Fesseln zu befreien.

„Glaubst du, ich bin ein Idiot?", knurrte er. „Du hältst mich für einen Verlierer. Jemanden, der es verdient hat, fallengelassen zu werden."

„Harlow hat sich von dir getrennt?"

Er wölbte die Lippen, und es sah aus wie bei einem derangierten Serienmörder. Vielleicht drängte sie ihn zu sehr. Sie wollte sich kleinmachen, aber sie konnte nirgendwo hin. „Sie hat mich fallenlassen. Mit einer Nachricht. Wer macht dann so was Beschissenes?" Er stapfte durch das Zimmer, warf einen Stuhl um und trat gegen das Nachtkästchen, das umgefallen war. „Diese Schlampe schuldet mir was."

Und da kam es ans Licht. Wie konnte Harlow es wagen, ihr eigenes Leben zu führen, anstatt ihn zu bedienen und ihn an den Verbindungen ihrer Familie teilhaben zu lassen. Er war echt das schlimmste Arschloch, und soweit es Joy betraf, hätte sich die Erde einfach auftun und ihn verschlingen können.

„Also bist du hier, um Carly unter Druck zu setzen, damit sie mir genug zahlt, dass ich in Hollywood Hills wohnen, einen Tesla fahren und mich wie jeder andere reiche Filmstar da draußen benehmen kann. Und sobald ich dieses Leben führe, wird man mir die Rollen auf einem Silbertablett reichen."

Er machte sich so sehr etwas vor, dass er schon darin ersoff. „Du weißt, dass es nicht wirklich so funktioniert, oder?", sagte sie, bevor sie sich aufhalten konnte.

„Tut es aber, verdammt noch mal", fauchte er sie an. „So wie du kommt niemand ins Filmgeschäft, Joy. Es dauert Jahre, man braucht Verbindungen und Status. Und da bist du, spielst die Schauspielerin, nur weil irgend so ein berühmter Fotograf auf dich steht und ein paar annehmbare Fotos geschossen hat. Vertraue mir, wenn ich dir sage, ich bin überzeugt, das wird deine letzte Rolle. Wenn du Glück hast, wirst du ein One-Hit-Wonder. Aber niemand wird dich anheuern." Er musterte ihren Körper und schüttelte den Kopf. „Du bist bereits über der Altersgrenze. Wenn du keine Carly Preston bist, gibt es solche Rollen einfach nicht. Gewöhn dich daran, Prinzessin."

Joy wollte ihm ins Gesicht lachen. Die Schauspielerei war für sie etwas, das Spaß machte, und sie wusste, dass sie vermutlich Rollen beim Theater vor Ort bekommen konnte. Falls sie niemals wieder angeheuert würde, war das für sie auch okay. Vielleicht sogar mehr als okay. Sie liebte den Beruf wirklich, aber so ziemlich alles andere bedeutete ihr überhaupt nichts. Der Ruhm, die Öffentlichkeit, die Partys. Daran hatte sie kein Interesse. Und sie konnte auf jeden Fall damit leben, nicht in jedem Klatschmagazin auf den Supermarktregalen in der Schlagzeile zu stehen. „Die Botschaft ist angekommen."

Er schnaubte. „Du glaubst, ich mache mich über dich lustig.

Das passt schon, Joy. Ich kenne die Wahrheit, und du wirst sie bald auch kennen."

Sie schloss die Augen, versuchte das Pochen in ihrem linken Auge zu unterdrücken, und betete, dass er von einer Kolonie Feuerameisen aufgefressen werden würde. Ja, das hätte sie echt sehr glücklich gemacht. „Weiß Carly überhaupt schon, dass ich hier bin?"

„Das sollte sie. Mein Stiefbruder hat den Kontakt vor ein paar Stunden hergestellt", sagte er und klang zufrieden. „Er hat wiederholt, dass wir bereit sind, bei Harlow aufs Knöpfchen zu drücken, wenn sie das Geld nicht bis Mitternacht schickt, und dass du außer Gefecht gesetzt wirst, bis die Finanzen übertragen sind und wir sicher die Stadt verlassen haben. Dann könnte ich vielleicht in Erwägung ziehen, sie wissen zu lassen, wo man dich findet. Oder nicht, falls du dich weiterhin so zickig benimmst."

„Wie charmant", murmelte sie.

„Mach ruhig weiter, Lansing. Ich will unbedingt sehen, ob du noch schwimmst, wenn dir die Arme und Füße zusammengebunden sind."

Ein Bild von ihrem Körper, der mit dem Gesicht nach unten in einem Pool trieb, blitzte in ihren Gedanken auf, und das war der Augenblick, in dem sie aufhörte, sich mit ihm zu unterhalten, und sich stattdessen das Gehirn zermarterte nach einem Beschwörungszauber, der die Knoten an ihren Fesseln lockern konnte.

Schade auch, dass der einzige Zauber, der ihr einfallen wollte, einer war, mit dem man Feuer beschwor. Damit könnte sie ihre Fesseln verbrennen, aber sie würde danach auch ganz schön knusprig sein.

Verdammt.

Quinn ereiferte sich weiter und hämmerte auf die Möbel

ein, den ganzen Abend lang. Jeder Quadratzentimeter von Joy tat weh, und sie fing an, zu verzweifeln. Wenn Carly sich nicht über Gary hinwegsetzte, um Harlows Lösegeld zu zahlen, weshalb in aller Welt sollte sie es für Joy tun? Quinns Logik ergab für sie keinen Sinn, aber sie nahm auch wieder an, dass ein frustrierter Mann, der high war, weil er, weiß Gott, welche Drogen genommen hatte, vermutlich nicht unbedingt sonderlich logisch dachte.

Die Stunden zogen sich dahin, und Joy dämmerte immer wieder weg, bis sie irgendwann ein Kratzen an der Tür hörte. Ihre Augen klappten auf, und ihr Körper versteifte sich. War es Quinns Stiefbruder? Irgendeine andere zweifelhafte Figur, etwa einer seiner Drogenhändler? Sie hatte keine Ahnung, aber es gab keine Zeit zu verschwenden. Auf die eine oder andere Art musste sie aus ihren Fesseln entkommen.

Quinn saß weggetreten auf dem Stuhl neben dem Bett, und Joy wünschte sich verzweifelt, dass der Mann einen Herzstillstand gehabt hatte. Das war besser, als er es verdient hatte.

Joy prüfte ihre beiden Handgelenke, drehte sie und versuchte, ihre Hände zusammen zu bewegen, über dem Pfosten des Kopfteils des Bettes. Hätte sie sie nur dichter zusammenbringen können, konnte sie vielleicht ihre Finger nutzen, um sich zu befreien.

Das Bett quietschte, und sie stellte sich vor, falls unter ihnen jemand wohnte, kamen sie in den Vorzug von etwas, das sie vermutlich für Schlafzimmergymnastik hielten. Allein der Gedanke ließ Joy angeekelt schaudern. Das war es. Sie musste hier raus. Mit all ihrer Kraft riss sie ihr rechtes Handgelenk zum linken, und als sie zusammenkamen, was ihr Schmerzen bis in die Schulter hinauf verursachte, stieß sie ein Knurren aus.

Quinn regte sich, und sie erstarrte.

Aber seine Ruhelosigkeit dauerte nicht lang, und Joy machte sich an die Arbeit, um an den Knoten herumzufummeln, die ihre Handgelenke fesselten. Es dauerte eine Weile, aber schließlich löste sich der Knoten. Doch als sie gerade das linke Handgelenk aus der Schlinge ziehen wollte, krachte ihr eine harte Faust direkt ins Gesicht.

KAPITEL DREIUNDZWANZIG

*D*rei Dinge passierten gleichzeitig. Schmerz explodierte auf Joys Wange, sie bäumte sich auf und stieß Quinn beide Knie in die Eier, dann flog die Tür krachend auf.

„Runter von ihr, verdammt noch mal, du schleimiger Unhold!", befahl Grace, ihre Stimme war voller reinem Zorn.

Quinn, der bereits einen heftigen Schlag ins Gemächt abbekommen hatte, rollte herum auf den Boden, die Hände in den Schoß gepresst.

Sofort materialisierte sich ein leuchtender Strom aus Magie von der Tür und traf Quinn direkt in die Brust. Er vibrierte unter dem Ansturm der Magie, die in ihn hineinströmte, aber als ihre Zirkelschwestern schließlich die Magie aufgaben, konnte sich das Arschloch, das Joy mit Drogen vollgepumpt und sie in einem schmutzigen Bett in einem Hotelzimmer gefesselt hatte, nicht mehr bewegen, starrte ausdruckslos an die Wand, beide Hände immer noch in den Schoß gekrallt.

„Joy!" Hope rannte herüber und fing rasch an, die restlichen

Fesseln zu lösen. „O mein Gott, alles in Ordnung? Bist du verletzt?"

„Ugh." Joy stöhnte und rollte sich vorsichtig auf die Seite. „Alles tut weh. Und ich muss mal aufs Klo."

„Wir kümmern uns." Hope wollte Joy einen Arm um die Schultern legen, und im nächsten Augenblick tat Grace dasselbe auf der anderen Seite.

„In Ordnung, Süße", sagte Grace. „Es ist jetzt vorbei."

„Harlow?", fragte Joy krächzend. „Habt ihr sie gefunden?"

„Ja", sagte Hope, „ihr geht's gut. Bringen wir dich mal ins Bad."

Bis die Polizei auftauchte, saß Joy schon draußen auf den Betonstufen, einen Beutel mit Eis auf dem Gesicht. Ihr Kopf hämmerte noch immer, aber zumindest hatte sie ein paar Verspannungen aus ihrem schmerzenden Körper herausgearbeitet.

„Ms. Lansing?", fragte eine kleine, dunkelhaarige Frau mit Anzughose und einem Hemd, die vor ihr in die Hocke ging. „Ich bin Detective Danes, und mir wurde dieser Fall zugewiesen, nachdem Detective Coolidge suspendiert wurde. Ich verstehe, dass Sie heute Abend eine Menge durchgemacht habe haben, und früher schon von Coolidge schlecht behandelt wurden, aber ich hoffe, Sie können mir helfen. Erzählen Sie mir doch ein paar Details, damit wir sichergehen können, dass wir alles beieinanderhaben, und uns darum kümmern können, dass Mr. Redmond schön lange beim Staat einsitzen darf. Glauben Sie, das können Sie für mich tun?"

„Ja", sagte Joy, denn wenn sie aus dieser ganzen Tortur irgendwas herausholen wollte, dann, dass Quinton Redmond schön lang hinter Gittern blieb. „Das kann ich."

Sie griff vor und drückte Joy leicht die Hand. „Vielen Dank.

Nur noch ein paar Minuten, bevor ich Sie zurück zum Revier bringen kann."

„Da will ich nicht hin", sagte Joy.

Die Polizistin blinzelte sie an. „Tut mir leid. Sie wollen Ihre Aussage nicht im Büro machen?"

„Nein. Als ich die letzten beiden Male da war, war das alles andere als angenehm." Joy nippte an dem Wasser, das Gigi ihr gereicht hatte, und starrte hinaus auf die blitzenden Lichter der Polizeiautos.

„Kommen Sie doch zu mir nach Hause", sprach leise eine vertraute Stimme.

Joy schaute auf und sah Carly, die sich an eine Frau klammerte, die nur Harlow sein konnte. Carly warf ihr ein gequältes Lächeln zu und sagte: „Ich freue mich so, dich zu sehen, Joy. Und es tut mir so leid, dass du das durchmachen musstest."

„Ist nicht deine Schuld", sagte Joy. „Ich kann dir gar nicht sagen, wie es mich freut, Harlow bei dir zu sehen."

Die junge Frau warf einen Blick auf Joy, vergrub dann aber rasch wieder das Gesicht in Carlys Schulter.

„Ich auch", sagte Carly leise. „Ich auch." Sie wandte sich an Detective Danes. „Ich bringe Harlow nach Hause. Wenn Sie mit ihr reden wollen, werden Sie zu mir kommen müssen. Mein Wachmann wird Ihnen die Adresse geben, falls Sie sie noch nicht haben. Joy und ihre Freundinnen sind dort willkommen." Ohne ein weiteres Wort führte Carly ihre Nichte zu dem SUV, wo Gary wartete.

Joy drückte Hope die Hand. „Danke."

„Da gibt es doch nichts zu danken, meine Liebe", sagte Hope leise. „Wir haben nichts getan, was du nicht auch getan hättest."

„Wie habt ihr mich gefunden?", fragte sie.

„Angela", sagte Hope einfach. „Ich schwöre, diese Frau ist nützlicher als eine Katze."

„Angela?", fragte die Polizistin, die Augenbrauen gehoben.

Hope lächelte sie geduldig an. „Sie ist meine Mutter, und sie hat einen ernsthaften Fall von Telepathie. Die kann sie nicht abschalten. Na ja, heute Abend, als sie Lebensmittel eingekauft hat, hörte sie den Spießgesellen dieser Arschgeige, wie er sich über das Motel beschwerte, und wie nervig Harlow Preston ist. Also ist sie ihm hierher gefolgt und hat mich angerufen. Ich habe meinen Zirkel angerufen, und als nächstes waren wir Drei Engel für Charlie und haben allen gehörig in den Hintern getreten."

Danes schnaubte. „Ja, ich schätze schon. In Ordnung. Ich werde mich mit Ihnen allen bei Carly Prestons Haus treffen. Ist das für Sie in Ordnung, Ms. Lansing?"

Joy nickte, weil sie wusste, dass Carly die Polizei nicht mit irgendwelchem Unsinn durchkommen lassen würde. Und sehr wahrscheinlich war ihr Anwalt Sebastian bereits unterwegs.

JOY HATTE über eine Stunde Fragen in Carlys Büro beantwortet, als Sebastian Knight hereinkam. Er nahm neben ihr in einem passenden Ledersessel Platz und legte sich einen Fuß übers Knie. Er zwinkerte Joy zu, dann wandte er seine Aufmerksamkeit Detective Danes zu.

„Hallo." Er streckte die Hand aus und stellte sich vor. „Ich bin der Rechtsberater von Joy Lansing, Gigi Martin, Hope Anderson, Grace Valentine und natürlich Harlow Preston. Von jetzt an werden keine Fragen mehr beantwortet, außer ich bin dabei. Sind wir uns da einig?"

Danes nickte und grinste dann. „Keine Ihrer Klientinnen stehen unter Verdacht, Mr. Knight."

„Dessen war ich mir bereits bewusst, aber angesichts der Tatsache, wie Sie Ms. Lansing in der Vergangenheit behandelt haben, wollen wir lieber sichergehen."

„Ist notiert." Detective Danes ging wieder dazu über, detaillierte Fragen über Joys Aufenthalt in dem Motel zu stellen, und alles, worüber sie mit Quinn geredet hatte. Als eine weitere Stunde um war, war Joy so müde und hatte so große Schmerzen, dass sie weinen wollte.

„Ich glaube, das reicht für den Abend", sagte Sebastian, was Joy zu der Frage brachte, ob der Mann auch mit Telepathie „verflucht" war, wie Hope es genannt hätte. „Meine Klientin hat für einen Tag genug durchgemacht. Wenn Sie noch einmal mit ihr sprechen wollen, rufen Sie bei mir im Büro an, und wir stellen ein Treffen auf die Beine."

Danes nickte und erhob sich. „Sie wirken wie ein fürsorglicher und kompetenter Anwalt, Mr. Knight. Das möchte ich herausstellen."

„Vielen Dank", sagte er einfach und beobachte dann, wie sie aus dem Zimmer ging. Er wandte sich an Joy. „Sie haben das gut gemacht. Ich glaube, die Informationen, die Sie ihr gegeben haben, werden für den Fall eine große Hilfe sein."

„Das hoffe ich. Aber brauchen sie das überhaupt? Ich meine, Harlow …"

Er hob eine Hand, um sie aufzuhalten. „Harlow erinnert sich an gar nichts aus ihrer Entführung. Es ist ein Glück, dass Sie diese Vision hatten, die in die Akte eingeht. Sie wurde unter Drogen gesetzt und sah dann weder Quinton, noch wo sie festgehalten wurde. Ohne Sie hätte der Fall völlig in sich zusammenfallen können."

„Du liebe Zeit. Ich hatte ja keine Ahnung", sagte Joy, die sich eine Hand an ihre schmerzende Wange legte.

„Da bildet sich bereits ein blauer Fleck. Sie sollten Clarity – ich meine Gigi – um eine Salbe bitten. Ich bin sicher, sie hat irgendwas, das das gleich wieder hinbiegt." Er lächelte sie freundlich an und erhob sich, bot ihr eine Hand.

„Wie gut kennen Sie Gigi?", fragte sie neugierig. Joy hatte heute Abend so viele Fragen gestellt bekommen, dass es nur zu passen schien, auch selbst ein paar zu stellen, selbst wenn es sie überhaupt nichts anging.

„Vor langer Zeit waren wir mal befreundet", sagte er einfach. „So stark verändern sich Leute normalerweise nicht."

Sie dachte darüber nach und nickte dann. „Wissen Sie, ich glaube, Sie haben recht."

Sie fand ihren Zirkel und Carly im Wohnbereich. Carly war damit beschäftigt, von ihnen zu schwärmen und ihnen Superheldennamen zu geben. Das brachte Joy zum Lächeln, und dann zuckte sie zusammen, weil ihr Kiefer schmerzte.

„Joy", sagte Carly leise, als sie sie sah. „Wie geht es dir?"

„Ehrlich? Jeder Quadratzentimeter tut mir weh. Hast du irgendeinen schmerzstillenden Trank herumstehen?"

„Ja. Folge mir." Sie erhob sich anmutig vom Sofa, und Joy folgte ihr in ein Zimmer, das man eigentlich nur eine Apotheke nennen konnte. Der ganze Raum war voller Kräuter, Tränke in einem Kühler und jeder Art Zutat, nach der man Ausschau halten könnte, wenn man versuchte, etwas zu zaubern.

„Dieses Zimmer ist fantastisch", sagte Joy, die Augen vor Ehrfurcht ganz groß. „Hier verbringst du sicher eine Menge Zeit?"

Sie nickte. „Tränke mischen und Kräutermedizin

entspannen mich. Das mache ich, um wieder runterzukommen.“

„Das war bestimmt ziemlich viel Zeit, die du in einen Ort investiert hast, den du nur ganz kurz mietest.“

„Das wäre so gewesen“, sagte Carly mit einem Nicken „Aber ich habe vor einer Weile schon beschlossen, dass ich gerne länger hierbleiben möchte. Darum habe ich es auch langfristig gemietet. Ich hoffe irgendwie, der Besitzer wird es mir verkaufen, aber bisher habe ich ihn noch nicht überzeugt.“

„Das ist ... wow. Das ist echt gut, Carly. Du passt hierher.“

Carly griff in den Kühler und reichte ihr eine Glasflasche. „Das sollte was bringen. Es wird auch die Heilung beschleunigen.“

„Ich wünschte, ich hätte davon gewusst, als Prissy mich mit ihren Hex-Zaubern eingedeckt hat. Ich hätte dich um etwas gebeten, das sie wieder zu Sinnen kommen lässt, oder sie auf einen anderen Planeten schickt.“

„Das klingt echt toll“, sagte Carly. „Ich wette, auf der Venus würde sie aufblühen. Das ist ein guter Ort für zickige Leute.“ Sie grinste und fügte an: „Aber in der Zwischenzeit habe ich vielleicht etwas, von dem ich schwören könnte, es wäre nur etwas gewesen, das die Laune stabilisieren soll, in ihren Kaffee gegeben. Wie es sich erwiesen hat, hat es für sie nicht so gut funktioniert. Das hat uns aber ein bisschen Zeit verschafft, in der wir ohne ihren Unsinn leben konnten.“

Joy stieß ein lautes Lachen aus. „Ach du liebe Zeit. Hätte ich dich noch nicht geliebt, dann würde ich das jetzt tun. Das ist ja unbezahlbar.“

Carlys Augen glitzerten zum ersten Mal, seit Harlow entführt worden war, und das machte Joy ganz beschwingt vor Freude. Diese Frau war einfach nur ansteckend. Es war kein

Wunder, dass sie ein Megastar war. Leute konnten nicht verhindern, zu ihr hingezogen zu werden. „Sie hat es verdient."

Schließlich lachten sie beide, und dann stand Stille zwischen ihnen.

Schließlich räusperte sich Joy. „Kann ich dich was fragen?"

„Natürlich."

„Was ist mit dem Glatzkopf? Ich meine, Gary. Quinn sagte, er wäre dein Cousin. Aber Hope hat gehört, wie er darüber nachdenkt, Harlows Geschichte zu verkaufen, und ich bin mir nicht richtig sicher, weshalb er immer noch für dich arbeitet. Ich meine, ich habe einige verrückte Sachen gehört, die Familien einander antun können, wenn's um Geld geht. Erpresst er dich oder so was? Denn falls ja, bringen wir ihn doch einfach mit dem Müll raus, wie wir es mit Quinn gemacht haben. Das meine ich ernst. Wir kümmern uns gleich jetzt um ihn."

Carly warf den Kopf in den Nacken und lachte so heftig, dass sie anfing zu keuchen.

„Äh, Carly? Ich glaube, du musst mal Luft holen."

Bis die Schauspielerin sich endlich unter Kontrolle hatte, musste sie sich die Tränen von den Wangen wischen. „Ach du liebe Zeit. Das hat sich gut angefühlt. Vielen Dank, Joy."

„Gern geschehen?", sagte Joy, die es wie eine Frage klingen ließ. „Was genau war denn so lustig?"

„Gary *ist* mein Cousin. Er erpresst mich auf gar keinen Fall. Das würde er auch niemals tun. Er ist nur so ziemlich die einzige Person, der ich vertraue, dass er mir den Rücken stützt, wenn die Dinge in diesem Geschäft verrückt werden. Dieser Tag, an dem Hope gehört hat, wie er drüber nachdachte, der Presse eine Geschichte zu verkaufen, das war nur sein Frust, der sich da offensichtlich bemerkbar gemacht hat. Wir hatten bereits vermutet, dass Quinn an der Entführung beteiligt war, aber ganz gleich, wie sehr wir ihn unter die Lupe genommen haben, es kam nichts Nützliches dabei heraus. Und wie wir jetzt wissen, war er tatsächlich nicht derjenige, der sie mitgenommen oder festgehalten hat, er war nur das Genie dahinter. Auf jeden Fall dachte Gary, wenn er ein paar Geschichten über Quinns früheren Drogenmissbrauch verkaufen würde, würde mehr rauskommen, und wir könnten eine Spur erhalten. Aber er sagte, das wäre zu riskant, da er lange genug mit Harlow zusammen gewesen war, dass sie auch in die Höhle der Löwen geworfen würde. Das hat sie nicht verdient. Ich habe sie geschützt."

„Aber du hast ihm gesagt, du wärst der einzige Grund, weshalb er nicht ins Gefängnis ging. Weshalb sollte er denn ins Gefängnis gehen?", fragte Joy.

Carlys Lippen zuckten, und sie grinste. „Dir entgeht nicht viel, oder?"

Joy zuckte mit den Schultern. „Ich war wirklich durch den Wind und wollte helfen."

„Vielen Dank dafür." Carly drückte ihr die Hand. „Das gehört alles zur Vorführung. Ich kann doch nicht zulassen, dass sich einer meiner Wachleute gegen mich wendet, oder?" Sie grinste. „Es wissen nicht viele, dass Gary mein Cousin ist. Mir ist es lieber, wenn die Leute es nicht wissen. Es ist leichter für ihn, sein Leben zu leben, ohne dass er zu einem Ziel für die Klatschpresse wird."

„Und Quinn? Wie konntest du mit ihm arbeiten, wenn du angenommen hast, dass er Harlow hatte?"

Ihr Lächeln schwand und wurde von einem Stirnrunzeln ersetzt. „Ich sage es dir, Joy, es war nicht einfach. Es dauerte ungefähr einen Monat, dass Harlow mit ihm zusammen war, bis mir klar wurde, wie abhängig er von Drogen war. Es war wichtig, dass ich sie von ihm wegbrachte. Tatsächlich habe ich einen Glückstanz aufgeführt, an dem Tag, als sie sich von ihm getrennt hat."

Joy nickte. „Das verstehe ich schon."

„Ich weiß nicht, wie er die Rolle in diesem Film bekam, aber hätte ich es gewusst, bevor ich unterschrieben habe, hätte ich meine Rolle auf keinen Fall angenommen. Wirklich nicht. Aber ich bin Profi, und wie würde es denn aussehen, wenn ich einen riesigen Tobsuchtsanfall kriege, wegen einer Nebenfigur, mit der ich nicht mal viel interagieren muss?"

„Das ist auf jeden Fall ein Dilemma. Aber sieh mal die positive Seite", sagte Joy glücklich.

„Welche denn?"

„Er kommt ganz bestimmt nicht auf Kaution aus dem Gefängnis, denn er ist pleite, und falls doch, kann ich mir nicht vorstellen, dass er wieder bei dem Film mitmachen darf. Also habe ich Glück, ich darf eine weitere unfassbar peinliche Sexszene mit irgendeinem Jungspund drehen, der vermutlich keine Ahnung hat, wie man eine Frau befriedigt, selbst wenn er detaillierte Anweisungen und eine Taschenlampe erhält."

Carly brach in ihrem Stuhl zusammen und lachte, bis ihr wieder die Tränen in die Augen traten, und Joy beschloss, dass sie sich mächtig ins Zeug legen würde, um Carly Preston jeden Tag am Lachen zu halten, an dem sie in Premonition Pointe war.

KAPITEL VIERUNDZWANZIG

„Guten Morgen, meine Schöne", sagte Troy, während er sich an Joys nackten Körper kuschelte und ihren Hals kitzelte.

„Guten Morgen", murmelte sie und schaute aus seinem Schlafzimmerfenster auf die anbrandenden Wellen. Die Entführung lag vier Wochen zurück, und seitdem war ihr Leben aufregend gewesen. Joy hatte sich tränenreich von ihrer Tochter Britt verabschiedet und sie nach Texas geschickt, mit einem Mann, der vielleicht gut genug für sie war oder vielleicht auch nicht. Nur die Zeit würde zeigen, ob Dave zu dem Mann wachsen konnte, den Britt verdiente. Joy hoffte es. Das tat sie wirklich, denn sie mochte den Kerl und konnte sehen, weshalb Britt ihn wirklich schätzte.

Der Film war um zwei Wochen verschoben worden, während sie für Joy einen neuen Verehrer fanden. Sie hatten auch darauf bestanden, dass Joy zu einer Therapie ging, denn sie war unter Drogen gesetzt und entführt worden, während sie auf dem Set gewesen war. Sie war nicht naiv. Sie wusste, dass sie sich damit nur schützen wollten, falls sie einen

Zusammenbruch erlitt. Aber wie es sich erwies, hatte es wirklich gegen die Nervosität geholfen, die zu ihr aufgeholt hatte. Früher war sie nie eine ängstliche Person gewesen, aber traumatische Ereignisse waren tatsächlich Auslöser für Probleme mit der geistigen Gesundheit, genau wie es alle anderen gesagt hatten. Die Beratung half, und Joy ging immer noch einen Tag pro Woche hin, nur um alles unter Kontrolle zu halten, seit sie zurück zur Arbeit gegangen war. Die Paparazzi waren zwar immer noch da, hatten aber andere, interessantere Leute gefunden, über die sie schreiben konnten, also war Joys Name nicht mehr das Stadtgespräch.

Diese Ehre ging an Harlow. Es dauerte nicht lange, nachdem sie nach Hause gekommen war, dass sie beschlossen hatte, es wäre an der Zeit, ihre Geschichte zu erzählen. Darum hatte Carly einen vertrauenswürdigen Reporter angerufen, und die Geschichte war vor einer Woche veröffentlicht worden. Darin beschrieb Harlow die Ereignisse um den Tod ihres Vaters und die Rolle ihrer Mutter im Nachgang. Es war nämlich so, dass die zehnjährige Harlow hereingeplatzt war, als ihr Vater gerade ihre Mutter erwürgen wollte. Auf dem Ankleidetisch hatte eine Waffe gelegen, und damit hatte Harlow ihre Mutter gerettet. Als alles vorbei gewesen war, hatte Harlows Mom gelogen, um ihre Tochter zu decken. Sie wollte nicht, dass ihr kleines Mädchen als das Kind bekannt wurde, das den eigenen Vater umgebracht hatte. Das war ein großes Trauma für Harlow, und sie hatte sich von ihrer Mutter entfremdet und jahrelang deswegen eine Therapie gemacht. Carly hatte nicht gewollt, dass sie das tat, aber Harlow bestand darauf, dass es zu ihrer Genesung gehörte, und bisher ging sie ganz gut damit um. Selbst die Presse war vorerst zum Großteil respektvoll und ließ die Prestons in Ruhe. Das hinderte sie nicht daran,

Geschichten zu veröffentlichen, aber das war ja zu erwarten gewesen.

„Ich hatte mir gedacht, wir frühstücken im Bett", sagte Troy, der mit der Hand ihren Körper entlang nach oben strich. Joy erschauerte leicht, aber das lag nicht an der Kälte. „Wer macht denn dieses Frühstück?"

Er lachte leise. „Nicht du."

Joy rollte sich herum und drückte ihm einen sanften Kuss auf die Lippen. „Dann klingt das herrlich. Aber ich glaube, ich habe erst mal auf was anderes Hunger."

Sie nahmen sich Zeit, einander zu lieben, vor dem Hintergrund aus Wellen, die an die Felsen brandeten. Der erste Monat mit Troy war alles gewesen, was sie sich jemals in einer Beziehung erträumt hatte. Sie verbrachten die meisten Nächte zusammen entweder bei ihm oder bei ihr. Sie wurde auch rasch ein großer Fan seines Hauses. Es gab nichts Beruhigenderes, als einzuschlafen und aufzuwachen, während man den Ozean hören und riechen konnte.

Das Leben mit Troy war einfach ein Spaß. Er war aufmerksam und unterstützte sie, und er sorgte dafür, dass sie sich jeden Tag schön fühlte. Und er war ein hervorragender Koch. Es schadete auch nicht, dass ihn all ihre Kinder mochten.

Nach ihrem vormittäglichen Liebesfest verschwand Troy in der Küche, und als er zurückkehrte, reichte er Joy ein Tablett mit einem Ziegenkäseomelette, frischen Beeren, Speck und einer großen Tasse Kaffee.

„Du hast mich doch schon im Bett", scherzte sie. „Was soll denn jetzt dieser große Aufwand?"

Er lachte leise und stieg wieder zu ihr ins Bett, um ein Stück von ihrem Speck zu stehlen. Durch ihre ganzen Übernachtungen hatte sie auch erfahren, dass Troy nicht sonderlich viel frühstückte. Also war die Tatsache, dass er das nur für sie gemacht hatte, wirklich ziemlich süß. Oder er wollte etwas. Sie beschloss, dass vermutlich beides stimmte.

Troy schob ihr eine Haarsträhne hinters Ohr und sagte: „Ich hatte gehofft, dass du heute Abend Zeit hast."

„Klar. Habe ich das nicht immer?" Sie nahm einen großen Schluck von ihrem Kaffee.

„Nicht, wenn du dich mit deinem Zirkel triffst", sagte er.

„Ach, das stimmt. Nichts steht der Zeit mit meinen Mädels im Wege."

„Als ob ich das nicht wüsste", sagte er mit einem Grinsen. „Der Himmel helfe dem Mann, der sich zwischen eine Hexe und ihren Zirkel stellt."

„Das hast du gesagt, nicht ich." Sie hielt ihm ihren Speck hin, bot ihm einen Bissen an.

Er nahm ihn und schnappte sich dann das ganze Teil. „Verdammt, das ist gut."

„Ja, meine Empfehlung für den Koch. Also, was machen wir denn heute Abend?", fragte sie.

„Das ist eine Überraschung. Sei um sieben fertig." Er kroch aus dem Bett und war unterwegs unter die Dusche.

Joy sah ihm nach, beäugte seine ansehnliche Rückansicht wertschätzend. „Was soll ich denn anziehen?"

„Dieses sexy rote Kleid in deinem Schrank."

„Was für ein sexy rotes Kleid?", rief sie zurück. Aber es war zu spät. Das Geräusch von Wasser, das durch die Rohre strömte, gefolgt vom Quietschen der Duschtür, ließ sie wissen, dass die Unterhaltung vorerst vorüber war. Und bis er ins Schlafzimmer zurückkehrte, war Joy so mit ihrem Frühstück beschäftigt, dass sie alles über das mysteriöse rote Kleid vergaß.

KYLE STIEß einen leisen Pfiff aus, als Joy aus dem Schlafzimmer kam, in einem Neckholderkleid, das gerade so viel Ausschnitt zeigte, dass sie nicht Gefahr lief, einen Unfall damit zu erleben. Es war knielang und wirkte wahre Wunder, um ihre straffen Beine in Szene zu setzen. Es war ein Kleid, das Joy sofort geliebt hätte, aber vielleicht nicht anprobiert, weil sie Angst gehabt hätte, ein bisschen zu alt für so einen Look zu sein. Aber holla, wenn sie sich im Spiegel betrachtete, wäre diese Einschätzung ja wohl völlig daneben gewesen. Komplett daneben, denn das sexy rote Kleid war nun ihr liebstes Stück im Schrank. Tatsächlich dachte sie drüber nach, es jeden Tag anzuziehen, nur damit sie, wenn sie in den Spiegel schaute, das Kleid sah, das ihre minimalen Kurven phänomenal betonte. Es war echt ein Wunderwerk.

„Wohin gehst du denn heute Abend?", fragte Jackson auf einem Platz auf dem Sofa. Kyle saß seitlich darauf, die Beine über Jackson gelegt, und Jackson war damit beschäftigt, mit den Händen durch Kyles dichte Locken zu streichen.

„Ich habe keine Ahnung. Troy hat mir gesagt, dass ich um sieben fertig sein und dieses Kleid tragen soll." Sie warf einen Blick auf sie und lächelte. „Ihr beiden seht ja heute Abend schrecklich gemütlich aus."

Kyle wurde rot, während Jackson leise lachte.

„Ist es ein besonderer Anlass?", riet sie.

Das Gesicht ihres Sohnes wurde sogar noch röter, und Joy konnte nicht verhindern, dass sie lachte.

„Okay, behaltet es für euch. Und habt Spaß, während ich unterwegs bin. Passt nur auf mit dem Bein, und achtet auf die Sicherheit. Ihr wisst schon?"

„Wir wissen es", sagten sie beide und salutierten vor ihr.

Sie verdrehte die Augen und verlagerte dann ihre Aufmerksamkeit, als es an der Tür klingelte. Joy öffnete und vor ihr stand Troy in einem perfekt maßgeschneiderten schwarzen Anzug mit einer roten Fliege. Er hielt einen Strauß roter Rosen und eine Flasche Sekt. „Wow. Du trägst richtig auf mit dem Charme, oder?", sagte sie zur Begrüßung.

„Irgendwie schon. Die Blumen sind für dich. Der Sekt ist für die zwei." Er nickte zu Kyle und Jackson hin und stellte dann die Flasche auf den Tisch.

Kyle war so rot, dass er inzwischen fast lila wirkte. Jackson flüsterte ihm etwas ins Ohr, sodass Kyle hervorwürgte: „Nein! Denk noch nicht mal dran."

„Ach, bitte. Ich weiß es doch", sagte Joy. „So, wie ihr euch benehmt, ist es so offensichtlich, dass ihr euch auch gleich *Jahrestag, an dem wir uns aufgegabelt haben,* auf die Stirn schreiben könntet."

Kyle starrte alles andere an, nur nicht seine Mutter, während Jackson ihr einen hochgereckten Daumen zeigte.

Sie lachte leise, während sie die Rosen in die Küche brachte und in eine Vase stellte. Als sie fertig war, eilte sie zurück ins Wohnzimmer, schob einen Arm durch den von Troy, und auf dem Weg nach draußen rief sie: „Ich habe euch beide lieb. Vergesst nicht, Safer Sex und so. Im Schrank im Badezimmer ist eine frische Schachtel Kondome."

Die Eingangstür fiel zu, und Troy kicherte. „Ich wette, das killt total die Stimmung."

„Ich tue, was ich kann." Joy schob sich die langen Haare über die Schulter, als wollte sie sagen, dass sie das gut gemacht hatte.

„Na ja, klammere dich nicht zu sehr daran. In ihrem Alter wird dieses Unbehagen vermutlich nur ungefähr zehn Minuten lang halten", erklärte Troy.

Joy beäugte ihn und lachte dann. Sobald sie mit seinem SUV losfuhren, fragte sie erneut: „Wohin sind wir denn unterwegs?"

„Geduld", sagte er, und dann kein weiteres Wort mehr, bis sie auf dem Parkplatz des Filmsets fuhren.

Joy runzelte die Stirn. „Was machen wir denn hier?"

„Das siehst du gleich." Er sprang aus dem SUV und schaffte es tatsächlich, die Tür zu öffnen, bevor sie sich auch nur den Sicherheitsgurt lösen konnte. Damit half er auch, und sobald sie auf der ebenen Erde stand, nahm er sie an der Hand und führte sie zu der Lagerhalle, die sie als Soundstage für Innenraumszenen nutzten.

„Ich bin mir nicht sicher, ob wir hier sein dürfen", sagte Joy, die sich auf dem Gelände umschaute, um zu sehen, ob die Security sie schon im Auge hatte.

„Joy, es ist in Ordnung, du Hübsche. Ich habe die Erlaubnis." Er tippte einen Code an der Tür ein, und einen Augenblick später führte er sie hinein, und sie keuchte. Das ganze Innere war in ein Winterwunderland verwandelt, komplett mit einer Eisbahn.

„Das ist wunderschön", sagte sie, wandte sich mit feuchten Augen an ihn. So etwas hatte noch niemals zuvor jemand für sie gemacht. „Wie hast du denn das geschafft?"

„Ich hatte etwas Hilfe vom Produktionsteam." Er führte sie hinüber zu einem Tisch in der Nähe der Eisbahn. Dort waren bereits Tischsets ausgelegt, mit bedeckten Tellern. „Bist du hungrig?"

„Ja. Ich hatte keine Ahnung, was wir vorhaben, aber ich habe angenommen, irgendwann gibt's was zu essen."

„Da hast du richtig vermutet." Er nahm die Abdeckungen ab und sie grinste ihn an.

„Lachsrisotto. Das erste, was du für mich gekocht hast",
sagte sie.

„Ich erinnere mich immer noch an den Ausdruck auf
deinem Gesicht. Er stellt irgendwas mit mir an", sagte er.

Joy beugte sich über den Tisch, gab ihm einen langen,
langsamen, forschenden Kuss und flüsterte: „Du stellst was mit
mir an." Sie lehnte sich in ihrem Stuhl zurück und schüttelte
verwundert den Kopf. „Dir entgeht nichts. Der Lachs, die
Eisbahn. Ich habe dir mal erzählt, dass es als Kind mein Traum
war, Eiskunstläuferin zu werden, und dass es mich immer
noch glücklich macht, wenn ich auf dem Eis bin." Ihr Blick
verlagerte sich auf die Haufen aus Kunstschnee und einen
Holzschlitten. „Das ist von dem einen Mal, als ich dir erzählt
habe, wie oft meine Mom mit mir zum Schlittenfahren ging,
anstatt mich in die Schule zu schicken, nur weil sie das so
wollte." Joy musterte die Einzelheiten des Raums von den
glitzernden Lichterketten, die perfekt zu denen für ihren
eigenen Weihnachtsbaum passten, bis hin zu dem irrwitzigen
Nikolaus-Gartenzwerg. Jedes kleinste Detail war eine
Erinnerung von ihr an ihre Kindheit, und er hatte das alles
nachgeschaffen.

Sie griff vor und nahm seine Hand. „Das ist wunderbar,
und ich liebe es, aber ich verstehe nicht. Warum hast du das
alles gemacht? Es ist doch nicht mal Weihnachten."

Er warf ihr ein sanftes, scheues Lächeln zu, und sie musste
den Drang niederkämpfen, ihn wie verrückt zu küssen. Das
war in letzter Zeit ein Problem. Jedes Mal, wenn er lächelte,
wollte sie ihn. Sie dachte schon, dass er vermutlich zur Sucht
geworden war, aber das schien keinem von ihnen etwas
auszumachen. „Wenn du von deiner Kindheit redest, dann ist
da immer so eine Sehnsucht, fast schon eine Aura des

Verlangens. Als würdest du zurückgehen, wenn du das könntest."

Joy schürzte die Lippen und dachte einen Augenblick darüber nach. „Vielleicht. Ich vermisse das schon. Der Winter hatte damals so viel Freude und Unschuld. Und ich vermisse den Schnee."

„Okay, ja. Na ja, als ich darüber nachgedacht habe, wo diese Beziehung zwischen uns beiden hinläuft, bin ich auf das hier verfallen." Er wedelte mit der Hand zu seinem Werk hin.

„Dass du in meine Kindheit zurückkehren willst?", fragte sie und hob skeptisch eine Augenbraue.

Er lachte leise. „Nein. Überhaupt nicht. Ich liebe die erwachsene Joy genauso, wie sie ist."

„Liebe?", wiederholte sie, ihr ganzer Körper prickelte. „Hast du grade Liebe gesagt?" Das war nichts, was sie schon mal ausgesprochen hatten. Joy hatte gewusst, dass ihre Gefühle für Troy stark waren, aber sie war noch nicht bereit gewesen, das einfach so auszusprechen. Jetzt aber …

„Ja, Liebe. Ich liebe dich, Joy. Das weiß ich schon seit einer Weile. Und ich glaube, du liebst mich auch."

„Das stimmt", hauchte sie, legte sich eine Hand aufs Herz. „Ich liebe dich."

Sein Lächeln wurde breiter. „Das ist gut. Sehr gut." Er musterte noch einmal den Raum, und als er ihr in die Augen schaute, sagte er: „Ich hab das alles gemacht, um dir zu zeigen, dass bei mir überhaupt nichts vom Tisch ist. Wenn du den Zauber deiner Kindheit einen Abend lang zurückhaben willst, werde ich tun, was ich kann, damit es dazu kommt. Wenn du reisen willst, werde ich Tickets besorgen, wohin auch immer du willst, ob das ein Campingurlaub in den Sierras ist, oder ein Flug nach Italien. Falls du das tiefe Bedürfnis hast, gleich hier in Premonition

Pointe zu bleiben, den Rest deiner Tage, dann ist das auch in Ordnung für mich. Aber ich bitte dich vielleicht, dass du zu mir ziehst. Oder, wenn dir mein Haus nicht gefällt, finden wir ein anderes mit einer spektakulären Aussicht, denn wenn es eines gibt, was ich über dich weiß, Joy Lansing, dann, dass du immer bessere Laune hast, wenn du beim Geräusch des Meeres aufwachst."

In ihren Augen standen Tränen, und Joy wollte sich nicht die Mühe machen, sie wegzublinzeln. War das der Typ, den sie wahrhaftig liebte? Er versprach ihr ein Traumleben, *ihr* Traumleben, auf einem Silbertablett, und bot ihr an, es mit ihr zu teilen, als ein echter Partner, einer, der sie verstand und sich um das kümmerte, was sie brauchte. Das war nichts, was sie mit Paul je gehabt hatte, und sie betete einfach, dass sie mindestens so viel zurückgab, wie Troy ihr schenkte.

„Dein Haus ist perfekt", sagte sie durch ihre Tränen.

„Ja?" Er ließ seine Hand in ihre gleiten. „Also ziehst du bei mir ein?"

Sie nickte.

„Was ist mit Kyle?"

„Lädst du den auch ein?", fragte sie.

„Wenn es daran hängt, dann schon. Aber dann werden wir irgendwie eine Geräuschdämpfung einbauen müssen."

Sie lachte und schüttelte den Kopf. „Daran hängt es nicht, und ich bin hundertprozentig sicher, dass er das sowieso nicht wollen würde. Ihm gefällt es, wenn ich bei dir übernachte. Ihm geht's zu Hause gut. Außerdem wird er bald wieder in seine Wohnung ziehen, und er hat Jackson, der sich um ihn kümmert."

„Den hat er." Er erhob sich und bot ihr seine Hand an. „Willst du tanzen?"

Sie schaute sich um. „Ohne Musik?"

„Alexa, Spiel ‚The Way You Look Tonight' von Frank Sinatra."

Die Musik ging an, und Joy ließ sich von Troy durch das Winterwunderland führen, das er nur für sie geschaffen hatte. Liebe und Hoffnung und Möglichkeiten erfüllten sie, vervollständigten sie, und sie wusste tief im Inneren, dass er der Eine war. Troy war die Liebe ihres Lebens, ganz gleich, was in ihrer Karriere oder ihrer Familie vor sich ging, sie würden eine Möglichkeit finden, alles zusammen zu tun, und wichtiger noch, dabei Spaß zu haben. Die Tage, in denen sie blind durch ihr Leben stolperte und wartete, dass es besser wurde, waren vorbei. Sie hatte ihre Ewigkeit gefunden, und sie würde nicht loslassen.

KAPITEL FÜNFUNDZWANZIG

*G*igi Martin hielt eine Sektflöte in der Hand und beobachtete, wie ihr Zirkel, ihre Familie, wie sie sich nannten, im Kreis im Vorraum des schicksten Restaurants von Premonition Pointe stand. Sie lachten und gratulierten Grace Valentine zum Verkauf des riesigen Gutshofes, den man das Emsworth-Anwesen nannte, etwa zehn Meilen südlich der Stadt.

Grace, Hope und Joy waren wirklich wie die Schwestern, die sie niemals gehabt hatte. Als sie vor etwas unter einem Jahr nach Premonition Pointe gezogen war, hatten die drei Hexen, die sie so sehr liebte, ihre Herzen für sie geöffnet, sie in ihre Mitte geholt, und das, ohne eine Frage zu stellen. Und dafür war sie dankbar.

Ihre Vergangenheit war nichts, worüber sie gerne nachdachte oder redete. So war das, wenn man mit einer narzisstischen Arschgeige verheiratet war, die sich nicht viel dabei dachte, seine Frau herumzuschubsen.

Gigi erschauerte bei den Erinnerungen an ihren Ex und warf dann die Tür vor ihnen zu.

„Gigi!", rief Hope. „Komm hier rüber. Wir brauchen dich."

„Ich komme." Sie begab sich hinüber zu ihren Freunden, Hope und Lucas, Joy und Troy und Grace und Owen. Sie waren alle so wunderschön, so glücklich. Manchmal war es überwältigend, und sie hielt sich für das fünfte Rad am Wagen. Es war nicht, als würden sie sie jemals außen vor lassen. Das taten sie nicht. Es war nur hin und wieder diese Einsamkeit, die sich breitmachte, wenn sie nicht aufpasste. *Nicht heute Abend,* sagte sie sich. *Nicht heute Abend.*

„Jetzt, da wir alle hier sind", sagte Hope, die ihre Sektflöte hochhielt, „erhebt das Glas und stoßt auf die geniale Immobilienmaklerin an, die den Abschluss des Jahrhunderts gemacht hat."

„Auf die geniale Immobilienmaklerin", sagten sie alle gleichzeitig und stürzten ihren Sekt hinunter. Es dauerte nicht lang, bis ihre Gläser wieder gefüllt waren, und der Großteil der Party ziemlich angeheitert klang.

„Gigi", sagte Hope, die sich zu ihr beugte. „Ich wollte dich schon seit einer Weile was fragen."

„Ach, ja? Was denn?" Gigi stellte ihre Sektflöte ab und beugte den Kopf näher zu Hope, damit sie sie hören konnte.

„Woher kennst du denn diesen umwerfenden Anwalt, Sebastian Knight?" Sie klang etwas undeutlich, als sie Sebastians Namen sagte.

Gigis Inneres wurde von Hitze geflutet, als sie sich den hochgewachsenen Mann vorstellte, der Carly Prestons Anwalt war. Es war seltsam, sich ihn als den irgendwas von jemand anderem vorzustellen, wo sie sich doch als Teenager so nahe gestanden hatten. Sie waren sich so nahe gewesen, wie zwei Leute es nur sein konnten, ohne sich zu lieben. Oder das waren sie gewesen, bis Gigi dazu gezwungen gewesen war, die

Stadt zu verlassen, und alle, die sie mochte, hinter sich zu lassen.

Sie seufzte. Das war lange her.

„Gigi?" Hope runzelte die Stirn vor ihr. „Stimmt was nicht?"

„Nein. Überhaupt nicht", sagte sie rasch. „Ich bin nur ein bisschen müde. Du weißt schon, lange Woche." Aber wirklich, was hatte Gigi denn schon, das sie müde machte? Sie hatte keinen Job. Sie brauchte keinen. Stattdessen stellte sie Tränke, Lotionen und Kräuter her und verkaufte sie online, nur um was zu tun zu haben. Obwohl sie in letzter Zeit schon ziemlich oft draußen in ihrem Erdstudio war. Es war wirklich der einzige Ort, der sie zu beruhigen schien.

„Weißt du, was du tun solltest?", fragte Hope.

„Was denn?" Sie lächelte ihre Freundin an, wusste, dass Hope in diesem Augenblick nicht viel im Leben fehlte.

„Du solltest dir von uns ein Blind Date auf die Füße stellen lassen." Sie grinste triumphierend, als hätte sie gerade was gewonnen.

„Und weshalb sollte ich das tun, wenn ich einfach zu Hause bleiben und meine Katze kuscheln kann?", fragte Gigi. „Sie macht sehr viel weniger Arbeit und wird nicht glauben, dass ich mich gleich in die Horizontale schmeiße, nur weil ein Abendessen für mich drin war."

„Äh …" Hopes Blick verlagerte sich auf jemanden hinter Gigi. Sie schaute auf ihrem Handy auf die Uhr und verzog dann das Gesicht. „Ups. Das habe ich ein wenig spät angebracht, Gigi. Wir haben es bereits getan. Wir haben dir ein Blind Date arrangiert. Überraschung."

„Was?" Gigi fuhr herum und erstarrte dann, als sie keinen anderen erblickte als ihren alten besten Freund Sebastian Knight. In seinen dunklen Augen stand Erheiterung, und dieses Lächeln … Es war genau das, mit dem sie aufgewachsen war, nur dass seine Lippen viel voller waren und so richtig zum Küssen aussahen.

Zum Küssen? Wo war das denn hergekommen? Sebastian Knight war niemand zum Küssen. Der Mann kam aus ihrer Vergangenheit, und dort sollte er auch bleiben.

„Guten Abend, Gigi", sagte er, erwischte ihren gewählten Namen endlich richtig. Beim letzten Mal, als sie einander begegnet waren, hatte er sie Clarity genannt. Den Namen, den ihre Mutter ihr gegeben hatte. Den Namen, den sie immer gehasst hatte. Aber weshalb klang er dann, wenn Sebastian ihn sagte, irgendwie nett? Sie schüttelte den Kopf, versuchte, die Verwirrung zu lösen, die ihre Gedanken erfasst hatte.

„Ist es kein guter Abend?", fragte er.

Sie schaute ihn verwirrt an, bis seine Frage bei ihr ankam. „Doch, schon. Tut mir leid, ich war überrascht. Es ist ein sehr guter Abend. Ein toller eigentlich. Wir feiern Graces Erfolg bei der Arbeit."

„Ja, davon habe ich gehört." Er warf einen Blick zu Grace. „Ich gratuliere. Ich wette, das ganze Büro ist auf Sie neidisch."

„Noch besser als das", sagte sie mit einem Lachen. „Der andere Käufer wurde von meinem Ex vertreten. Also habe ich nicht nur den Verkauf hingekriegt, sondern hatte auch das Vergnügen, zu wissen, dass ich ihn ihm gestohlen habe."

„Geschieht ihm recht", sagte Hope. „Der Bastard ist fremdgegangen."

Grace tätschelte Hope den Oberschenkel. „Man weiß, es ist echte Freundschaft, wenn die eigenen Freundinnen den Groll weiter pflegen."

Alle lachten, die Party ging weiter, sodass Gigi sich mit ihrem Blind Date herumschlagen musste.

„Also, wenn ich verspreche, dass ich nicht versuche, dich in die Horizontale zu bekommen, glaubst du, wir lassen es vielleicht darauf ankommen?", fragte Sebastian, dieser Hauch Erheiterung glitzerte immer noch auf sie herab.

„Wir lassen es auf was ankommen?", fragte sie völlig ahnungslos.

„Das Blind Date?"

„Ach, ja. Tut mir leid." Sie winkte zu dem Stuhl ihr gegenüber am Tisch, aber er nahm den auf der anderen Seite von ihr, wo es ruhiger war.

Er bestellte einen Whiskey mit Soda, als die Kellnerin kam, und lehnte sich dann im Stuhl zurück, um Gigi einfach zu beobachten.

Und es gefiel ihr nicht. Sein Blick ließ es ihr unbehaglich werden, als würde sie nackt ausgezogen, und er würde all die Teile sehen, die sie vor der Welt verborgen gehalten hatte.

„Du willst mich wirklich nicht hier haben, oder?", fragte er.

Gigi schloss die Augen und betete um Geduld oder Anmut oder Teufel, sogar Mut. „Es ist nicht, dass ich dich nicht hier will", log sie. „Ich war nur überrascht. Ich habe kein Date erwartet, und …" Sie zuckte mit den Schultern. „Ich bin mir sicher, du weißt, wie es ist, wenn man glaubt, man geht einfach nur was trinken, und es erweist sich als was völlig anderes."

„Das ist es also?", fragte er. „Etwas anderes als ein Drink mit einem Freund? Wir waren doch mal befreundet, oder? Das können wir wieder sein."

Es schien so einfach. Für die meisten Leute war es das vermutlich. Aber nicht für Gigi. Ihre Vergangenheit war aus gutem Grund ihre Vergangenheit. Und das war verdammt noch mal, was sie auch bleiben würde. Sie sagte sich, sie solle aufstehen, diesen Stuhl verlassen und die Tür nehmen. Das hätte sie tun sollen. Das hätte sie schon längst tun sollen. Aber stattdessen lehnte sie sich in ihrem Stuhl zurück, lächelte ihn an und sagte: „Ja. Wir können wieder Freunde sein."

Am Ende des Abends wusste Gigi, dass sie etwas zu viel getrunken hatte. Aber sie hatte es nicht verhindern können. Das Gespräch mit Sebastian war alles, was es damals gewesen war, als sie Teenager gewesen waren. Locker, witzig, intelligent. Und er brachte sie zum Lachen, was extrem selten war, wenn man mit dem anderen Geschlecht redete. Aus irgendeinem Grund hatte sie Schwierigkeiten, in der Gegenwart der meisten Männer die Vorsicht fahren zu lassen. Aber bei ihm nicht.

Sie lachte so heftig über eine Geschichte, die Sebastian ihr über sein Liebesleben am College erzählt hatte, dass ihr kaum auffiel, als ihre Freunde aufstanden und bereit waren zum Gehen.

Sebastian schaute zu ihnen auf und lächelte. „Machen sich alle auf den Weg?"

„Ja", sagte Troy. „Sie muss früh am Set sein." Er deutete auf Joy und legte dann die Arme von hinten um sie herum, um sich an ihren Nacken zu schmiegen.

Gigi spürte, wie ihr ein Seufzen entschlüpfte, bevor sie es aufhalten konnte.

Kurz beäugte sie Sebastian, und sie wusste, dass er es gehört hatte. *Verdammt.*

Hope beugte sich herab und flüsterte: „Sieht aus, als hätte meine Wette sich ausgezahlt. Ihr beiden habt auf jeden Fall Spaß. Heißt das, du wirst mich morgen nicht hassen?"

„Doch. Ich werde dich trotzdem hassen", sagte Gigi, konnte aber das Lächeln nicht unterdrücken, das auf ihre Lippen trat.

„Aha. Das sehe ich schon." Sie erhob sich wieder. „Brauchst du einen Chauffeur, oder wird Sebastian dich heimfahren?"

„Ich kann sie heimbringen", sagt Sebastian sofort.

Gigi wollte protestieren, denn obwohl sie nicht aufgestanden und gegangen war, wie sie es hätte tun sollen, wusste sie ohne Zweifel, wenn er sie nach Hause brachte, würde sie etwas Dummes sagen oder tun. Etwa: *Komm rein, Sebastian. Reiß mir die Kleider vom Leib und tob dich an mir aus.*

Nein.

Das konnte nicht passieren.

Würde nicht passieren.

Sie war ein Lügner mit einer ellenlangen Nase, denn in dem Augenblick, in dem er in die Zufahrt zu ihrem Haus fuhr, fragte sie: „Bringst du mich an die Tür?"

Da er ein Gentleman war, stieg er aus seinem BMW-SUV und kam herum, um ihr die Tür zu öffnen. Dann brachte er sie zu dem rankenüberwachsenen Eingang zu ihrem Haus. „Das Haus ist fantastisch, Gigi. Das erinnert mich an zu Hause."

„Mich auch", sagte sie sehnsüchtig. „Weißt du noch den Blauregen auf dem Baumhaus? Das war so toll."

„Ich weiß es. Ich erinnere mich auch, wie wütend du warst, als dein Dad ihn zurückgestutzt hat."

Sie schüttelte den Kopf. „Ich will nicht darüber nachdenken." Stattdessen nickte sie zu seinem Auto hin. „Das sieht nicht aus wie ein Mietwagen."

Er schüttelte den Kopf. „Nö. Ist es auch nicht."

„Heißt das, du bist hier von L.A. raufgefahren? Das ist eine echt lange Fahrt", sagte sie, fragt sich plötzlich, weshalb er überhaupt zurück in Premonition Pointe war. Sie hatte angenommen, dass er hier war, um für Carly zu arbeiten, aber inzwischen war sie nicht mehr sicher.

„Wäre es, wenn ich nicht den ganzen Sommer bleiben würde." Er schaute sich um, als würde er alles in sich aufnehmen. „Ich habe beschlossen, dass ich etwas Zeit ab von der Stadt brauche, und Premonition Pointe wirkt erst mal wie ein guter Ort."

„Also bist du eine Weile hier", sagte sie, legte ihm eine Hand auf die Brust und trat näher an ihn.

„Ja. Nur eine Weile."

Ihr Herz setzte einen Schlag lang aus, und ohne sich zu gestatten, dass sie darüber zu lange nachdachte, sagte sie: „Ich habe mir das noch mal überlegt, was die Horizontale mit meinem Blind Date angeht."

Die Erheiterung, die sie in seinem Blick erwartet hatte, war verschwunden, sie war purer Hitze gewichen. Sein Kopf senkte sich, und seine Lippen legten sich auf sie, seine Zunge schmeckte, erkundete, beanspruchte ihre.

Gigi drängte sich an ihn, schlang die Arme um ihn, und zum ersten Mal seit Jahren fühlte sie sich sicher in den Armen eines Mannes. Aber dann schob er seine Hand in ihre Haare und zog leicht. Es war nicht schmerzhaft, und sie fühlte sich dadurch auch nicht bedroht. Aber es reichte, um sie zurück in die Realität taumeln zu lassen, und sie sprang zurück, brachte Abstand zwischen sie.

Das konnte nicht passieren. Nicht mit Sebastian.

„Stimmt was nicht?", fragte er, sein ausdrucksvolles Gesicht voller Sorge.

Sie schüttelte den Kopf. „Nein. Tut mir leid. Das ist nur einfach nicht …" Nachdem sie nach Luft geschnappt und sie wieder ausgestoßen hatte, setzte sie neu an. „Das ist ein Fehler. Wir sind alte Freunde. Ich glaube, es ist besser, wenn wir den Abend einfach beenden."

Er trat einen Schritt zurück und schob sich die Hände in die Taschen. „Natürlich. Es ist ja auch erst das erste Date. Ich habe nie erwartet, dass irgendwas Horizontales passiert, bis zum, sagen wir mal, mindestens zum dritten Date."

Sie blinzelte ihn an. Dann lachte sie. Er war so ein lockerer Typ, dass sie sich vorstellte, hätte sie ihn völlig ausgezogen, und sie wäre nur Sekunden davon entfernt, den Akt zu vollziehen, und sie hätte plötzlich ein Kurswechsel hingelegt, würde er einfach nicken, einen Witz machen, sein Teil wieder in die Boxershorts packen und dann mit einem Pfeifen wegmarschieren, als wäre niemals etwas passiert. Sie lachte wieder über das Bild.

„Was ist so witzig, Clarity?", fragte er leise.

Dass er ihren alten Namen benutzte, machte sie sofort wieder nüchtern, und all die Gründe, die sie hatte, diesen Mann auf einer Armeslänge Abstand zu halten, strömten zurück. „Nichts. Tut mir leid. Ich sollte reingehen. Gute Nacht, Sebastian. Es war schön, sich auf den neuesten Stand zu bringen."

„Das war es. Vielleicht können wir das irgendwann wiederholen. Vielleicht was essen, anstatt nur was trinken?"

Traurig schüttelte sie den Kopf. „Tut mir leid. Ich glaube nicht, dass ich Interesse habe."

Seine Miene wurde ausdruckslos. Er nickte und sagte: „Verstehe. Gute Nacht, Clar... Ich meine, Gigi."

Sie stand völlig reglos, während sie Sebastian beobachtete, den einzigen Mann, den sie je geglaubt hatte, wirklich zu lieben, wie er aus ihrem Leben hinausging. Und es war alles ihre Schuld.

ÜBER DIE AUTORIN

New York Times- und *USA Today*-Bestsellerautorin Deanna Chase wurde in Kalifornien geboren und in den behäbigeren Lebensstil des südöstlichen Louisiana versetzt. Wenn sie nicht schreibt, faulenzt sie oft mit ihrem Mann in New Orleans oder spielt mit ihren beiden Shih Tzus. Weitere Informationen und Neuigkeiten zu ihren neuesten Veröffentlichungen findet man auf ihrer Website unter deannachase.com.